紅はこべ

バロネス・オルツィ

1789年、フランス革命が勃発。なんの罪もない貴族たちまで、共和国への叛逆者として次々と血に飢えたギロチンに送りこまれていった。そんななか、窮地に陥った貴族たちに海を挟んだ隣の国イギリスから救いの手を差し伸べたのが、謎の集団〈紅はこべ〉。その計画は大胆無比、紅はこべの花をかたどった小さなしるしが入った予告状が届いて数時間のうちに、厳重な警備をあざ笑うかのような鮮やかな手並みで、王党派や貴族たちを安全なイギリスの地に逃がしてしまうのだ。激動の時代の英仏を舞台に繰り広げられる絢爛たる歴史冒険大ロマン小説。

登場人物

パーシー・ブレイクニー……イギリスの準男爵
マルグリート……ブレイクニー卿夫人。コメディ・フランセーズの元人気女優
アントニー・デューハースト……イギリスの貴族
アンドリュー・フォークス……イギリスの貴族
トゥルネー・ド・バスリヴ伯爵夫人……亡命したフランス貴族
シュザンヌ……トゥルネー伯爵夫人の娘
トゥルネー子爵……トゥルネー伯爵夫人の息子
アルマン・サン・ジュスト……マルグリートの兄、フランス共和派
ジェリーバンド……ドーヴァーの漁師亭のあるじ
サリー……ジェリーバンドの娘
ショーヴラン……フランス共和国政府全権大使
デガ……ショーヴランの秘書
ブロガール……カレーの灰猫館のあるじ
バンジャマン・ロザンボーム……ユダヤ人の商人

紅 は こ べ

バロネス・オルツィ
圷　香　織　訳

創元推理文庫

THE SCARLET PIMPERNEL

by

Baroness Orczy

1905

目次

紅はこべ

第1章　パリ／一七九二年九月

押し寄せ、殺気立ち、ざわめいている。卑しい情熱と、復讐や憎悪への渇望にあおられた群衆の声や姿は、もはや人とは名ばかりで、いっそ獣物《けだもの》を思わせた。そこは日没が迫った西門だ。十数年後には誇り高き暴君ナポレオンが、国家の栄光と自らの虚栄を記念し、不朽の門を建設するだろう、まさにその場所である。

その日はほぼ休むことなく、ギロチンがおぞましい仕事を続けていた。過去数世紀にわたりフランスが誇ってきた古い家名や高貴な血筋が、自由と友愛を切望する母国のために、ことごとくその代償を払わされていたのだ。虐殺は夕刻を迎えてようやく終わった。なにしろ夜に向けて門を閉める前には、さらに面白い見世物が残っているのだから。

そこで、それまでは処刑の行なわれていたグレーヴ広場に集まっていた人々が、この刺激たっぷりの愉快な見世物を見逃すまいと、バリケードの設置されたあちこちの門に殺到したのだった。

しかもこれは毎日のように繰り返された。貴族どもの愚かなこと！　男ばかりか女や子どもであろうと、十字軍遠征によりフランスに栄光をもたらした偉人の末裔《まつえい》、つまり古い名家にたまたま生まれついた者は、ひとり残らず叛逆者だ。貴族どもは先祖代々民衆を抑圧し、連中が好むバックルのついた優美な靴の、緋色のヒールで踏みつけにしてきたのだ。だがいまは民衆がフランスの支配者となり、かつての主人たちを——今日《こんにち》の民衆はほとんど裸足なので靴で踏むことはできなくても——もっと効率的に、重たいギロチンの刃《やいば》でやっつけていた。

その恐るべき装置は日々刻々と多くの犠牲を——老若男女にかかわらず求め続け、ついには国王と、若く美しい王妃の首までも欲することになるだろう。

だが、それも当然ではないか。なにしろいまでは、民衆がフランスの統治者なのだから。その先祖を含め、貴族はひとり残らず叛逆者だ。この二百年、贅沢《ぜいたく》と浪費に満ちた貴族の貪欲な宮廷生活を維持するために、民衆は汗にまみれ、重労働にあえぎ、飢えに耐えてきたのだ。ところがいまや、輝かしい宮廷生活を彩《いろど》ってきた貴族たちは、民衆による遅ればせながらの復讐を避けたいのであれば、身を隠し——逃げるしかなかった。

そこで貴族は隠れ、逃げようとした。それが、お楽しみの肝なのである。毎日の午後、門が閉まる時刻になると、市場《いちば》に出ていた荷馬車が市外に出ようと、列を成してあちこちのバリケードに向かう。するとどこかの愚かな貴族が、それにまぎれて公安委員会の手を逃れようとするのだ。共和国政府の市民兵によって厳重に守られたバリケードをなんとかすり抜けようと、さまざまな変装や口実を準備して。男が女装し、女が男になりすまし、子どもは乞食の恰好をするなど、ありとあらゆる変装が工夫された。かつての伯爵、侯爵夫人、さらには公爵までが、フランスから、イギリスをはじめとする忌まわしいどこかの国への脱出を画策していた。あげくにその外国で、栄光ある革命に敵対する感情を醸成し、軍隊を招集して、タンプル塔に幽閉中の、過去には国王一家と呼ばれていた哀れな囚人たちを解放しようとたくらんでいるのだ。

とはいえ、ほとんどがバリケードで逮捕されて終わる。とくに西門のビボ軍曹は貴族に対して恐ろしく鼻がきき、完璧な変装であっても見破ることができた。もちろん、お楽しみはそこからだ。ビボは、ネズミを見つけた猫のような目を獲物に据え、からかってやるつもりで、ときには十五分ものあいだ、芝居じみた化粧やかつらで外見を変えた侯爵夫人や伯爵など、かつての貴族の変装にまんまとだまされたふりをする。

ああ、ビボの愉快なことといったら！　だから民衆の復讐から逃れようとする貴族が捕まる現場に立ち会いたいのであれば、西門の付近で待つだけの価値は充分過ぎるほどにあったのだ。

ビボはときどき、獲物を門の外に行かせることさえあった。そうしてほんの二分くらい、パリからの脱出に成功し、これで安全なイギリスの海岸にたどり着けるだろうと思わせてやる。だが気の毒な獲物が十メートルほど行ったところでふたりの部下を送り、連れ戻して、変装を暴くのだった。

ああ、こんなにも愉快なことがあるだろうか！　なにしろ脱走者はしばしば女で、しかもどこかのお高くとまった公爵夫人だったりするのだ。彼女たちがビボに捕まって、翌日には即決裁判、そのあとにはギロチン夫人の温かい抱擁が待っていることを悟ったときの滑稽《こっけい》な様子といったらない。

だからその九月の素敵な夕べ、ビボの守る門の周りに集まった群衆が、興奮にわき立っているのも不思議ではなかった。流血への欲望は、味わうほどにふくらむばかりで満たされることがない。群衆はその日だけでも、百を数える貴族の首がギロチンの刃に落ちるところを見ていたのだが、明くる日もまた、さらに百の首が確実であることを求めてやまないのだ。

ビボはバリケードのある門のそばで、逆さにした空樽に腰を下ろしていた。市民兵の小隊がビボの指揮下におかれていたが、その動きはここのところ非常に活発になっていた。呪われた貴族どもの恐怖が高まり、パリからの脱出工作も必死を極めていたのだ。貴族は老若男女を問わず、どんなに遠い昔であれ、その先祖が裏切者のブルボン家に仕えたことがある以上は叛逆者であり、ひとり残らずギロチンの餌食になるべきだった。ビボは毎日のように王党派の逃亡者の変装を剝ぎ取っては、愛国的市民《シトワイヤン》フーキエ＝タンヴィル（以下、シトワイヤン、シトワイエンヌは“市民”に対する敬称）の取り仕切る公安委員会の裁判に送り込むことに満足を覚えていたのだ。

ビボは、ロベスピエールとダントンの両者にその熱意を褒められていたし、自らの采配により少なくとも五十人の貴族を断頭台に送ったことを誇りにも思っていた。

だがその日は、バリケードで任についているすべての軍曹に特別な命令が出ていた。このところ、かなりの数の貴族がフランスを逃れ、安全なイギリスへの脱出に成功していた。しかも奇怪な噂が広まっていた。脱出の頻度が増し、その策が極めて大胆になっていることから、人々も興味をかき立てられていたのだ。しばらく前にはグロスピエール軍曹が、その鼻先で北門を貴族の一家に抜かれたというので、自分のほうがギロチン送りになる始末だった。

脱出劇の裏にいるのは、イギリス人の一味だと信じられていた。その計画は大胆無比。しかも単なるおせっかいから、自分たちには関係のないことに首を突っ込んで、合法的な犠牲者をギロチン夫人の抱擁から奪い去ることに余暇を費やしているらしいのだ。この噂は一気に広がった。いまいましいイギリス人の一味は確かに存在し、率いているのは、途方もなく勇敢でかつ大胆な男だという。逃亡貴族を連れたその男が、バリケードに近づいたところで忽然と消え、超自然的な力でもふるったかのように門を抜けてしまったという奇妙な話も、あちこちで飛び交うようになっていた。

謎のイギリス人たちを実際に見た者はいなかったし、誰であれ、その首領について語ろうとすれば迷信的な恐怖に身震いを覚えるほどだった。フーキエ＝タンヴィルのもとには、一日のどこかで出所不明の紙切れが届く。それはいつしか上着のポケットに入っていることもあれば、公安委員会の法廷に向かう途中、人混みのなかで手に押し込まれる場合もある。そこには必ず、はた迷惑なイギリス人一味による脱走計画の告知が簡単に記されており、赤い花――〈紅はこべ〉という名の小さな星形の花――のしるしが入っている。そしてこの厚かましい告知が届いてから数時間のうちには、公安委員会のもとへ、かなりの数の王党派や貴族が海岸まで落ちのび、安全なイギリスの地に向かっているという報告が届くのだった。

門の警備は倍に増やされ、指揮に当たる軍曹たちがヘマをすれば死刑だと脅されるいっぽう、傍若無人なイギリス人一味の逮捕には大枚の懸賞金がつけられた。なかでも神出鬼没の謎の男、紅はこべを捕まえた者には、五千フランが約束されていたのだ。

誰もがその懸賞金はビボが手にするものと信じていたし、ビボのほうでも、そう信じさせているようなところがあった。だから人々は、逃亡貴族がおそらくは謎のイギリス人と一緒に、ビボの手に落ちる現場に立ち会おうと、毎日のように西門に集まってくるのだ。

「はん！」ビボは腹心の伍長に声をかけた。「シトワイヤン・グロスピエールは間抜け過ぎたぜ！　先週あの北門にいたのが俺だったら――」

ビボは地面に唾を吐くことで、同僚の愚かさを蔑《さげす》んでみせた。

「いったいどんな具合だったんですか、シトワイヤン？」伍長が言った。

「グロスピエールは門のところで、しっかり見張っていやがったんだ」ビボは、話を聞き逃すまいと周りに集まってきた群衆を意識しながら、横柄に言った。「例の出しゃばりなイギリス人、いまいましい紅はこべについてなら、俺たちみんな、きちんと承知していた。悪魔でもなけりゃ俺の門は通させやしないがな、ちくしょうが！　だがグロスピエールのやつときたら。市場帰りの荷馬車がぞろぞろ門を抜けるなかに、大樽を積んだ馬車があったのさ。運転していたのは老いぼれで、隣にはガキがひとり。グロスピエールはちょっとばかしきこしめしていたんだが、それでも充分に切れ者のつもりでいた。樽を――少なくとも大半はのぞき込んで――空《から》だと見ると荷馬車を通したんだ」

ビボを取り巻いているボロをまとった群衆からは、怒りと侮蔑のざわめきが起こった。

「それから三十分もすると」ビボが続けた。「十二人ほどの警備兵を連れた隊長がやってきて、息を上げながら『馬車が通らなかったか？』とグロスピエールにたずねた。『通りました』と、やつはこたえたもんさ。『三十分もたっちゃいません』とな。すると隊長はカッとなり、『まんまと逃がしやがったな』と怒鳴りつけた。『本件により、貴様はギロチン行きだぞ、軍曹！　その馬車にはシャリ元公爵一家が隠れていたんだ！』『なんだって！』グロスピエールは仰天のあまり大声を上げた。『そうとも！　おまけに馬車を運転していたのは、ほかでもない、あのいまいましいイギリス人の紅はこべだったんだ』」

これを聞いて、人々からは怒号が上がった。ヘマの代償をギロチンで支払ったとしても、シトワイヤン・グロスピエールは愚か過ぎるぞ！　くそっ！　なんたる間抜けだ！

ビボは自分の話に大笑いしたあまり、しばらくは先を続けることができなかった。

『やつらを追うぞ！』隊長は部下たちにそう怒鳴った。『懸賞金が出ることを忘れるな。追い詰めるんだ。そう遠くへは行っていないはずだ！』それから部下を引き連れて、門を一気に駆け抜けたのさ」

「だけど、手遅れじゃねぇか！」群衆が興奮して声を上げた。

「追いつけっこねぇ！」

「グロスピエールのやつめ、しくじりやがって！」

「死刑も当然だ！」

「大樽をきちんと調べなかったに違いねぇ！」

こういった怒りの爆発がビボをますます喜ばせたらしく、脇腹が痛くなるほど大笑いし、頬には涙までつたい落ちていた。

「いいや、違うね！」ビボはようやくそう言った。「貴族どもはその荷馬車には乗っていなかった。御者も紅はこべじゃなかったのさ！」

「なんだって？」

「そうとも！　その隊長こそが変装した例のイギリス野郎で、部下の兵士が貴族どもだったんだ！」

これにには群衆も声を呑んだ。まさに神業としか思えなかった。共和国政府では神が否定されてはいたものの、人々の心から超自然的な力に対する恐怖をぬぐい去ることまではできなかった。群衆にしてみれば、そのイギリス人は悪魔も同然だったのだ。

太陽が西の低いところまで落ちている。ビボは門を閉める準備をはじめた。

「荷馬車は前へ」ビボが言った。

幌《ほろ》をかぶせた十二台ほどの馬車が、町を出ようと列を作った。翌朝の市《いち》に出すために、近郊まで、また品物を仕入れにいくのだ。ほとんどが出入りで日に二回門を通るので、ビボとは顔見知りだった。ビボは御者——たいていは女——の何人かに声をかけながら、入念に積み荷をチェックしていった。

「わかったもんじゃないからな」ビボは言った。「とにかく俺なら、間抜けなグロスピエールみてぇにひっかかるもんか」

荷馬車を扱う女たちは、たいていグレーヴ広場で日中を過ごす。ギロチンの据えられた台の下に陣取って、編み針を動かし世間話に興じながら、恐怖政治のもとで毎日新たに断罪される犠牲者を乗せた移送車の列を眺めるのだ。貴族たちが、ギロチン夫人の歓迎の宴にはべる姿を見物するのは最高の娯楽だったから、台のかぶりつきは非常に人気があり、取り合いになった。ビボも日中は広場での任務についており、〈トリコトゥーズ〉と呼ばれる、くたびれた婆さんたちの顔もたいていは知っていた。彼女たちは首が次から次へと落ちるあいだも編み物を続けながら、忌まわしい貴族どもの返り血をたっぷりと浴びるのである。

「おい！　そこのかあちゃん！」ビボは、そうしたおぞましい婆さんのひとりに声をかけた。

「手に何を持っているんだ?」

ビボは日中に、編み物と馬車用の鞭をそばに置いたその婆さんの姿を見かけていた。そしていま、老婆の握っている鞭の柄には、金髪に銀髪、薄いものから黒いものまで、あらゆる色の巻き毛の束がずらりと巻きつけてあった。老婆はその髪を、骨ばった大きな指で撫でながら、ビボに向かって笑いかけた。

「ギロチン夫人のいい人とお近づきになりましてねぇ」老婆はしゃがれた声で笑った。「その人が、転がった首から髪を切り取ってくれたんですよ。明日もくれると約束してくれたんだけれど、あたしのほうが、明日もいつもの場所にいられるかどうか」

「ほう! それはまたどうしてだい、かあちゃん?」経験を積んだ軍人として多少のことでは動じないはずのビボも、おぞましい戦利品を鞭の柄に巻きつけている、このかろうじて女の形をした忌まわしい生き物にはさすがに身震いを抑えられなかった。

「孫が天然痘をもらっちまって」老婆は荷台のほうに親指をクイッと向けながら言った。「ペストじゃないかっていう人もいるのさ! だとすりゃ、明日はパリに入れてもらえないだろうからね」天然痘と聞いたとたんにビボはサッとあとずさったが、老婆がペストと口にしたときには、慌ててできるだけの距離を取った。

「くたばっちまえ!」ビボはぼやいた。群衆もそそくさと荷馬車を避けたので、いまや荷馬車は広場にポツンと取り残されていた。

老婆が笑った。

「あんたこそくたばっちまいな、シトワイヤン。まったくなんて腰抜けだ」老婆が言った。

「はん！　大の男が病《やまい》なんぞを恐れるとはね」

「ちくしょう！　ペストなんだぞ！」

誰もが忌まわしい病への恐怖に呑まれ、声を失っていた。この野蛮で残忍な者たちにとってさえ、ペストにはまだ、恐れと嫌悪をもたらす力があるのだった。

「病気持ちのガキを連れてさっさと消えやがれ！」ビボがしゃがれた声で叫んだ。

老婆はもうひとつ荒っぽい声で笑い、下品な冗談を言ってから、痩せた老いぼれ馬に鞭を当てると、門の外へと走り去った。

この一件のせいで、せっかくの午後が台無しになってしまった。誰もがふたつのおぞましい疫病を、治療のすべのない、悲惨で孤独な死をもたらす呪いとして恐れきっていたのだ。人々は仏頂面で黙り込んだまま、バリケードのそばでぐずぐずしていた。疫病が自分たちのなかにも入り込んでいるのではと、疑わしげな視線を交わしては本能的に互いを避け合っている。そこへ突然、グロスピエールの場合と同じように、警備隊長が現れた。だがそれはビボも知っている顔だったから、狡猾《こうかつ》なイギリス人の変装を心配する必要はなかった。

「荷馬車は――」隊長は門に着くのを待たずに、息を切らしながら叫んだ。

「どんな馬車だ？」ビボがぞんざいに言った。

「婆さんの乗った――幌のかかった――」

「そんな馬車なら十台以上も――」

「ペストにかかった孫がいるって婆さんの馬車は?」

「あった――」

「まさか通しやしなかったんだろうな?」

「ちくしょう!」ビボの赤らんだ頬が、恐怖のあまり蒼白になった。

「その荷馬車には、トゥルネー元伯爵夫人とその子どもがふたり隠れていたんだ。三人とも、死刑になるはずの叛逆者なんだぞ」

「それで、あの婆さんは?」そうつぶやいたとき、ビボの背筋には迷信に憑かれたような震えが走った。

「ちくしょうめ」隊長が言った。「だがおそらくはその婆さんこそが、あの呪われたイギリス人――紅はこべだったのさ」

第2章　漁師亭

厨房《ちゅうぼう》では、サリーがてんてこ舞いで働いていた。巨大な炉には、片手鍋やフライパンがずらずら並び、隅には大きなスープ鍋がひとつ。牛肉用の焼き串は注意深く、ゆっくりと回転させていく。こうすることで高貴なサーロインの塊《かたまり》にまんべんなく火が当たり、艶が与えられていくのだ。小柄な女中がふたりいて、あたふたしながら手伝っている。暑さにあえぎ、えくぼのある肘の上まで木綿の袖をまくり上げ、サリーが背中を向けた隙を狙っては、こっそり冗談を言いクスクス笑っている。もうひとり、体つきのごつい鈍重そうなジェマイマ婆さんがいて、低い声でブツブツとうなりながら、火の上にかがんでスープ鍋を入念にかき回していた。

「ほーい！　サリー！」快活ながら耳障りな声が、隣の食堂から聞こえてきた。

「まったくもう！」サリーはほがらかに笑いながら声を上げた。「今度はいったい、何が欲しいってのかしら！」

「ビールでねぇか」ジェマイマがぼやいた。「あのジミー・ピトキンが、一杯で満足すっとかね？」

「ハリーさんも、すっごい喉が渇いてるみたいだったし」女中のマーサが、ニヤニヤしながらビーズのような黒い目を煌《きら》めかせて相棒に視線を送ると、ふたりは一緒にクスクスしてから、慌てて笑いを嚙み殺した。

サリーは一瞬ムッとなり、腹に一物あるらしく、恰好のいい腰の上にすっと手を滑らせた。手のほうは、マーサの薔薇《ばら》色の頰をひっぱたいてやりたいとうずいている——が、持ち前の人のよさが勝ちを占め、仏頂面で肩をすくめると、揚げていたジャガイモに意識を戻した。

「ほーい、サリー！　サリーちゃんよぉ！」

続いてピューター（錫を主成分とする合金）のマグがコーラスのように鳴り、食堂のオークのテーブルを、待ちきれないというように叩いている音と、豊満な宿主の娘を呼ぶ大きな声がいくつも聞こえてきた。

「サリー！」ほかのものよりもしつこい声が、さらに畳みかけてきた。「一晩中、ビールをそっから出さねぇつもりか？」

「ビールくらい、お父ちゃんが出してくれればいいのにさ」サリーはぼやいた。ジェマイマは黙ったまま、淡々とした様子で、泡が盛り上がっているビールのピッチャーをふたつ棚から下ろすと、ピューターのマグに次々と注いでいった。〈漁師亭〉の自家製ビールは、チャールズ一世の時代から有名なのだ。「お父ちゃんときたら、こっちがてんてこ舞いなのはよくわかってるはずなのに」

「おやじさんは、ヘンプシードのだんなと政治の話に忙しくて、おまえさんやダイドコの心配なんかしているヒマはねぇのさ」ジェマイマが口のなかでつぶやいた。

サリーは厨房の片隅にかけてある小さな鏡のところにいくと、そそくさと髪を撫でつけ、フリルのついた帽子を、自分の黒っぽい巻き毛を一番引き立ててくれる角度に直した。それからたくましい褐色の手に、それぞれ三つずつマグを持つと、笑い、ぼやき、頬を染めながら食堂に入っていった。

そこには四人の女が、汗だくになりながらせわしなく立ち働いている、熱気に満ちた厨房の気配はかけらもなかった。

漁師亭の食堂は、二十世紀初頭のいまでは観光名所になっている。だが十八世紀の終わりである西暦一七九二年には、その後に続いた狂乱の百年のなかで培われた悪評や重要性もまだ手にしてはいなかった。とはいえ、当時でも古い宿ではあり、垂木《たるき》や梁は年月に黒ずんでいた。高い背もたれがついた羽目板張りの椅子や、そのあいだに置かれている磨き込まれた長テーブルについても同様だ。テーブルには数え切れないほどのマグが並び、そのさまざまなサイズの丸い水跡が、天板に幻想的な模様を描いている。高いところには鉛格子窓があって、窓枠に並べられた緋色のゼラニウムや青いヒエンソウの鉢が、どんよりしたオークの背景に明るい彩《いろど》りを添えていた。

ドーヴァーの宿、漁師亭のあるじであるジェリーバンドの景気がいいことは、誰が見てもすぐにわかっただろう。見事な古い戸棚に並んだピューターの食器や、巨大な暖炉の上の真鍮《しんちゅう》製品は、金《きん》か銀かと思うほど輝いている。床のタイルは、窓枠のゼラニウムにも負けないほど赤く艶やかだ。こういったすべてが、いい使用人が充分にいること、客足が途絶えないこと、高い水準の品格を保つだけの秩序があることを物語っていた。

サリーが軽くしかめた顔に白い歯を煌めかせ、笑いながら食堂に姿を見せると、叫び声と歓声が彼女を迎えた。

「やあ、来たな、サリー！　ほーい、サリー！　可愛いサリーに乾杯だ！」

「厨房にこもったまま、耳でも聞こえなくなったのかと思ったぜ」ジミー・ピトキンが、手の甲でカサカサの唇をぬぐいながらぼやいた。

「はいはい！」サリーが新しいビールのマグをテーブルに置きながら笑った。「何をそう急ぐことがあるんだか！　おばあちゃんでも死にかけてて、その前にひと目会いたいとでもいうのかしら！　まったく、こんなせっかちな人って見たことないわ」この軽口にはドッと笑いが上がり、しばらくのあいだは、そこからまた新たな冗談が紡ぎ出されていった。サリーのほうにも、鍋の待っている厨房に戻らなければと、とくに急いでいる様子はなかった。カールした金髪に、明るいブルーの瞳を熱っぽく輝かせている若者がひとりいて、サリーの注意をほとんど独り占めにしていた。そのあいだにもみんなの口からは、ジミー・ピトキンの架空の祖母をネタにした気の利いた冗談が、ツンと鼻をつく煙草の煙と一緒に次々と飛び出していた。

暖炉に向かって脚を大きく開いて立ち、長い陶製のパイプをくわえているのが、漁師亭のあるじである名士ジェリーバンドだ。彼の前にはその父親も、それどころか祖父も曾祖父も、この宿のあるじだった。かっぷくのいい明るい顔立ちの男で、頭頂部はいくらか禿げかかっている。まさに当時――偏見に満ちたイギリスの島国根性が頂点に達し、貴族に富農に小作農、とにかくイギリスの男であれば、ヨーロッパ大陸などは不道徳の巣窟、さらにその外には蛮族や人食い人種の住む未開の土地が広がっていると信じていた時代――の典型的な田舎《ジョン・》紳士《ブル》だった。

この堂々たるあるじはしっかりと足を踏みしめ、陶製の長いパイプをふかしながら、自国の人間は己以外関心に値せず、外国の人間は誰であれ軽蔑すべきものとして構えていた。艶やかな真鍮のボタンがついた緋色のベストに、コーデュロイのぴったりしたズボンを合わせ、梳毛糸《そもうし》編みの灰色のストッキングと、バックルのついた小粋な靴を履いているが、これは当時の大英帝国において、宿の主人としての矜持を持つ男には典型的な恰好だった。そのいっぽうで母を失った愛らしいサリーは、父親が特別な常連を相手に天下国家をうんぬんしているあいだにも、四組の褐色に焼けた手をうまく使って、その形のいい素敵な肩にのしかかってくる仕事を何から何までこなさなければならないのだった。

垂木から下がる、磨き込まれたふたつのランプに照らされた食堂は、陽気な雰囲気に包まれて、なんとも居心地が良さそうだった。くまなく煙草の煙がたちこめてはいるが、そのなかに見える愉快そうに赤らんだ顔を見るかぎり、誰もがお互いの存在をはじめ、宿主や世の中にも満足しきっているようだ。あちこちから、知的とは言えなくとも楽しげな会話と、それに伴う大きなバカ笑いが聞こえてくる。サリーがクスクスと笑い続けているところを見ると、ハリー・ウエイトも、サリーが彼のために捻出した短い時間を有意義に使えているようだ。

食堂の常連はほとんどが海の男だった。なにしろ漁師というのは酒に目がない。海では潮風ばかり吸い続けるせいで、陸地に上がると喉がカラカラなのだとか。だが漁師亭は、慎ましやかな漁師の集いに使われるだけではない。ロンドンとドーヴァーを行き来する馬車が、毎日のように宿から出るのだ。ドーヴァー海峡を渡ってきた人や、これからヨーロッパ大陸に出かけようという人ならば、誰でもジェリーバンドと、宿の提供するフランスワインや自家製ビールを知っていた。

一七九二年の九月も終わりに近づいたころ、それまでは素晴らしい天候に恵まれ、暑いくらいだったのが突然崩れ、イギリスの南部ではもう二日もひどい土砂降りが続いていた。見事に熟しかけていたリンゴやナシ、おそなりのプラムなどがすっかりだめになってしまいそうな激しさだった。雨はいまも宿の鉛格子窓を叩き、煙突をつたい落ちて、暖炉の薪から上がる明るい炎に当たってははぜていた。

「いやはや！　九月にこうも降ることがあったかねぇ、ジェリーバンドさん？」ヘンプシードが言った。

彼は炉端の特等席に陣取っていた。なにしろジェリーバンドは政治的な議論に箔をつけるべく常に特別な人選をして周りに集めているのだが、ヘンプシードは漁師亭における権威であり重要人物というだけでなく、聖書についての知識が深いことでも有名で、このあたりでは特別な尊敬と畏怖を集めていたのだ。ヘンプシードは独特の刺繍《ししゅう》をほどこした、かなりくたびれた農夫用のスモックを着ており、コーデュロイのズボンのたっぷりしたポケットに片手を入れて、もう片手には長い陶製のパイプを持っていた。部屋の向こうに目をやり、いかにも面白くないという顔で、窓ガラスをつたう水滴を見つめている。

「いいや」ジェリーバンドがもったいぶった口調で言った。「ありませんな、ヘンプシードさん。もう六十年近くも、ここに暮らしておりますがね」

「ほう！　その六十年のうち、最初の三年を数えるのはどうかのぉ、ジェリーバンドさん」ヘンプシードが静かな声で言った。「少なくともこのあたりでは、天気を気にする赤ん坊なんぞは見たことがありませんからな。ところでわしは、もう七十五年近くもこの土地におるのですぞ」

ヘンプシードの年の功には反駁の余地もなかったので、雄弁が自慢のジェリーバンドも、しばらくは言葉を見つけられなかった。

「これじゃあ九月どころか、むしろ四月ではないかね？」ヘンプシードが哀しそうに続けた。雨粒が、火の上に降りかかってはパチパチはぜている。

「ああ、まったくで」ジェリーバンドが言った。「だが、何を期待できますかね、ヘンプシードさん、なにしろ、わしらの政府があんな状態じゃあ」

ヘンプシードは、イギリスの天候と政府に対する深く根づいた不信により鍛えられた、無限の英知をもって首を横に振った。

「何も期待などしとらんよ、ジェリーバンドさん」ヘンプシードは言った。「わしら哀れな民衆は、ロンドンのやることに意見なんぞできんからのぉ。そんなことはわかっとるから、滅多に不満も言わんのよ。だが九月にこうも嫌な雨が降り、うちの果物が、エジプトの第一子が殺されよったように（『出エジプト記』の十の災いによるもの）すっかり腐ってだめになってしまうとは。まったくのぉ、こげな雨、ユダヤ人と行商人の得にしかならん。連中のオレンジやら、外国の罰当たりな果物なんぞは、イギリスのリンゴやナシが甘く実れば、誰も買いやせんからのぉ。聖書にもあるように——」

「まったくで、ヘンプシードさん」ジェリーバンドが言った。「だからこそわしは、何を期待できますかね、と言うんでさ。フランスの悪魔どもは、海峡の向こう側で、お国の王様や貴族をさんざ殺しまくっとる。ところがこっち側じゃ、わしらイギリス人が連中の罰当たりなやり方を受け入れるのか、ピットとフォックスとバーク（いずれも政治家）がやいやい言い合うばっかりで埒《らち》が明かねぇ。『殺《や》らせておけ！』とピットが言えば、バークのほうでは『やめさせねば！』と言う始末で」

「やらせておけ、というのがわしの意見でのぉ。勝手に地獄へ落ちればいいのよ」ヘンプシードがきっぱりと言った。じつは、友人ジェリーバンドとの政治的議論をあまり好んではいなかったのだ。その方面では太刀打ちできないばかりか、宝石のような金言を披露する機会もほとんどない。ヘンプシードとしては、そういった金言を口にすればするほど、周りの評判も高くなり、漁師亭のビールをただで飲めることにもなるのだった。

「やらせておけばいいのよ」ヘンプシードは繰り返した。「だが、九月にこげな雨はいかん。法に反するだけでなく、聖書にも――」

「やだ、ハリーさんったら！　あたし、ビックリしちゃうじゃないの！」

　サリーのこう口にしたのが、ヘンプシードがかの高名な聖書からの引用に向けて息を吸い込んだ瞬間だったのは、彼女と、その戯れの相手にとってなんとも気の毒なことだった。おかげで父親の雷が、サリーの可愛い頭にガツンと落っこちてきたのだ。

「おい、サリー、こら！」ジェリーバンドはその陽気な顔を、せいぜいしかめて見せた。「そんな青二才どもとくっちゃべるのはやめて、さっさと仕事に戻らんか！」

「厨房ならちゃんとやってるよ、お父ちゃん」

　だがジェリーバンドは有無を言わさぬ気色だった。時が来れば漁師亭の次のあるじになるだろう豊満なひとり娘に対しては、父親なりの計画があり、魚網ひとつでなんとか暮らしを立てている若造なんぞにくれてやる気はなかったのだ。

「聞こえなかったのか？」ジェリーバンドは宿の者に対して有無を言わさぬときに使う、妙に抑えた声で言った。「アントニー卿のために、心して夕食の支度をせい。いいか、できるかぎりのものをお出しせんで、万が一、卿の口に合わんようなことがあったら、ただでは済まさんからな」

サリーはしぶしぶ従った。

「だったら、今夜は特別なお客さんがあるのかい、ジェリーバンドさん？」ジミー・ピトキンが気を回し、サリーが部屋を出ていくことになった流れから、あるじの注意を逸らそうとして言った。

「ああ、そうとも！」ジェリーバンドが言った。「アントニー卿のご友人でな。公爵やら公爵夫人やらが、海の向こうからやってきなさるのさ。卿とお友だちのアンドリュー・フォークス様が、ほかの若い貴族の方々と力を合わせて、血に飢えた悪魔どもの手から救い出されたのよ」

だがこの事実は、何かと不満に満ちたヘンプシードの人生哲学には合わなかった。

「なんと！」ヘンプシードは言った。「どうしてそげなことを？　よそ者のやることに余計な邪魔立てをするなど、けしからんことだで。聖書にも――」

「そうでしょうなぁ、ヘンプシードさん」ジェリーバンドが辛辣《しんらつ》な皮肉を効かせながら遮った。「あなたはピットのお仲間で、フォックスとも『やらせておけ！』と声を合わせておれるんだから」

「失礼だが、ジェリーバンドさん」ヘンプシードが弱々しく言い返した。「何もそんなことを言ったつもりは」

だがようやく得意の話題に持ち込んだジェリーバンドは、簡単にそこから出るつもりはなかった。

「ついでに、向こうからイギリスにやってきては、わしらに連中の血みどろなやり方を認めさせようとしている、フランスの連中とも仲良くされているのかもしれませんな？」

「意味がわかりませんぞ、ジェリーバンドさん」ヘンプシードが言った。「わしにわかっとるのは――」

「わしにわかっとるのは」ジェリーバンドが声を張り上げた。「わしの友だちだった〈青面《あおづら》猪《いのしし》亭〉のあるじのペッパーコーンが、もともとは、この国のどんな男にも負けないくらい、忠誠心の強い本物のイギリス人だったってことでさ。ところがそのあいつが――蛙食《フランス人》いどもと親しくなりくさって、同胞でも相手にするように付き合いはじめた。連中の正体は、人の道をはずれた、神をも知らぬスパイだというのに。それでだ！　あげくにどうなったかね？　ペッパーコーンは革命がどうだ、自由がこうだとしゃべくりだし、貴族をこき下ろすようになっちまった。まさに、ここにいなさるヘンプシードさんにそっくりでねぇか！」

「失礼だが、ジェリーバンドさん」ヘンプシードがまた弱々しく口を挟んだ。「わしは何も──」

ジェリーバンドは演説口調で周りに語りかけていたから、男たちはペッパーコーンに関する暴露話に驚いて、あんぐり口を開けていた。テーブルのひとつには、ふたり──服装を見るかぎり紳士のようだ──が座っていたが、ドミノの盤を途中のまま押しやると、明らかに興味津々という顔でジェリーバンドの国際的な意見に耳を傾けていた。そのうちのひとりが、表情の豊かな口の端に皮肉な薄笑いをたたえながら、ジェリーバンドの立っている部屋の中央に近づいた。

「誠実なる友よ、どうやら貴殿は──」男は穏やかな声で言った。「そのフランス人どもが──確かスパイとおっしゃっていたはずだが──ご友人のペッパーコーン氏をすっかり丸め込んでしまえるほど優秀だと思われているようだ。いったいどうやったというのかね？」

「ハ！　あいつはたらし込まれたんでさ。聞くところによると、フランス人には弁舌の才があるらしい──小指でもひねるみたいに相手の心を捻じ曲げちまう連中のやり口についてなら、そこにいるヘンプシードさんにでも教わるといい」

「なるほど。そうなのかね、ヘンプシードさん？」男が礼儀正しくたずねた。

「まさか！」ヘンプシードが苛立った様子でこたえた。「そんなことを教えられるとは思えませんな」

「そうですか、では」男が言った。「この宿の立派なあるじどのが、フランス人によって、そのどこまでも愛国的な意見を変えられることのないように祈るとしましょう」この言葉にはジェリーバンドも悠々とした落ち着きを保つことができなくなり、大変な笑いの発作に襲われたので、彼にツケのある連中もお追従のように声を合わせて笑った。

「ハハハ！　ホホホ！　ヒヒヒ！」ジェリーバンドはあらゆる調子で、脇腹が痛くなり、涙がこぼれるまで笑った。「このわしが！　聞いたかい！　わしが連中に意見を変えられると？――はぁて？――まったくもって、だんなは珍妙なことをおっしゃいますなぁ」

「いいかね、ジェリーバンドさん」ヘンプシードがもったいぶった口調で言った。「聖書にこう書かれているのは知っておろう。『立っておると思う者は、倒れんように気をつけよ』」

「だが聞きましたか、ヘンプシードさん」ジェリーバンドは、おさまらぬ笑いに脇腹を押さえながら言った。「聖書はわしのことを知りませんからなぁ。なにしろこのわしなら、血に汚れたフランスの畜生とはビールの一杯だって飲む気はありませんや。だとすれば、意見を変えられる心配もないわけだ。そうそう！　なんでも、蛙食いどもには、純正英語《キングズ・イングリッシュ》ができないんだとか。妙になまった英語で口をきこうもんなら、一発で正体がわかるって寸法だ。そうよ！――『警戒すなわち警備なり』、ことわざにもあるでねぇか」

「そうとも！」先ほどの見知らぬ客が快活に賛同した。「あるじどのはじつに切れ者のようだから、ひとりでも、フランス人の二十人は相手にできましょう。尊敬すべきあるじどのの健康を祝して、乾杯といこうではありませんか。よろしければわたしのワインが一本ありますから、ぜひともお付き合いをいただきたい」

「これはご丁寧《ていねい》に」ジェリーバンドが、笑い過ぎてまだ濡れている目をぬぐいながら言った。「ありがたくいただきましょう」

男はふたつのジョッキに並々とワインを注ぐと、ひとつをあるじに渡し、ひとつを自分で取った。

「忠実なる、我々すべての英国紳士に」男の口元には、例の面白がっているような笑みがたゆたっていた。「だが少なくともワインだけは、フランスからやってきた唯一の素晴らしきものとして認めざるを得ませんな」

「やあ！　それぱっかりは否定できませんな、だんな」ジェリーバンドも同意した。

「ではイギリス一の、尊敬すべき宿のあるじ、ジェリーバンド氏に」男が大きな声を張り上げた。

「ヒップ、ヒップ、フーレイ！」と、そこにいた人々がそろって乾杯の掛け声を上げた。それから大きな拍手が続き、テーブルの上ではマグやジョッキがにぎやかな楽を奏で、何を笑うでもなく大きな笑い声が広がったが、そのなかではジェリーバンドが、独り言のように驚きの声を上げていた。

「このわしが罰当たりな外国人どもにたらし込まれる！──はて？──まったくだんなは珍妙なことをおっしゃいますなぁ」

この明らかな事実には、男も心の底から同意した。ジェリーバンドの胸に深く根を張っている、ヨーロッパ大陸に暮らす連中は救いがたいクズばかり、という意見を変えられるなどというのは、確かに途方もない考えだった。

第3章　亡命者

フランス人とその所業に対しては、イギリス中で反発が高まり渦巻いていた。両国の海岸を行き来する密輸業者や合法的な商人により、断片的にではあるものの、海の向こうからの情報も入ってきていた。それが誠実なイギリス人の血をわき立たせ、殺人鬼どもに目に物見せてやりたい、という思いを駆り立てるのだった。なにしろフランスは、国王一家を投獄し、王妃と王家の血を引く子どもたちを虐《しいた》げて、あらゆる屈辱を味わわせただけでは飽き足らず、ブルボン家および、その支持者をひとり残らず血祭にあげろと声高に叫ぶようになっていたのだ。

若いころからマリー・アントワネットの魅力的な友人として知られていたランバル公妃が処刑された際には、イギリス中の人間が恐怖に総毛だった。フランスでは日々刻々と、まるでヨーロッパの文明社会そのものに復讐を求めるかのように、名家の王党派が、貴族の名を持つというだけの理由で大量に殺されていたのだ。

だとしても、思い切って止めに入ろうとする人はいなかった。エドマンド・バークは、フランス共和国政府との戦いをイギリス政府に求めて熱弁をふるうことに疲れ果てていたし、ウィリアム・ピットは、いつもの慎重な態度を崩さず、我が国は金のかかる厳しい戦争を再び行なえる状態にはまだないと考えていた。主導権を握るべきはオーストリアだ。なにしろその美貌の娘が猛り立った群衆によって王妃の座から引きずり下ろされ、辱《はずかし》めを受けているのだから。つまり——と、チャールズ・ジェームズ・フォックスは唱えるのだ——フランス人のひと組が、また別のフランス人を殺したからといって、イギリスが武器を取る必要などどこにもありはしない。

ジェリーバンドとその同類の田舎紳士《ジョン・ブル》たちは、外国人と見るや、ことごとく軽蔑しきっていた。この手の人々は決まって王党派であり、革命を忌み嫌っている。そこで偉大な政治家を動かしている外交的な理由などはさっぱり理解することもなく、ピットの慎重で穏健な態度にはひたすら腹を立てていたのだ。

食堂にサリーが駆け戻ってきた。見るからに興奮し、張り切った様子だ。すっかりご機嫌になっている男たちには表からの物音が聞こえなかったものの、サリーのほうでは、ずぶ濡れになった馬と乗り手が漁師亭の入口の前に止まるのが見えていたのだ。そこで馬屋番の少年が馬を預かろうと駆け出すのと同時に、客を出迎えようと玄関に向かった。「中庭にいるのはアントニー卿のお馬みたいよ、お父ちゃん」サリーは食堂を駆け抜けながら、父親に声をかけた。

だがそこで外から大きく扉が開いたかと思うと、ずぶ濡れになった腕が褐色の袖から雫《しずく》をしたたらせつつ、するりとサリーの腰に回されて、力強い声が食堂の磨かれた垂木《たるき》にこだました。

「きみの茶色い瞳はなんてはしっこいんだろう、可愛いサリー」男が食堂に入ってくると、ジェリーバンドも宿一番のお客様をもてなさんと、勢い込んでいそいそと前に出た。

「まったく」アントニーが、桃色に上気したサリーの頰にキスをしながら続けた。「会うたびに、どんどんきれいになるじゃないか――となると、誠実な我が友ジェリーバンドにとっては、その柳腰から男を振り払うのも簡単ではないだろうな。どう思うね、ウエイト君」

ハリー・ウエイトは――卿への敬意と、この手の冗談への嫌悪に引き裂かれて――はっきりしない、うなり声のようなものを返すのが精一杯だった。

アントニー・デューハースト卿は、エクセター公爵の子息のひとりであり、当時の若き英国紳士を絵に描いたような男だった。背丈も肩幅もしっかりとある恵まれた体軀に、陽気な顔立ちをしており、常に高らかな笑い声を忘れない。秀でたスポーツマンであり、一緒にいる人を楽しませるのが上手で、礼儀正しく、育ちは申し分ないが、嫌味になるほど賢くもない。そんなわけで、ロンドン社交界の客間だけでなく村の宿の食堂でも人気があった。漁師亭の常連なら、誰でもアントニーを知っていた。なにしろアントニーはフランス旅行が大好きで、その行き来には、必ず漁師亭に一夜の宿を求めるのだから。

アントニーは、ウエイトやピトキンなどそこにいる者たちにうなずいて見せてから、ようやくサリーの腰を離すと、濡れた体を乾かそうと暖炉に近づいた。その途中で、どことなく疑わしげな視線を、ドミノを静かに再開していた見知らぬふたり連れのほうへちらりと投げた。その瞬間、アントニーの若々しい陽気な顔が、深刻な、不安ともとれる表情に曇った。

だがそれも束の間のことで、次の瞬間には、恐縮したように前髪を撫でつけているヘンプシードのほうに顔を向けて声をかけた。

「ヘンプシードさん、果物のできはどうですか？」

「最悪です、卿。ひどいもんで」ヘンプシードが哀しそうに言った。「だがわしらの政府が、フランスの、王様や貴族の方々を皆殺しにしようとしとる悪党どもに味方をするようでは、わしらに何が期待できましょうや？」

「まったく！」アントニーが言った。「実際、連中は皆殺しにするつもりなのさ――少なくとも悪運が味方についていて、それが可能なかぎりはな！　だが、今夜は友人が何人か来ることになっている。とにもかくにも、連中の手から逃げ出すことに成功した方々でね」

若き卿はこう言いながら、隅で静かにしている見知らぬふたり連れに、どこか挑発するような視線を投げた。

「それも卿と、卿のご友人方のご活躍があってこそ、と聞いております」ジェリーバンドが言った。

その瞬間アントニーの手が、警告するようにジェリーバンドの腕に置かれた。

「しっ！」アントニーは命令するように言うと、もう一度本能的に、見知らぬ男たちのほうへ目をやった。

「なるほど！　あのふたりなら大丈夫で、卿」ジェリーバンドが言った。「心配はいりません。仲間うちでなけりゃ、めったな口をきくもんですかね。あそこにいる紳士方は、こう申してはなんですが、あなた様にも負けず劣らずジョージ王への誠実な忠誠心を持っておられる。ただドーヴァーには最近来たばかりで、何かこのあたりで商売でもはじめるようです」

「商売だと？　ほお、では葬儀屋かな。なにしろ、あんなにしょぼくれた顔も珍しい」

「いや、わしの見るかぎり、あの方は奥様を亡くされているんですな。それであんな陰気な様子をしておるのでしょう。だとしても――あの方が大丈夫ってことは、わしが請け合いますからどうかご安心を。なにしろ繁盛している宿のあるじ以上に、人の目利きに長けている者なんぞ――」

「わかったわかった。では、ここには味方しかいないというわけだ」アントニーは、その件でこれ以上やり合うつもりがないことをはっきり示しながら言った。「ところで、ほかに泊まり客はいないんだろうな？」

「ございませんし、これからもありません、ですが――」

「ですが？」

「あなた様も、この方であれば大丈夫だろうというお方が」

「誰だい?」

「その、サー・パーシー・ブレイクニーご夫妻がそろそろご到着のはずなんですが、お泊まりにはならないはずで――」

「レディ・ブレイクニーだって?」アントニーがいくらか驚いた様子で言った。

「はい。サー・パーシーの船の船長が、ついさっきまでここにおりましてな。奥様のお兄様が、今夜、サー・パーシーの船〈デイドリーム号〉でフランスに戻られるそうなんで。それでご夫妻は、最後のお見送りをとここまで来られるんですわ。ご気分を害されたことはないでしょうな、卿?」

「いやいや、そんなことはない。サリーがしっかり腕をふるって、漁師亭の誇る料理を出してさえくれればな」

「それなら心配ご無用ですよ、卿」サリーがてきぱきと、テーブルに夕食のセットをしながら言った。鮮やかなダリアの花を中央に、艶やかなピューターの杯と青い陶製の皿が置かれ、いかにも華やかで心を引き立てるしつらえだ。

「何人分のご用意をすれば?」

「五人で頼むよ、サリー。だが量は少なくとも十人前で――友人たちは疲れているだろうし、おそらくは腹をすかせていると思うのでね。ちなみにぼくひとりでも、背骨のついた牛肉の塊《かたまり》をひとりでいけそうなくらいなんだ」

「あら、お着きになったようだわ」サリーが高ぶった声で言った。遠くからの馬の蹄《ひづめ》と車輪の音がはっきり聞こえ、どんどん近づいているのがわかった。

食堂がざわめいた。誰もが、海の向こうから来たという、アントニー卿の高貴な友人たちをひと目みたいと興味津々だったのだ。サリーは壁にかかっている小さな鏡にちらちらと素早く目をやり、ジェリーバンドのほうは特別な客を一番に出迎えようと張り切って部屋を出ていった。隅にいる見知らぬふたり連れだけが、周りの興奮とは無縁な様子で静かにドミノのゲームを終えながらも、入口のほうには目をやろうとさえしなかった。

「まっすぐにお進みください、伯爵夫人。扉は右手にございます」感じのよい声が外から聞こえてきた。

「お、着いたな。これでひと安心だ」アントニーが嬉しそうに言った。「さあ、サリー、急いでスープを出してくれ」

扉が大きく開かれると、ペコペコしながら愛想を振りまいているジェリーバンドのあとについて、四人の客――貴婦人と紳士がふたりずつ――が食堂に入ってきた。

「ようこそ！　イギリスへようこそ！」アントニーが心のこもった声を上げ、両腕を広げながらいそいそと客に近づいた。

「では、あなたがアントニー・デューハースト卿なのですね」貴婦人の片方が、強い外国なまりのある英語で言った。

「なんなりとお申し付けくださいマダム」アントニーは両方の婦人の手に恭《うやうや》しく唇をつけてから、ふたりの紳士に顔を向けて心のこもった握手をした。

ふたりの貴婦人はサリーの手を借りて旅用のマントを脱ぎ終えると、震えながら、赤々と燃えている暖炉のほうに向き直った。

食堂にいる人々も席を立った。サリーは厨房《ちゅうぼう》に駆け戻ったが、ジェリーバンドは大げさな挨拶を続けながら、炉端に、ひとつふたつと椅子を並べた。ヘンプシードも、前髪をいじりながらそっと炉端の席を立った。誰もが敬意を払いつつ、興味津々といった目で外国人の一行を見つめている。

「ああ！　なんと申し上げたらいいのでしょう？」年配のほうの貴婦人が、貴族的な両の手を、暖かな炎のほうにかざしながら言うと、言葉にはならない感謝の念のこもったまなざしを、まずはアントニーに、それから一行に付き添っていた若者に向けた。若者のほうは、重たいケープ付きの外套を脱ぐのに忙しそうだ。

「イギリスにいることを喜んでいると言っていただければそれだけで、伯爵夫人」アントニーが言った。「大変な旅をされてお疲れでなければいいのですが」

「ええ、もちろん、わたくしたち、こうしてイギリスにいることを喜んでおりますとも」彼女の目には涙が盛り上がっていた。「これまでの大変な思いも、すっかり忘れてしまいましたわ」

その低くて響きのいい声には静かな威厳があり、美しい貴族的な顔には、多くの試練にも気高く耐えてきた様子がはっきり見て取れた。雪のように白く豊かな髪は、当時の流行に合わせ、額の上部に高く結い上げられている。

「我が友サー・アンドリュー・フォークスは、良き旅のお供でありましたでしょうか、マダム？」

「ええ、もちろんですとも。サー・アンドリューはとてもご親切で。わたくしたち、いったいどうやって感謝の気持ちを表したらいいのか」

その連れである、あどけないふうの可憐な娘のほうは、疲労と哀しみのせいで痛々しい表情をしており、ひと言も口をきいてはいなかったが、涙に濡れた大きな鳶《とび》色の瞳を火から外すと、彼女のそばの炉端に椅子を寄せていたサー・アンドリュー・フォークスを見上げて、その瞳を求めた。するとそこには、目の前の愛らしい顔に対する感嘆の念がありありと浮かんでいたので、シュザンヌの青白い頬はポッと上気した。

「では、これがイギリスなのね」娘は少女のような好奇心を見せながら、大きな暖炉、オークの垂木、手の込んだスモックを身につけている、いかにもイギリス人らしい陽気な赤ら顔の田舎者たちに次々と目をやった。

「その一部ですよ、マドモアゼル」アンドリューが微笑《ほほえ》みながら言った。「ですが、そのすべてを御意のままに」

娘はまた赤くなったが、今度はまぶしいような笑みが、可愛らしい上品な顔をパッと輝かせた。娘は何も言わず、アンドリューも黙ったままだったが、それでも若いふたりは、この世界のはじまりから世界中の若者がそうだったように互いを理解し合っていた。

「だが、まずは夕食だ！」アントニーの陽気な声が、その場の空気を破った。「夕食だ、ジェリーバンド。おまえの可愛い娘とスープはどうしたんだ？　まったく、そうぼんやり突っ立ってご婦人方にみとれていたら、この方たちは腹ペコのあまり気絶してしまうぞ」

「もうしばらく！　しばらくお待ちを」ジェリーバンドは厨房へのドアを勢いよく開けると、声を張り上げた。「サリー！　おいこら、サリー。準備はできとるのか？」

準備はできており、次の瞬間、サリーが大きなスープ用の深皿を手に現れた。湯気が立ち上り、いかにもおいしそうな香りが漂っている。

「やれやれ、ようやく夕食だ！」アントニーが陽気に叫ぶと、伯爵夫人のほうに恭しく腕を差し出した。

「よろしいでしょうか？」アントニーは形式張ってそう付け加えると、夫人を食卓へと導いた。

食堂にいた人々も動き、ヘンプシードをはじめとする田舎者や漁師たちは、〝高貴な方々〟に譲るため、どこかほかの場所へパイプをくゆらせにいった。残ったのは、周りには無関心な様子で、ワインをちびちびやりながら静かにドミノを続けている例の見知らぬふたり連れと、頭に血がのぼりかけているハリー・ウエイトだけだ。ウエイトは、テーブルの周りで忙しく立ち働いているサリーをじっと見守っているのだった。

サリーの姿は、イギリスの牧歌的な世界を美しい絵に仕立てたかのようだったから、多感な若きフランス紳士がその愛らしい顔から目を離せないのも不思議ではなかった。トゥルネー子爵は弱冠十九歳の髭も生えそろわぬ青年であり、自国の恐ろしい悲劇にも、そこまでの影響は受けていなかった。優美な、どこか伊達《だて》男めいた服装をしており、安全なイギリスの地に立ったとたん革命の恐怖は忘れ去ったらしく、早速この国の喜びを堪能しようとしているのが見て取れた。

「これが、イギリス、なら」子爵はサリーにしきりと色目を使いながら、怪しい英語で満足そうに言った。「ぼく、とてもまんぞく」

ここでハリー・ウエイトが食いしばった歯の隙間から漏らした言葉は、とてもではないが書き記せない。それでも〝高貴な方〟、なかでもアントニー卿に遠慮して、ウエイトは若き外国人への悪態を我慢したほうなのだ。

「だが、これこそイギリスなのですよ、罰当たりな若き恥知らず君」アントニーが笑いながら言った。「そして、お国のみだらな態度は、この、世界一道徳に厳しい国には持ち込まないことです」

アントニーは伯爵夫人を右手に据え、すでにテーブルの上座についていた。ジェリーバンドはグラスに飲み物を注いだり、椅子をまっすぐに直したり、せわしなく動き回っている。サリーのほうは、いつでもスープの皿を回せるようにと準備万端だ。ハリー・ウエイトについては、ようやく彼の友だちが部屋から連れ出すことに成功していた。なにしろ彼は、子爵がサリーへの賛美を隠そうともしないので、ますますカッカするばかりだったのだ。

「シュザンヌ」厳格な伯爵夫人が、断固とした命令口調で声をかけた。

シュザンヌはまた頰を染めた。彼女は火のそばに立ち、ハンサムな若き英国紳士のまなざしを愛らしい顔で受け止めながら、時と場所をすっかり忘れていたのだ。しかもアンドリューの手は、無意識に、シュザンヌの手に重ねられていた。シュザンヌは母親の声で我に返ると、従順な声で「はい、お母様」とこたえ、食卓についた。

第4章　紅はこべ団

食卓を囲んでいる顔は、どれもほがらかで幸せそうにさえ見えた。サー・アンドリュー・フォークスとアントニー・デューハースト卿は、ふたりとも容姿端麗で、立派な家柄と育ちに恵まれた一七九二年における典型的な英国紳士だったし、ふたりの子どもを連れたフランスの伯爵夫人にいたっては、なんとか恐ろしい危機を脱出し、安全なイギリスの海岸にようやくたどり着いたばかりだったのだ。

食堂の隅にいた見知らぬふたり連れは、明らかにドミノのゲームを終えていた。男のひとりが立ち上がると、陽気な食卓には背を向けて、三重のケープのついた大きな外套を、ゆっくりと時間をかけて身に着けはじめた。と同時に、素早くあたりに視線をめぐらせた。部屋にいる人々が笑ったりしゃべったりに気を取られているのを確認すると、男は「大丈夫だ！」と押し殺した声で言った。すると連れの男が、手練《てだ》れらしき油断のない動きでサッと膝をつき、音も立てずに、オークの長椅子の下に滑り込んだ。立っていた男のほうは「おやすみなさい」と大きな声で挨拶すると、静かに食堂を出ていった。

食卓の人々は、音もなく行なわれたこの奇妙な動きには誰ひとり気づかないまま、出ていった男が扉を閉めると、そろって本能的な安堵のため息をついた。

「ようやく我々だけになったか！」アントニーが明るい声で言った。

そこで若きトゥルネー子爵が、この時世には似つかわしくないような優しい親しみを見せてグラスを手に立ち上がると、覚束《おぼつか》ない英語で言った。

「イギリス国王ジョージ三世陛下に。我ら、フランスからの不幸な亡命者に対する、陛下の歓待に神の祝福を」

「国王陛下に！」アントニーとアンドリューも声を合わせ、忠誠の杯を傾けた。

「フランス国王ルイ陛下に！」アンドリューが厳かに加えた。「神のご加護のもと、陛下が敵に勝利されますように」

一同が起立し、沈黙のなかで乾杯した。臣下の囚人となっているフランス国王の不幸な運命に空気は重たくなり、ジェリーバンドの陽気な顔さえ曇らせずにはおかなかった。

「さらにはトゥルネー・ド・バスリヴ伯爵を」アントニーがほがらかな口調で言った。「近いうちに、イギリスにお迎えできることを願って」

「ああ、ムッシュ」伯爵夫人は、かすかに手を震わせながらグラスを唇へと運んだ。「そんなことまで望むわけには」

だがすでにアントニーまでスープの給仕が済んでいたので、それからしばらくは会話もやみ、ジェリーバンドとサリーが料理の皿を回していくなか、誰もが食事をはじめた。

「これは断じて申し上げますが、マダム！」しばらくたったところで、アントニーが言った。「先ほどの乾杯は口先ではございません。こうして奥様ご自身を含め、シュザンヌ嬢と我が友の子爵が、無事、イギリスの地にいらっしゃるではありませんか。伯爵の運命についても、大船に乗ったつもりでいてくださらなければ」

「ああ、ムッシュ」伯爵夫人が重いため息をついた。「わたくしは神を信じておりますが――ただ祈り――願うことしか――」

「どうか、マダム！」ここでアンドリューが口を挟んだ。「神を頼るのはもちろんですが、イギリスの友人にもいくらかの信をくださいませ。我らは今日、奥様をお救いしたのと同様に、伯爵を無事、海峡のこちら側にお連れしてみせると誓いを立てているのですから」

「ええ、もちろんですとも、ムッシュ」伯爵夫人は言った。「あなた方には全幅の信頼を置いていますわ。なにしろその名声は、フランス全土に響き渡っておりますのよ。わたくしのお友だちにも、あのおぞましい革命裁判から救い出していただいた方が何人かいるのですけれど、その手際ときたらまるで奇跡そのもので――それがすべて、あなた方のお仲間の働きなのですから――」

「我々は単なる道具に過ぎないのですよ、伯爵夫人――」

「ですが主人は」伯爵夫人の声は、隠された涙にくぐもっていた。「いまも大変な危険のなかにいるのです――残してくることは断じてしたくなかったのですが――ただ、子どもたちのことが――わたくしは妻と母、ふたつの義務のあいだで切り裂かれました。子どもたちは、わたくしと一緒でなければ行かないと申しますし――あなた方も、主人のことは安心するようにと、固くおっしゃってくださいましたし。けれど、ああ！　こうして――あなた方と一緒に――この美しく自由なイギリスにおりますと――哀れな獣のように追われ、命がけで身を隠している主人のことが思われて――あの人は恐ろしい危険のなかにいる――ああ！　そばを離れるべきではなかった――離れるべきではなかったのに！――」

哀れな伯爵夫人は完全に打ちのめされていた。疲労、哀しみ、激情により、貴族然とした厳格な仮面も剝ぎ取られていた。伯爵夫人が静かに泣いているところへ、シュザンヌが駆け寄り、その唇で涙を払おうとした。

アントニーとアンドリューは、伯爵夫人の言葉をずっと黙って聞いていた。その沈黙こそが、夫人に対する深い同情の証《あかし》であった――が、イギリスがはじまって以来、英国紳士たるものが、自分の感情や共感の表明を恥とすることについては、いかなる世紀においても変わらない。そこでふたりの若い紳士は黙ったまま、なんとか胸の内を押し隠そうとするあまり、恐ろしく気まずそうな様子を見せることにだけは成功していた。

「わたしでしたら、ムッシュ」シュザンヌが突然、たっぷりした褐色の巻き毛の下から、アンドリューに向かって声をかけた。「これっぽっちも心配しておりませんわ。だって今日わたしたちを救ってくださったように、あなたが必ずお父様を無事イギリスに連れてきてくださること、わたしにはきちんとわかっているのですもの」

その揺るぎない確信からあふれ出す希望と信頼が、魔法のように母親の涙を乾かし、一同の唇にも微笑《ほほえ》みをもたらした。

「いやいや！　恥ずかしながら、マドモアゼル」アンドリューが言った。「この命はご自分のものと思っていただいて構いませんが、このぼくについては、今回の救出計画を立て成功させた、偉大なるリーダーのささやかな道具に過ぎないのですよ」

その口調が非常に熱っぽく真摯《しんし》だったので、シュザンヌは驚きを隠そうともせずにアンドリューを見つめた。

「リーダーですって、ムッシュ？」伯爵夫人が熱のこもった声で言った。「そうよ！　もちろん、あなた方にはリーダーがいるはずですわね。そんなことを考えもしなかったなんて！その方はどこにいらっしゃるのかしら？　すぐにでもお会いしにいき、その足元に、子どもたち共々跪《ひざまず》かなければ。今回の大変なお骨折りに、なんとしても感謝を申し上げたいのです」

「ああ、マダム！」アントニーが言った。「それは不可能なのです」

「不可能ですって？――どうしてでしょう？」

「紅はこべは秘密裡に活動しておりまして、その正体を知っているのは、秘密を守ることを固く誓った、ごく近しい仲間にかぎられているのです」

「紅はこべ?」シュザンヌがほがらかに笑いながら言った。「まあ、なんておかしな名前! 紅はこべっていったいなんのことですの、ムッシュ?」

シュザンヌは好奇心たっぷりにアンドリューを見つめたが、アンドリューの顔は、人が違ったかのように表情が変わっていた。情熱に瞳を輝かせ、リーダーに対する崇拝、愛、憧憬が、顔にはっきりと書かれていた。「紅はこべというのは、マドモアゼル」アンドリューはようやく口を開いた。「道端に咲く、慎ましやかなイギリスの花のことです。この世で最も勇敢で、かつ善良な男が、自分の正体を隠す〝またの名〟として選んだのが、その花の名前でした。その変名に隠れるほうが、彼の行なおうとしている崇高な使命を成功させるには好都合なのでね」

「ああ」若き子爵が口を挟んだ。「紅はこべの噂なら聞いたことがあります。小さな――赤い花だったかな?――そうそう! 王党派がパリからイギリスに脱出するたびに、あの悪魔、フーキエ=タンヴィル検事のところに、小さな赤い花のしるしが入った紙切れが届くんだって――ほんとうなんですか?」

「ええ、その通りです」アントニーが言った。

「なら、あいつは今回もそんな紙を受け取ったのかな?」

「確実に」

「まあ! 検事はそれを見たとき、なんと言ったのかしらね!」シュザンヌは嬉しそうに言った。「その赤い花のしるしだけは、あのフーキエ＝タンヴィルを怖がらせることができるという噂なのよ」

「そうですとも、それに」アンドリューが言った。「やつはこれからも繰り返し、小さな緋色の花を、とっくりと眺めることになるのですよ」

「ああ、ムッシュ」伯爵夫人がため息をついた。「まるで小説のようなお話ですが、わたくしにはよく理解できませんわ」

「それでいいのですよ、マダム」

「ですが、教えてくださいませ。どうしてそのリーダーは――もちろん、あなた方もですが――たいそうなお金を使い、命を危険にさらしてまで――なにしろ、フランスに足を踏み入れた瞬間から命の保証はないのですもの――あなた方にとってはなんの関わりもない、わたくしたちフランス人を救おうとなさるのでしょう？」

「スポーツですよ、マダム。スポーツです」アントニーが感じのいい大声で陽気に言った。「ご存じの通り、イギリスはスポーツの国。そしていまは、猟犬の鋭い歯から、兎を救い出すスポーツが流行っているというわけです」

「あら、そんな、まさか、それだけが理由ではないはずです、ムッシュ――あなた方には、大変なお働きをなさるだけの、もっと崇高な理由があるはずですわ」

「ほんとうに、マダム、そんなものがあるとすれば、ぜひ見つけていただきたい。ぼくに関して言えば、心の底からこのゲームを楽しんでいましてね。なにしろ、これまでに経験したなかでも最高だ――間一髪での脱出――悪魔を相手にするようなスリル！――よし、かかれ！　さあ、行くぞ！――そういうのがたまらないのですよ」

だが伯爵夫人は、まだ信じられない様子で首を横に振った。裕福で、おそらくは名家の出の若き紳士たちとその偉大なるリーダーが、単なるスポーツ気分で恐ろしい危険を冒すなど荒唐無稽《こうとうむけい》な話にしか思えなかったのだ。しかも一度ではなく、何度も繰り返して。イギリスの国籍も、フランスの地を踏んでしまえば、彼らを守ってはくれない。王党派の容疑がかけられた人物をかくまい、幇助《ほうじょ》したことがわかれば、国籍にかかわらず容赦なく断罪され、即刻、処刑されてしまう。ところが彼女の知るかぎり、この若きイギリス人の一味は、あろうことかパリの市壁のなかで、血に飢えた無慈悲な革命裁判に公然と叛旗をひるがえし、ギロチンのまさに鼻先から、有罪と決められた犠牲者たちをかすめ取っているのだ。伯爵夫人は身震いしながら、ここ数日の出来事を思い返した。彼女たち三人は、おんぼろ馬車の幌《ほろ》の下に隠れてパリを脱出した。カブやキャベツのなかに身を横たえ、悪名高き西門に集まった群衆が「貴族は街灯に吊るせ！《ア・ラ・ランテルヌ・レ・ザリスト》」と吠えるのを聞きながら、恐ろしさに息を殺していたのだ。

すべては奇跡のようだった。伯爵夫妻は自分たちが〝容疑者〟リストに載っており、裁判と死まで数日――ひょっとすると数時間しか残っていないことを理解していた。

そこへ救いの手が差し伸べられた。謎めいた、緋色のしるしが入った手紙が届いたのだ。

明確な、断固たる指示。哀れな妻の心をふたつに引き裂いた伯爵との別れ。再会への希望。ふたりの子を連れての逃亡。幌のついた荷馬車。その御者台には、鞭の柄におぞましい戦利品をからませた、邪悪な悪魔にそっくりな恐ろしい老婆の姿が！

伯爵夫人は、古風で趣《おもむき》のあるイギリスの宿を見回した。文明的で、神聖な自由に満ちあふれた平和な場所。伯爵夫人は両目を閉じると、頭に焼きついている西門の光景と、老婆がペストと口にしたとたんパニックにあとずさった群衆の姿を振り払おうとした。

荷台にいたときには、いまにも見つかって子どもたち共々逮捕され、裁判と有罪宣告の運命が待っているのではと一秒たりとも安心はできなかった。けれど勇敢な謎のリーダーに指揮されたイギリスの若者たちが、自らの命を危険にさらし、これまでにも多くの無実の人々を助けてきたように、彼女と子どもたちを救い出してくれたのだった。

それが単なるスポーツですって？　ありえないわ！　アンドリューの目を捉えようとしているシュザンヌのまなざしには、少なくともこの方には、お友だちの言っているような理由ではなくて、おぞましい理不尽な死から人々を救いたいという、もっと崇高な理由があるに違いないとはっきり書いてあった。

「その勇敢な仲間には、何人の方がいらっしゃるの、ムッシュ？」シュザンヌがおずおずとたずねた。

「二十人です、マドモアゼル」アンドリューがこたえた。「ひとりの命令に、十九人が従うのです。全員がイギリス人で、同じ大義を胸に――リーダーに従い、無実の人々を救うという誓いを立てています」

「神様があなた方をお守りくださいますように」伯爵夫人が熱を込めて言った。

「これまでのところは、お守りくださっていますよ、マダム」

「ほんとうに、なんて素晴らしいこと！――あなた方の勇敢さと、友人に対する献身には目を見張る思いです――しかもあなた方はイギリス人だというのに！――ところがフランスでは――自由と友愛の名のもとに裏切り行為がはびこっている」

「フランスではむしろ男より女のほうが、ぼくたち貴族を憎んでいるのですよ」子爵がため息をついた。

「ええ、そうなのです」そう口にした瞬間、伯爵夫人の物憂《ものう》げな目には、高慢な侮蔑と激しい敵意が浮かんだ。「マルグリート・サン・ジュストがいい例ですわ。あの女に告発されたせいで、サン・シール侯爵一家はあの恐ろしい裁判に送られてしまった」

「マルグリート・サン・ジュストですって？」アントニーが、心配そうな視線をちらっとアンドリューに向けた。

「マルグリート・サン・ジュストというのは――つまり――」

「そうです！」伯爵夫人が言った。「あなた方もご存じかと。あの女はコメディ・フランセーズの元人気女優で、最近、イギリスの方と結婚しているのですから。きっとご存じなのでは――」

「あの方を?」アンドリューが言った。「レディ・ブレイクニーをですか? あの方はロンドン社交界きっての花形であり――イギリス一裕福な男の奥様なんですよ? もちろん、レディ・ブレイクニーのことなら誰でも知っていますとも」

「あの方は、パリの尼僧院で学んでいたときのお友だちなのよ」シュザンヌが口を挟んだ。「英語を学ぼうとイギリスを訪れたときにも一緒でしたわ。わたしはマルグリートが大好きなの。あの方が、そんなひどいことをするなんてとても信じられない」

「確かに信じがたいですね」アンドリューが言った。「ほんとうにあの方がサン・シール侯爵を告発したと? どうしてそんなことをする必要が? きっと何かの誤解が――」

「誤解などありようがございませんのよ、ムッシュ」伯爵夫人が冷ややかに言った。「マルグリート・サン・ジュストの兄は、有名な共和派ですの。その兄と、わたくしのいとこであるサン・シール侯爵のあいだには、何かしら家族のからむ諍いがあったらしくて。サン・ジュストはまったくの平民ですし、共和国政府は多くのスパイを使っています。誤解などはありえないと、はっきり申し上げられますわ――この話をお聞きになるのははじめてですの?」

「じつを言うと、マダム、噂のようなものなら耳にしたことがあるのですが、このイギリスに、そんなことを信じる人間はまずいないでしょうね――なにしろご主人のサー・パーシー・ブレイクニーは大富豪で、社会的な地位も高く、皇太子殿下の親しい友であり――レデイ・ブレイクニーはロンドンの流行と社交界を引っ張っている方なのですから」

「そうですか、ムッシュ。わたくしたちはもちろん、このイギリスの地で、静かに暮らしていくつもりでおりますのよ。ですがこの麗《うるわ》しい国にいるあいだ、マルグリート・サン・ジュストにだけは会うことがないよう、神様にお祈りしようと思いますわ」

ささやかながら陽気な集まりだったところへ、文字通り水をかけられたかのように場が白けた。シュザンヌは黙り込んだまま哀しそうだったし、アンドリューは落ち着きなくフォークを動かしている。いっぽう伯爵夫人は、貴族的な偏見という鎧《よろい》をまとい、厳めしい断固とした様子で背筋のまっすぐな椅子に腰かけている。アントニーはあまりの気まずさに、ジェリーバンドのほうへちらちらと不安そうな視線を投げたが、ジェリーバンドのほうも同じくらい困っているようだった。

「サー・パーシーとレディ・ブレイクニーは何時に着く予定なんだ？」アントニーは、なんとか周りに気づかれることなく、ジェリーバンドにささやいた。

「いまにもいらっしゃるかと」ジェリーバンドもささやき返した。

そこへ馬車の音が遠くから聞こえてきた。音はどんどん大きくなって、なにやら叫んでいる声がいくつか聞き取れたあとに、ゴツゴツした石畳の道を叩く蹄《ひづめ》の音が響いたかと思うと、次の瞬間には馬屋番の少年が食堂の扉を開け、興奮した様子で飛び込んできた。

「サー・パーシー・ブレイクニーと奥様が」少年は声を張り上げた。「ご到着です」

さらに掛け声、馬具の鳴る音、敷石を蹴る鉄の蹄の音がして、四頭の見事な鹿毛《かげ》の馬に引かれた、堂々たる馬車が宿のポーチの外に止まった。

第5章　マルグリート

オークの垂木《たるき》が渡された快適な食堂が、とたんに救いがたい混乱と戸惑いに包まれた。馬屋番の少年が到着を告げるなり、まずはアントニーが当世風の悪態をついて椅子から慌てて立ち上がり、困り果てている混乱状態の哀れなジェリーバンドに、支離滅裂な指示をあれこれ飛ばしはじめた。

「いいか、頼むから」アントニーはジェリーバンドに言い含めた。「ご婦人方が部屋を出るまで、レディ・ブレイクニーをなんとか外に引き留めておくんだ。くそっ！」卿はまた、語気鋭く悪態をついた。「まったく間が悪いな」

「急げ、サリー！　蠟燭《ろうそく》だ！」ジェリーバンドが片足ずつでピョンピョン飛び跳ねながら叫び、部屋を走り回っては、みんなをますます不愉快にさせた。

伯爵夫人も立ち上がっていた。こわばった背筋をまっすぐにし、貴族にふさわしい落ち着きの下に興奮を隠そうとしながら、口のなかで無意識に繰り返していた。

「会うものですか！――会うものですか！」

表では、賓客の到着で一気に興奮が高まっていた。

「ようこそ、サー・パーシー！――ようこそ、奥様！　どうぞなんなりと、サー・パーシー！」こういったいくつもの声が長いコーラスのように続いたかと思うと、そこへまた別の、もっとか細い声が聞こえてきた。「哀れな盲人を忘れてくださいますな！　奥様、だんな様、どうかお恵みを！」

するとざわめきを圧し、際立って甘やかな声が響き渡った。

「その可哀そうな方を追い立てないで――わたしの払いでお食事をあげてちょうだい」

それは低く音楽的な、どことなく歌うような声で、かすかにではあるけれど、子音の発音にフランスなまりが感じられた。

その声が聞こえた瞬間、食堂の人々は、体を硬くしながら耳をそばだてた。サリーは、部屋の反対側にある扉のそばで蠟燭をかざしていた。扉の向こうには、寝室へとつながる階段がある。伯爵夫人は、耳当たりのいい甘やかな声を持つ敵から身を隠そうと急いでいた。シュザンヌのほうは残念そうな視線を部屋の入口に投げており、仕方なく母親のあとを追おうとしながらも、心のなかでは大好きなかつての学友に会いたい気持ちを持て余していた。

そこでジェリーバンドが大きく扉を開けた。愚かしくも、あたりに充満している悲劇の気配を、なんとかやり過ごせるのではないかとむなしく願っているようだった。そこへ先ほどの、音楽的な低い声が、ほがらかな笑いと、わざとらしい驚きのこもった調子で言った。

「ブルルルル！　ニシンみたいにずぶ濡れだわ！　ほんとうに、こんなひどいお天気ってあるかしら?」

「シュザンヌ、早くこちらへ――さあ」伯爵夫人が有無を言わさぬ口調で言った。

「そんな! お母様!」シュザンヌが哀れっぽく言った。

「奥様――そのぅ――おほん!――奥様!――」ジェリーバンドは弱々しい声で言いながら、ぎこちない仕草で行く手をふさごうとがんばった。

「ちょっと、あなた」マルグリート・ブレイクニーが軽く苛立った口調で言った。「どうして通してくださらないの? 足を痛くした七面鳥みたいに片足でピョンピョンしちゃって。火のそばに行かせてちょうだい。寒くて死にそうなんだから」

次の瞬間、マルグリートが優しくジェリーバンドを押しのけて、するりと食堂に入ってきた。

マルグリート・サン・ジュスト――あらためレディ・ブレイクニー――に関しては、いまも多くの肖像画や細密画が残っているのだが、そのたぐいなき美貌が、どこまで正しく写し取られているのかは怪しいものだ。彼女は平均的な女性に比べて背が高く、気品と威厳に満ちあふれて圧倒的な存在感を放っており、伯爵夫人でさえその魅力的な姿に背を向ける前には、我ならぬ感嘆の念に打たれたほどであった。

そのときのマルグリートはまだ二十五歳になったばかりで、まさに花の盛りだった。ゆらゆらと波打つ羽根をつけた大きな帽子が完璧な形の額に柔らかな影を落とし、いまは髪粉も振っていない赤みがかった暗めの金髪は光沢に煌《きら》めいている。少女のように愛らしい唇、彫ったようにまっすぐな鼻、丸味を帯びた顎、繊細《せんさい》な喉の線。そのすべてを、当時の目も綾な衣装がさらに引き立てていた。青のビロードを使った贅沢《ぜいたく》なドレスは体の優美な曲線を余すことなく浮き彫りにし、小さな片手には威厳たっぷりに、当時のお洒落《しゃれ》な貴婦人のあいだで流行りはじめていた、てっぺんにリボン飾りのたっぷりついた長いステッキを握っていた。

部屋にサッと目を走らせただけで、マルグリートは部屋にいる人をひとり残らず見て取っていた。まずはアンドリューに感じよくうなずいて見せ、アントニーには手を差し出した。

「ごきげんよう、アントニー卿！　ところで——ドーヴァーでいったい何を？」マルグリートはほがらかに声をかけた。

それからこたえを待たずに、くるりと伯爵夫人とシュザンヌのほうを向いた。美貌がパッと輝きを増したかと思うと、マルグリートはシュザンヌのほうへ両手を差し出した。

「まあ！　そこにいるのはシュザンヌじゃなくって。驚いたこと、小さなシトワイエンヌ、どうしてイギリスに？　それに奥様も」

マルグリートは喜びもあらわにふたりのほうへ近づいた。その態度にも笑顔にも、困惑の気配はかけらもなかった。アントニーとアンドリューは、このささやかな一場を見守りながらも不安でたまらなかった。ふたりともイギリス人ではあったが、フランスに出向くことは多かったので、フランスの古い貴族の頑ななまでの気位の高さや、彼らが仲間の破滅に手を貸した人々にどれほどの苦い敵意を抱くかについて、充分に理解できるほどにはフランス人と付き合う機会を得ていたのである。美しきマルグリートの兄、アルマン・サン・ジュストは――融和的な穏健派であるとはいえ――熱心な共和派である。彼と、古い貴族であるサン・シール家との反目が――その正否は部外者にはわからないままだが――結果的にはサン・シール侯爵の破滅につながり、一家の者はほとんどが殺されていた。フランスにおいては、サン・ジュストとその属する党派が勝利を収めている。いっぽういまこのイギリスの宿では、幾世紀にもわたる贅沢な暮らしの粋《すい》をなげうち、身ひとつでフランスから逃げてきた三人の亡命者が、王座を覆《くつがえ》し、そもそものはじまりがわからないほど遠い昔から続いてきた貴族社会を根絶させた、共和派の流れをくむ麗人と向き合っているのだった。

マルグリートは三人の前に立っていた。美のもたらす無自覚の高慢さをまとい、優美な手を差し出しながら。まるでその仕草ひとつで、この十年の確執や流血の上に、橋を架けることができるとでもいうかのように。

「シュザンヌ、その女と口をきいてはなりません」伯爵夫人が制するように娘の腕を押さえながら、厳しい口調で言い放った。

伯爵夫人は英語を使ったので、ふたりの若きイギリス紳士はもちろん、庶民である宿のあるじとその娘を含めて、その場にいる人は、ひとり残らず伯爵夫人の言葉をはっきり理解できた。宿のあるじ親子は、外国人の無礼さと、貴婦人に対する厚顔無恥な態度を目の前にして、恐ろしさに唖然としていた。いまやイギリス人となったレディ・ブレイクニーは、サー・パーシーの妻であり、皇太子殿下のご友人でもあるのだ。

アントニーとアンドリューは、この不当な侮辱に、ぞっとしたあまり心臓が止まりかけた。そこで片方は懇願の、もう片方は警告の声を上げながら、無意識のうちに、慌てた視線を入口に向けていた。その扉の向こうからは、おっとりと物憂《ものう》げな、それでいて感じのよい声が聞こえてきていたのだ。

そんな周りを尻目に、マルグリート・ブレイクニーとトゥルネー伯爵夫人はピクリとも動いていないかに見えた。伯爵夫人は娘の腕に手を置いたまま、傲然と厳めしく背筋を伸ばしており、その姿はまさに揺るぎない誇りの化身さながらだ。マルグリートの美しい顔は、ほんの一瞬、首元に巻いているふんわりしたフィシュー（スカーフの一種）のように白く色を失ったものの、よほど観察眼の鋭い人でなければ、リボン飾りのついた長いステッキを握っている手に力がこもり、かすかに震えたことには気づかなかっただろう。

けれどそれも束の間のことで、次の瞬間には繊細な眉を軽く持ち上げ、唇の端を皮肉っぽくゆがめると、澄んだ青い瞳で伯爵夫人の頑なな姿をまっすぐに見つめて小さく肩をすくめて見せた。

「あらあら、シトワイエンヌ」マルグリートは明るく言った。「何がお気に召さないのかしら？」

「ここはイギリスですのよ、マダム」伯爵夫人が冷ややかにこたえた。「ですからわたくしには、あなたと友情の握手を交わしてはいけないと、娘に命じるだけの自由がございますの。いらっしゃい、シュザンヌ」

伯爵夫人は娘を手招きすると、マルグリートには再び目を向けることなく、ふたりの若者には深々と古風なお辞儀をしてから、威厳たっぷりに部屋を出ていった。

古い宿の食堂にはしばらくの静寂が広がり、伯爵夫人のドレスの衣擦れの音が廊下に消えていった。マルグリートは彫像のように固まったまま、険しい目で、反り返った背中が扉の向こうに消えるのを見つめていた。だが従順で謙虚なシュザンヌが母親のあとを追おうとしたとき、マルグリートの顔から険しくこわばった表情が消え失せて、瞳がどこか、哀しんでいる子どものような色を帯びた。

シュザンヌはそれを見逃さなかった。純真な優しい心が、自分よりわずかに年上なだけの美しい女《ひと》に向かったかと思うと、娘としての義務も、女友だちに対する共感の前にかき消えた。彼女は扉のところで振り返ると、マルグリートに駆け寄って両腕を回し、愛情もあらわにキスをしたのだ。それからようやく母のあとを追うと、サリーも、マルグリートにお辞儀をしてからそのあとに続いた。

シュザンヌの可憐な愛くるしい態度が、気づまりな緊張をやわらげてくれた。その小柄な可愛らしい姿を見えなくなるまで追いかけていたアンドリューの瞳は、マルグリートの瞳をとらえたときに、心からの明るい輝きをたたえていた。

マルグリートは、伯爵夫人とシュザンヌが出ていった扉のほうへ優しく投げキッスを送ってから、口元に、いたずらっぽい笑みをうっすらと浮かべた。

「では、これで済んだわけね？」マルグリートが陽気に言った。「ふぅ！　サー・アンドリュー、あんなにも不愉快な人を見たことがあって？　年をとっても、ああはなりたくないものだわ」

マルグリートはスカートを引き寄せると、威厳たっぷりの足取りを装って暖炉に近づいた。「シュザンヌ」マルグリートは伯爵夫人の声音を真似て言った。「その女と口をきいてはなりません！」

この冗談に添えられた笑い声には、いくぶん硬くこわばったところがあったのだけれど、アンドリューもアントニーも、それに気づけるほど鋭くはなかった。物真似は完璧で、声の抑揚まで見事に再現されていたから、若者ふたりは心の底から大喜びして、「ブラボー！」と声を合わせた。

「ああ、レディ・ブレイクニー！」アントニーが言った。「コメディ・フランセーズでは、あなたを失ってどんなにがっかりしていることか。パリっ子たちも、あなたを奪ったというので、サー・パーシーをさぞかしうらんでいることでしょうね」

「あら」マルグリートが優美な肩をすくめて見せた。「なんであれ、サー・パーシーをうらむなんてできっこないわ。あの人の見事なシャレにかかったら、あの伯爵夫人でさえ警戒を解かれてしまうでしょうから」

伯爵夫人の威厳ある退場にお供を命じられなかった若き子爵は、マルグリートがさらに母親を攻撃するようであれば一戦を交えようと、一歩前に踏み出した。だが子爵が抗議の前置きを口にする前に、感じはいいものの、やけに間の抜けた笑い声が部屋の外から聞こえてきた。と、次の瞬間には、恐ろしく背の高い、美々しく着飾った男が扉のところに現れたのだった。

第6章　一七九二年のダンディ

当時の記録によれば、一七九二年当時のサー・パーシー・ブレイクニーは、まだ三十の手前だった。イギリス人の平均よりもかなりの長身で、筋骨もたくましく、肩幅も広かった。並外れた美男ではあったものの、彫りの深い青い目にはどんよりしたところがあって、間の抜けた声でひっきりなしに笑うせいで、輪郭《りんかく》のくっきりした力強い口元もゆがんで見えた。

イギリス有数の富豪で、あらゆる流行を左右する立場にあり、皇太子の親友でもあるサー・パーシー・ブレイクニー準男爵が、旅先から美しく魅力的なフランスの才女を妻にして帰国し、ロンドンとバースの上流社交界を驚かせてからは、すでに一年がたとうとしていた。なんにしろ骨の髄までイギリス人で、美しい婦人にあくびばかりさせているおっとりしたぼんやり屋の彼が、どの記録を見ても多くの競争者がいたことは間違いないのだが、それを蹴散らし、最高の結婚相手を得ることに成功したのだった。

マルグリート・サン・ジュストがパリの芸術界に登場したのは、ちょうどパリの市壁のなかで、世界でも例のない大激変の気配が生まれつつあったころだ。わずか十八歳で、頼れる身内といっては献身的な若い兄がひとりいるだけだったが、かぎりなき美貌と才能に恵まれた彼女はみるみる人を引き寄せ、リシュリュー通りにあった彼女の魅力的なアパルトマンには、きらびやかで排他的なサロンができていた。排他的——とはいっても、ある一点においてのみだ。マルグリート・サン・ジュストは、主義においても信条から言っても共和派であった。〝人は生まれながらに平等〟がモットーであり、貧富の差などは単なる運命のイタズラでしかない。彼女が不平等を認めるとすれば、それはただ、才能においてのみであった。「お金や称号などは親から引き継ぐことができるかもしれない」と、彼女は言う。「けれど、脳みそは違うわ」。というわけで、彼女の魅力的なサロンに参加できるのは、独創性があり、知的で、機知と才気に富み、聡明で才能のある男女にかぎられていたのだ。こうして彼女のサロンに出入りできることは、知的な社会において——当時の不安定な情勢にもかかわらず、その中枢は依然としてパリにあった——そのまま芸術家としての成功を意味していた。

才人や著名人に加え、高位にある男たちまでが、コメディ・フランセーズの魅惑的な若き女優を囲んで、絶え間なく華々しい交友の場を設けていた。そしてマルグリートは、共和政へと突き進む血に飢えたパリを、ヨーロッパの知的社会においても卓越した、刺激的な人々ばかりを尾のように従えて、輝かしい彗星のごとくに走り抜けたのだった。

そこへクライマックスが訪れた。ある者は寛大に微笑《ほほえ》みながら、それを芸術家ならではの奇行と呼び、また別の者は当時のパリで急激に進行しつつあったさまざまな情勢をかんがみて、賢明な布石だと言った。だが誰にとっても、真の動機は謎のままに残された。なんにしろマルグリート・サン・ジュストは、ある晴れた日に、突然サー・パーシー・ブレイクニーと結婚したのだ。友人に前もって知らせることもなく、婚約パーティや結婚披露宴など、フランスの結婚に伴う華やかなあれこれなど一切せずに、あっさりと。

誰もが認める〝ヨーロッパ一の才女〟を取り巻くサロンに、どうしてまた凡庸で退屈なイギリス人が入り込めたのか、周囲には理由の見当もつかなかったので——口さがない連中は、金《きん》の鍵があればどんな扉でも開けることができるのさと言い立てた。

とにかくマルグリートは彼と結婚したのであり、〝ヨーロッパ一の才女〟は〝救いがたき鈍物《どんぶつ》〟と運命を結び合わせることになった。彼女に最も近しい友人でさえ、この奇妙な選択に対しては、極度の気まぐれの結果としか思えなかった。マルグリート・サン・ジュストがサー・パーシーのもたらす世俗的な利益のために結婚したなどという考えは、彼女の知己であれば一笑に付すだけだった。彼女が金には興味がなく、ましてや称号などを欲しがっていないことは明らかだったから。しかも仮に社会的な立場を求めていたのだとすれば、サー・パーシーほどの金持ちではなくとも、血筋で充分に劣らぬ男は、洗練された国際的社交界に半ダースはいたのである。

サー・パーシー・ブレイクニーに関しては、そのような重責をになうにはまったくふさわしくないということで、世間の見方は一致していた。彼の主な強みは、マルグリートに対するかぎりない崇拝、莫大な富、イギリス宮廷における人気からなっていたが、ロンドン社交界の人々は、彼の知的なレベルをおもんぱかって、そういった世俗的な強みを分かつにしても、もう少し地味で才気に劣る女性のほうが、本人のためによかったのではと考えていた。

当時のパーシーはイギリス上流社交界の中心的な立場にあったものの、若いころは、ほとんどを外国で過ごした。父親の故サー・アルジャーノン・ブレイクニーは、二年の幸せな結婚生活を過ごしたのち、最愛の若妻が、回復の見込みのない精神病にかかるという恐ろしい悲劇に見舞われた。パーシーはちょうど、故レディ・ブレイクニーが残酷な病《やまい》の犠牲になったころに生まれたのだが、当時においてそれは不治の病であり、一家に対する神の呪いも同然であった。サー・アルジャーノンは病んだ若妻と外国で暮らすようにしたので、パーシーもおそらくはその地で教育を受け、正気をなくした母と、悲嘆に暮れている父のそばで成人したのだが、両親が前後して亡くなったことで自由の身になった。しかも父親が引きこもった地味な生活を強いられていたこともあり、もともと豊かだったブレイクニー家の財産は十倍にも膨れ上がっていたのだった。

それからサー・パーシー・ブレイクニーは、外国を長々と漫遊したのちに、フランス人の若き美女を妻として伴い、故郷へと戻ってきたのだ。社交界には、両手を広げてふたりを迎え入れる準備ができていた。なにしろパーシーは裕福であり、その妻は洗練を極めている。皇太子もふたりをすっかり気に入った。半年もすると、ふたりはファッションをはじめとする、社交界の流行を左右する存在になっていた。パーシーの着ていた上衣《コート》が町中の噂になり、彼のくだらない言い回しが繰り返され、名門クラブの〈アルマックス〉やペルメル街に集う裕福な若者たちは、彼の愚かしい笑い方を繰り返し真似るのだった。パーシーが救いがたい鈍物だという点に関しては、周囲の意見も一致していた。けれどそれも不思議ではない。なにしろブレイクニー家の当主は代々退屈な男ばかりだったし、パーシーの母は亡くなる前に精神を病んでいたのだから。

こうして社交界は彼を受け入れ、ちやほやし、もてはやした。なにしろ国中でも最高の馬を持っていたし、彼の催すパーティとワインは贅沢《ぜいたく》を極めていた。〝ヨーロッパ一の才女〟との結婚についていえば、そう！　避けがたい成り行きが、刻々と速やかに迫っていた。だからといって哀れむ人はいなかった。なにしろ自分で選んだ運命なのだ。イギリスには、彼の間抜けな言動と、おめでたいような愚鈍さには微笑みながら目をつぶりつつ、ブレイクニー家の富を共に使うのにやぶさかでない高貴な生まれの麗《うるわ》しい美女がいくらでもいたのだから。そもそも同情など、本人のほうでも受け取る気はなさそうだった。聡い妻を心から誇りに思っているらしく、妻から悪気のない様子ではっきりと嘲笑《ちょうしょう》されても、苦にしている様子などまったくない。おまけに妻のほうでは、夫をダシにすることでますます機知を磨き、楽しんでいるかにさえ見えるのだった。

となるとパーシーは、妻の嘲笑にも気づかないほど愚かなのだろうか。魅惑的なパリジェンヌとの結婚生活が、彼の思い描いていた夢と、ひたむきな愛を裏切ることはなかったのか。

それについては社交界の人々も、おぼろげに想像することしかできなかった。

パーシーはリッチモンドにある壮麗な邸宅で、穏やかな愛想のよい態度を崩すことなく、才高き妻の補佐役に甘んじていた。彼が宝石をはじめとするありとあらゆる贅沢品を惜しみなく与えれば、妻はそれをまた比類なき優美さで受け取り、パリの知的なサロンを受け入れていたときの鷹揚《おうよう》さで、夫の豪奢《ごうしゃ》な邸宅に客を迎え、気ままにもてなすのだった。

容姿の面で言えば、サー・パーシー・ブレイクニーが美男であることは否定のしようもない――が、そこには常にどんよりとした、物憂《ものう》げな表情がつきまとっていた。身仕舞いについては、いついかなるときでも非の打ちどころがなかった。ちょうどパリから入ってきたばかりの、これみよがしな〝奇想天外《アンクロワイヤブル》〟と呼ばれる異形のファッションを、持って生まれた英国紳士の完璧なセンスで着こなしてしまうのだ。その九月の午後も、雨と泥のなか、四輪馬車で長旅をしてきたにもかかわらず、上衣《コート》は着崩れも見せずに立派な肩を包んでいた。極上のメクリンレースでたっぷりとフリルのついた袖口からは女のように白い手がのぞき、極端に前を短くしたサテンの上衣《コート》に幅広の襟がついたウエストコートを合わせ、ストライプのズボンはぴったり脚に添っていた。その美々しく装われた堂々たる体軀を目にした人には、まさに英国紳士の模範のように見えるだろう。その印象も、キザな態度、気取った様子、繰り返される愚かしい笑いに触れたとたん、すっかり消え失せてしまうのだが。

パーシーはゆったりと部屋に入ってくると、見事な外套から雫《しずく》を払い、金縁の片眼鏡をどんよりした青い瞳に当てて、困惑したような静寂に包まれていた人々に目を向けた。

「やあ、アントニー。それからフォークスも」パーシーはアントニー・デューハースト卿とサー・アンドリュー・フォークスに気づくと、握手を交わした。「ったく、きみたち」パーシーは小さなあくびを噛み殺しながら言った。「こんなひどい天気ってないじゃないか。イカレ天気ってやつだな、これは」

マルグリートは半ば当惑したような、皮肉混じりの奇妙な声で笑うと、夫のほうに顔を向け、快活な青い瞳を愉快そうに煌《きら》めかせながら、夫の姿を頭から爪先へとねめ下ろした。

「なんだい！」みんなが黙ったままでいるので、パーシーが言った。「なんだかそろって気まずそうな顔だが――どうかしたのかい？」

「あら、なんでもないのよ、サー・パーシー」マルグリートの声は明るかったものの、いくらか無理をしているような響きがあった。「あなたが慌てるようなことは何もありはしないわ――ただ、あなたの妻が侮辱されたというだけでね」

そこに続いた笑いには、はっきりと、夫に事の重大さを伝えたい気持ちがにじんでいた。どうやら成功はしたようで、パーシーは自分も笑いながら穏やかにこう言った。

「それはそれは！　まさか、きみにたてつくとはねぇ。その生意気な男はいったいどこのどいつなんだい――え？」

アントニーが口を挟もうとしたが、すでに若き子爵が前に出ていた。

「ムッシュ」子爵は丁重にお辞儀をしてから、怪しい英語でささやかな演説をはじめた。「ぼくの母、トゥルネー伯爵夫人が、マダム、つまり、奥様の気分、害しました。でも、ぼく、母のために謝らないよ。母に非がある、思えないから。しかし、エーヨある男として当然のこと、する覚悟ならできてます」

若者はほっそりした体をまっすぐに伸ばすと、激情と誇りに駆られた熱い目で、百八十センチを優に超える華麗な男、サー・パーシー・ブレイクニー準男爵を見上げた。

「まあ、サー・アンドリュー」マルグリートは、周りを釣り込むような独特の陽気な声で笑った。「なんて素敵な構図なのかしら――イギリスの七面鳥対フランスのチャボだなんて」

なるほど。確かにイギリスの七面鳥は困ったような顔でチャボを見下ろし、可愛らしい小さなチャボのほうは、威嚇《いかく》するように相手の周りをうろちょろしていた。

「これは、サー！」パーシーがようやくそう言いながら眼鏡を持ち上げると、心の底から驚いた様子でフランスの若者を見つめた。「カッコウの名にかけて、いったいどこで、その英語を身に付けられたのかな？」

「ムッシュ！」子爵は鈍重そうな相手が、自分の好戦的な態度をおっとりと受け止めたことにたじろいでいた。

「いやぁ、すごい！」パーシーが動じた気配もなく続けた。「じつに素晴らしい！　違うかい、アントニー？　なんたってぼくは、あんなふうにはフランス語を話せないからな。そうだろ?」

「そうね、それならわたしが保証してよ!」マルグリートが言った。「サー・パーシーのイギリスなまりときたら、ナイフで切り取れるくらいですもの」

「ムッシュ」子爵が覚束《おぼつか》ない英語で真剣に続けた。「あなた、わかってない。ぼく、紳士ならすべきこと、しよう言ってる」

「で、それはなんだと?」パーシーは顔色も変えずに言った。

「剣です、ムッシュ」子爵はまだ困惑しながらも、カッカしはじめていた。

「あなたはスポーツマンよね、アントニー卿」マルグリートが愉快そうに言った。「わたしなら、十対一で小さなチャボちゃんに賭けますわ」

だがパーシーは、とろんとした物憂げな目をしばらく子爵に向けたかと思うと、長い両腕を伸ばしながらまたあくびを嚙み殺し、ゆったりと背を向けた。

「いやはや」パーシーは穏やかな様子を崩さずに言った。「まったく、きみの剣が、ぼくになんだというのです?」

手脚の長いイギリス人に不躾な態度であからさまに侮辱され、子爵が思い感じたことは、高潔なる非難の言葉として何冊もの書を埋めることができただろう――が、わき上がる怒りに、ほかの言葉は喉のなかで押しつぶされて、これしかないというひと言に凝縮された。

「決闘を、ムッシュ」子爵は口ごもりながら言った。

パーシーはまた振り返り、その高みから短気で小柄な若者を見下ろしたが、一瞬たりとも、その冷静沈着な愛想のよさを失うことはなかった。例の感じこそいいが間の抜けた調子で笑うと、ほっそりした長い手を外套の大きなポケットに突っ込み、のんびりとした口調で言った。「血に飢えた若きゴロツキ君、きみは、法を順守する紳士の体に穴でも開けようというのかい？　だがぼくのほうはね、きみ、決闘なんぞは絶対にしないのさ」パーシーは落ち着いた様子で腰を下ろすと、だらしなく長い脚を投げ出した。「まったく、決闘なんて不愉快なだけじゃないか。そうだろ、アントニー？」

子爵にしろ、イギリスでは法の厳しい手によって決闘の禁止が徹底されていることくらいは耳にしていたはずだが、フランス人である彼にとっての勇気と名誉を証明するものは、何世紀にもわたって行なわれてきた暗黙の法であり、決闘を公然と拒否するなど大罪も同然であった。子爵は迷った。この脚の長いイギリス人の顔を平手打ちにして、臆病者とのたまってやろうか。けれど貴婦人の前でそのようなことをするのは不躾ではないか。そこでマルグリートが、楽しそうに言った。

「さあ、アントニー卿」耳当たりのいい、いかにも甘やかで優しい声だった。「仲裁に入ってくださらなければ。さもないとあの子が怒りに燃えて」マルグリートはそこで、わずかに乾いた皮肉を効かせた。「サー・パーシーに怪我をさせてしまうかもしれませんわ」マルグリートは嘲《あざけ》るように小さく笑ったが、夫の落ち着き払った穏やかな態度にはみじんも変化がなかった。「得意になっていたイギリスの七面鳥の時代もこれでおしまいね」マルグリートは言った。「この人ときたら、カレンダーに出てくる聖人をまとめて怒らせたところで、自分だけは澄ました顔でいられるんだから」

ところがパーシーはそんな皮肉もどこ吹く風で、上機嫌なまま一緒に笑う始末だった。

「まったく気の利いたことを言うでしょう?」パーシーは子爵のほうに顔を向けながら言った。「妻は才女でね――きみも、イギリスに暮らしていればすぐにわかるでしょうが」

「サー・パーシーの言う通りですよ、子爵」アントニーが、子爵の肩に優しく手を置きながら言った。「イギリスでの生活を、決闘ではじめるというのはどうもね」

子爵はほんのしばらくためらったけれど、この霧深き国でまかり通っているやり方にはまったく納得がいかないという気持ちを示すように小さく肩をすくめ、威厳たっぷりに言った。

「ふん、そうね! そっちがいいなら、ぼく、構わない。なんといっても、こちらはヒゴされる身。ぼくが悪かったなら、引き下がります」

「ああ、それがいい!」パーシーがホッとしたように長いため息をついた。「そちらへ引き下がりたまえ。まったく、キャンキャンうるさい子犬めが」パーシーは口のなかでそう付け加えた。「冗談抜きに、フォークス、きみたちの仲間がフランスから持ち帰ろうとしている商品の見本がこの手の連中なら、海峡の真ん中にでも捨ててきたほうがいいな。さもないとぼくはピットに禁止税をつけさせてやる。そうしたらきみたちは動きが取れなくなって、もぐりになるしかなくなるぞ」

「あら、サー・パーシー。あなたの騎士道精神はお門違いよ」マルグリートが媚びを含んだ口調で、自分自身のことをほのめかすように言った。「自分でも、フランスからひと包み取り寄せたことをお忘れじゃなくて」

パーシーがゆっくり立ち上がると、妻に向かって深々と丁寧《ていねい》なお辞儀をし、いかにも恭《うやうや》しく慇懃《いんぎん》な態度で言った。

「しかも極上の品でございました。この目に狂いはございません」

「騎士道精神のほうは怪しいけれど」マルグリートは皮肉っぽく言った。

「ひどいなぁ！　考えてもごらん！　蛙食いのチビどもがきみの鼻の形に難癖をつけるたびに、この体を針刺しのように差し出せとでもいうのかい？」

「あら、サー・パーシー」マルグリートが笑いながら、可愛らしく優美にお辞儀をして見せた。「その心配ならいらなくてよ！　わたしの鼻に難癖をつけるのは、殿方ではないはずですから」

「心配とはね！　ぼくの勇気を疑うのですか、マダム？　何も無駄にボクシングを愛好しているわけではないのですよ、そうだろ、アントニー？　ぼくはレッドサムと拳《こぶし》を交わしたこともあるんだが――あいつにさえいつものようにはやらせなかったくらいで――」

「あらあら、サー・パーシー」マルグリートの陽気な笑い声が、古びたオークの垂木《たるき》に長々と響き渡った。「そのときのあなたをぜひとも拝見したかったわ――ホホホホ！――さぞかし素敵な雄姿だったでしょうに――でも――その人が――フランスのおチビちゃんを怖がるだなんて――ホホ！――ホホホ！」

「ハハハ！　ヒヒヒ！」パーシーは愉快そうに声を合わせて笑った。「やあ、マダム、光栄です！　よし！　フォークス、見たか！　ぼくは妻を――ヨーロッパ一の才女を笑わせたぞ！　すごいな、こいつは乾杯しないと！」それから、そばにあったテーブルを力強く叩いた。「おい、ジェリーバンド！　急いでくれ、ジェリー！」

なごやかな雰囲気が戻ってきた。ジェリーバンドも、この三十分に味わった動揺から、なんとか自分を取り戻していた。「パンチを頼むぞ、ジェリー。熱くて強いやつをな」パーシーが言った。「才女を笑わせた機知に磨きをかけるんだ！　ハハハ！　急いでくれ、ジェリー」

「だめよ、時間がありませんわ」マルグリートが言った。「船長は間もなくここに来るでしょうし、兄は船に乗らなければならないのよ。さもないとデイドリーム号は潮を逃してしまうわ」

「時間だって？　大丈夫、潮が変わる前に酔っぱらうくらいの時間は充分にあるさ」

「あのう、奥様」ジェリーバンドが恭しく言った。「その若い紳士の方は、サー・パーシーの船長と一緒にこちらへ向かっているようですが」

「そいつはいい」パーシーが言った。「アルマンも、愉快な祝宴に加わればいいんだ。ところで、アントニー」パーシーは子爵のほうに顔を向けながら付け加えた。「きみのお連れのひよっこ君も一緒にどうかな？　仲直りのしるしに飲もうと伝えてくれたまえ」

「みなさん、すっかりお楽しみのようですし」マルグリートが言った。「わたしはしばらく別室に失礼して、兄と別れの挨拶をさせていただきますわね」

あえて止めようとすれば、かえって不作法になっただろう。アントニーとアンドリューも、マルグリートが、みんなと過ごす気分になれないでいることは察していた。兄のアルマン・サン・ジュストに対する彼女の愛は、いじらしいまでに深かった。アルマンはイギリスにある妹の屋敷で数週間を過ごしたのち、故郷に奉仕するためフランスに戻ろうとしている。変わることなき熱烈な愛国心が、いまは当たり前のように死で報いられている母国へと。

パーシーも妻を止めようとはしなかった。それどころか彼の動作につきまとう、いささか気取りのある慇懃さで恭しく食堂の扉を開くと、当時の流行に従って、妻に向かい丁重に非の打ちどころのないお辞儀をした。マルグリートのほうは、かすかに蔑《さげす》むような視線を投げただけで、何も言わずにその横を通り過ぎた。そのとき、シュザンヌに出会ったことでより優しく敏感になり、生来の思いやりを深めていたアンドリューだけは、軽薄で愚鈍なパーシーが、輝かしい妻の背中を見送りながら、その瞳に激しい憧憬と、報われない深い情熱を宿した奇妙な色を浮かべたことに気づいていた。

第7章　秘密の果樹園

騒がしい食堂からほの暗い廊下に出ると、マルグリートはふと、呼吸が楽になったように感じた。常に自制の重たい抑圧下に置かれている人らしく大きなため息をついたとき、その頰には、油断したように数滴の涙が落ちた。

表では雨もやんでいて、するすると流れていく雲の隙間からは嵐のあとの淡い陽光が、ケントの白く美しい海岸と、アドミラルティ埠頭にデコボコと並ぶ古風な家々に日差しを注いでいた。マルグリートはポーチに出て海を眺めた。刻々と変わり続ける空を背景に、白い帆を掲げた優雅な船が、そよ風を浴びて優しく躍っている。サー・パーシー・ブレイクニーの帆船《スクーナー》デイドリーム号で、すでにアルマン・サン・ジュストを乗せて海峡を渡る準備が整っていた。血に濡れた革命にわき立つフランスへ。王政を倒し、宗教を攻撃し、社会を破壊したフランスでは、伝統の灰の上に、幾人かの男が夢見ている、何人《なんぴと》にも実現不可能な新しいユートピアを建設しようとしているのだった。

遠くから、ふたつの人影が漁師亭に近づいていた。ひとりは年配の男だ。おかしな形をした灰色の鬚が、丸々とした大きな顎を包み込んでいる。独特の揺れているような歩き方は、明らかに船乗りのものだった。もうひとりは若くほっそりした男で、黒っぽい幾重《いくえ》かのケープのついた外套が、こざっぱりとよく似合っている。髭をきれいに剃り、黒みがかった髪は後ろに撫でつけられて、気品のある額をすっきりとあらわにしていた。

「アルマン！」遠くにその姿を認めるなり、マルグリートが声を上げた。涙を浮かべながらも、幸せそうな笑みに美しい顔を輝かせている。

数分もすると、兄と妹は互いに固く抱き合っていた。年配の船長は、遠慮するように、そばでたたずんでいる。

「時間はどれくらいあるの、ブリッグズ？」マルグリートがたずねた。「兄が乗船するまでに」

「三十分のうちには碇《いかり》を上げねばなりません」船長が、灰色の前髪を引っ張りながら言った。

マルグリートは兄と腕をからませて、崖のほうへといざなった。

「三十分」マルグリートは哀しそうに海を眺めた。「三十分後には、わたしを置いて行ってしまうのね、アルマン！　ああ、ほんとうに行ってしまうなんて！　最後のほうの何日かは――パーシーも留守にしていたから――兄さんを独り占めにできたけれど、その時も夢のように過ぎ去ってしまった」

「そう遠く離れるわけではないだろ」アルマンが優しく言った。「あいだには数十キロの海峡があるだけだ――またすぐに会いにくるさ」

「いいえ、問題は距離じゃないのよ、アルマン──あの恐ろしいパリが──なにしろいまは──」

ふたりは崖の際《きわ》まで来ていた。海からの優しいそよ風にマルグリートの髪がふんわりとあおられ、柔らかなレースのフィシューもしなやかな白い蛇のように、彼女の周りでくねり、たなびいた。マルグリートはかなたを見通そうとした。この海の向こうにはフランスの海岸がある。容赦なき無慈悲な国、自分自身の肉と、高貴な息子たちの血を求めているフランスが。

「ぼくたちの美しい祖国なんだよ、マルゴ」アルマンが、妹の思いを読んだかのように言った。

「フランスは行き過ぎてしまったのよ、アルマン」マルグリートは怒りをこめて言った。「兄さんは共和派だし、わたしだって──思いは同じで、自由と平等に対する情熱は持っています──けれど、兄さんでさえ、彼らはやり過ぎだと思っているはず──」

「しっ！──」アルマンが反射的に制し、警戒するようにサッと周りをうかがった。

「まあ！　兄さんったら、この手の話をするのがどうしても不安なのね──ここはイギリスなのよ！」マルグリートは強烈な、ほとんど母性的とも言える情熱に駆られ、アルマンにしがみついた。「行かないで、アルマン！」マルグリートはすがった。「戻らないでちょうだい！　兄さんにもしものことがあったら──わたし──わたし──」

マルグリートは涙に声を詰まらせながら、愛に満ちた優しい青い瞳で、訴えかけるように兄を見つめた。アルマンのほうでも、まっすぐに見つめ返していた。

「何があろうと、おまえはぼくの勇敢な妹だ」アルマンが優しく言った。「それならフランスが危機に瀕しているときに、その息子たちが、母に背を向けるべきでないことはわかっているはずだ」

アルマンがこの言葉を終える前に、マルグリートの顔はあどけない甘やかな笑みにほころんだけれど、それは涙に濡れた、痛ましい笑みでもあった。

「ああ、アルマン!」マルグリートが趣《おもむき》のある口調で言った。「わたしはときどき、兄さんがもう少し高貴な美徳に欠けていればと思うのよ――小さな欠点を持ち合わせていたほうが、よほど危険も少なくて、不愉快な思いもせずに済むのにって。とにかく、くれぐれも慎重に行動すると約束してくれるわね?」

「できるかぎりは――約束する」

「忘れないで、わたしには――兄さんのほかには――大切に思ってくれる人がいないのよ――」

「いいや、おまえにはもう、ほかにも絆があるじゃないか。パーシーは、おまえを大切に思っている――」

マルグリートは、奇妙な憂《うれ》いの色を瞳ににじませながらつぶやいた。「そうでしたわね

――かつては――」

「だが彼は確かに――」

「あらあら、わたしのことなら心配いらないわ。パーシーはとても優しいし――」

「いいや！」アルマンは語気も荒く遮った。「心配に決まっているじゃないか、マルゴ。いいかい、ぼくには気になっていながらどうしても聞けなかったことがあるんだ。だがどうやら、この質問をせずにおまえと別れることはできそうにない――いやだったら、こたえなくても構わないから」アルマンは、妹の目をふとよぎった、どこか不安そうにこわばった表情を見て取りながら、最後にそう付け加えた。

「なんですの？」マルグリートはあっさりと言った。

「パーシーはあのことを――つまり、おまえがサン・シール侯爵の逮捕に関係していたことを知っているのかい？」

マルグリートは笑った――空虚で苦々しい、嘲《あざけ》りを含んだ笑いが、その音楽的な声を不協和音のように鳴らした。

「わたしのサン・シール侯爵への告発が裁判所に届いて、結果、侯爵とその家族がギロチン送りになったことについてかしら？　ええ、知っていますわ――結婚したあとに話しましたから――」

「細かい事情まですべて説明したのか？――それさえ知っていれば、おまえを責めることはないはずだが――」

「その〝事情〟を説明するには手遅れでしたの。あの人はすでに、どこかで話を聞いたあとだったのよ。自分から告白するには遅過ぎたみたい。もう、事情をくんでもらうことなどはできなかった。言い訳のような真似をして品位を落とすようなこと、わたしにはとても――」

「それで？」

「それで、わたしはすっかり満足しているのよ、アルマン。イギリス一の愚か者が、誰よりも、自分の妻を軽蔑しているのだから」

　こう言ったマルグリートの声には痛烈な苦しみがこもっていたから、妹を心から愛しているアルマンは、膿《う》んだ傷口に、がさつな指で触れてしまったような気分になった。

「だが、パーシーはおまえを愛していたじゃないか、マルゴ」アルマンは優しく繰り返した。

「愛していた？――ええ、アルマン、わたしもそう信じていたことがありましたわ。でなければ、結婚なんかするべきではなかった。思うのだけれど」マルグリートは早口で、重たい荷物でも下ろすかのように、これまでには言えなかったことを口にした。「たぶん、兄さんでさえ、ほかのみんなと同じように思ったのではないかしら――わたしがパーシーと結婚したのはお金のためだと――これだけははっきりさせておきますけれど、それは違うのよ。あの人は、まるで情熱を固めたような不思議なほどの激しさでわたしを崇めてくれました。それがわたしの心に届いたの。兄さんも知っての通り、わたしはそれまで誰かを愛したことなど一度もなかった。もう二十四歳でしたから――いつの間にか、自分には人を愛する心がないのかもしれないと思うようになって。そのくせ心のどこかでは、わたしを丸ごと、ひたむきに、情熱的に愛し――賛美してくれる人に出会えたら、それこそ天上の幸福が手に入るはずだと信じているようなところがあったのね――じつを言うと、パーシーが鈍くて愚かだという点も、だからこそますます愛してくれるような気がして、わたしにとっては魅力でさえあったの。賢い人ならほかにも興味を持つのが自然でしょうし、野心のある男ならほかの何かを望むようになる――愚かな人だからこそ、周りには目をくれることなく心を捧げることができるのだと。そして、わたしのほうにもこたえる準備はできていたのよ、アルマン。心からの愛に対しては、かぎりのない優しさでこたえるつもりでいましたのに――」

マルグリートはため息をついた。壊れた幻想のにじんだため息だった。アルマンは遮ることなく、妹の言葉を聞いていた。そうして耳を傾けながらも、頭のなかでは思いが激しく渦を巻いていた。若くて美しい――少女と言ってもおかしくないくらいの――まだ人生の出発点にいるはずの女性が、その若さを終わりのない長く豊かな祭日に変えてくれるはずの希望や期待、そして金色の華やかな夢までも、すっかり奪われてしまうとは。

それでも――妹に対する深い愛にもかかわらず――おそらくアルマンには理解できていた。多くの国、さまざまな年代、あらゆる階層や知的階級の男たちを観察してきたアルマンには、マルグリートのあえて口にしなかったことがわかっていた。いくら頭の回転が遅く、ぼんやりしているとはいっても、サー・パーシー・ブレイクニーには、英国紳士の家系に脈々と伝わる、深く根づいた誇りの精神がある。ブレイクニー家には、ボズワースの戦いで果てた男もいれば、裏切者のスチュワート家を相手に命と財産を犠牲にした男もいる。その誇り高き心が――共和派のアルマンに言わせれば愚かで偏見に満ちているとは思うものの――妻であるレディ・ブレイクニーの足元が罪で汚《けが》れていることを知った瞬間、グサリと深く傷つけられてしまったのだろう。当時のマルグリートは未熟なために、彼女を利用しようとする者にうまく吹き込まれ、誤ったほうに誘導されてしまったのだ。アルマンはそれを承知していたし、妹の軽率さも衝動的な面も深く理解していた。だが知恵の足りないパーシーであれば、〝細かい事情〟には聞く耳を持たず、事実だけにしがみつくだろう。有罪と端《はな》から決まっている裁判に、マルグリートが貴族の男をひとり送り込んだという事実そのものに。結果、パーシーはマルグリートの行為に軽蔑を覚えることになり、それは共感や知性には欠けた彼の愛を、無意識のうちに殺してしまったのだろう。

それでもなお、アルマンには自分の妹がよくわからなかった。人生と愛が、こうも不可思議で気まぐれだとは。まるでパーシーの愛の冷めかけていることが、マルグリートの夫への愛を目覚めさせたかのようではないか。極端に相反するふたりも、愛の小道では出会うことがある。ヨーロッパの知性の半分を足元に跪《ひざまず》かせた女が、その愛情を、どうやら鈍物《どんぶつ》に与えようとしているのだ。マルグリートは沈む夕日に目をやった。アルマンからは顔が見えなかったものの、金色の夕日を浴びてキラリと光るものが、妹の目から繊細《せんさい》なレースのフィシューに落ちたように見えた。

だがアルマンは、自分の考えをマルグリートにぶつけることができなかった。妹の一風変わった情熱的な気質も、その率直でさばけた態度の裏には秘められたものがあることもよくわかっていた。ふたりは幼いころから常に一緒だった。両親が亡くなったとき、アルマンも若かったが、マルグリートはまだ子どもだった。八歳ほど年上のアルマンは、マルグリートが結婚するまでずっと見守っていた。リシュリュー通りにあるアパルトマンでの輝かしき日日には保護者としてそばにいたし、妹がこのイギリスでの新しい生活をはじめるときにも、大きな哀しみと、そこはかとない不吉な予感を胸に見つめていた。

結婚以来、アルマンがイギリスを訪れたのははじめてだった。数か月離れていただけでも、兄と妹のあいだには、ほんの薄いものとはいえ、壁ができてしまったように感じられた。両者の深く熱い愛に変わりはなかったけれど、それぞれに秘密の果樹園があって、どちらもそこへは入り込むことができずにいるかのようだった。

アルマンにも、妹に話せないことは多かった。フランスの革命にまつわる情勢は日々刻々と変わっている。アルマンの共和派に対する見方や共感が変わりつつあることなど、おそらくマルグリートには理解できないだろう。情勢が過熱するなか、友だった人々が傾倒し、革命が恐怖と苛烈さを極めつつあることも。いっぽうマルグリートのほうでも、胸の秘密を打ち明けることができなかった。なにしろ、自分でも自分の気持ちがよくわからずにいたのだ。ただひとつ、このうえない贅沢《ぜいたく》を享受しながらも、孤独で不幸せであることだけは確かだった。

そしていま、アルマンが行ってしまおうとしている。マルグリートとしては兄の身が心配であり、そばにいてほしい気持ちも強かった。なんにしろ、この哀しくも名残惜しい最後の時を、自分の話で台無しにするのはいやだった。マルグリートは崖に沿って優しくアルマンを促すと、腕と腕をからませながら浜辺へと下りていった。秘密の果樹園には入らなくとも、ふたりには、まだいくらでも話すことがあるのだから。

第8章　全権大使

午後はみるみる過ぎ去って、イギリスらしい、ひんやりとした長い夏の夕べが、ケントの緑豊かな景色を霧で覆いつつあった。

デイドリーム号の出航からはすでに一時間ほどたっていたが、マルグリートはひとり崖の上から、白い帆がするすると遠ざかっていくのを眺めていた。あの帆の下には、自分を大切に思ってくれるたったひとりの人、自分が心から愛し、信頼している兄のアルマンが乗っているのだ。

左手に少し離れた、濃くなりつつある霧のなかには、漁師亭の食堂からこぼれた黄色い光が煌《きら》めいている。マルグリートの波立った神経には、そこからのにぎやかな声や、どんちゃん騒ぎの物音、そして彼女の敏感な耳を傷つけてやまない夫の愚かしい笑い声が聞こえてくるかのように思えた。

パーシーには、マルグリートをひとりきりにしておくだけの思いやりがあった。愚かなりに心の優しい人だから、かなたににじむ水平線に白い帆が消え去るまではひとりでいたいという気持ちを、おそらくは察してくれたのだろうとマルグリートは思った。パーシーの礼節と品位に対する感覚は非常に鋭いものがあって、従者をひとり、声の届く範囲に待たせるようにとさえ言わなかったのだ。マルグリートは夫の気遣いに感謝した。いつだって、パーシーの変わらぬ思いやりには感謝しようとしているのだ。その果てしのない寛大さにも。ときには夫に対する辛辣《しんらつ》で刺々しい態度をやわらげようともするのだけれど――ついつい――残酷で侮蔑的な言葉を口にしては、心のどこかで、彼を傷つけたいと思っている自分に気づくのだった。

　そう！　彼女はしばしば、パーシーを傷つけてやりたいと願った。こちらのほうでも軽蔑しているのだと感じさせたかった。そんなときは、パーシーを愛しかけているらしき自分のことも忘れてしまう。あんな、クラヴァット（ネクタイの前身である男性用装飾品）の結び方と新しい上衣《コート》のスタイルしか頭にない、愚かな気取り屋を愛するだなんて！　フン！　それでもやっぱり！――情熱的な甘い思い出がぼんやりと、軽い海風の、目には見えない翼に乗って穏やかな夏の宵《よい》に溶けはじめ、マルグリートの脳裏に蘇《よみがえ》ってきた。パーシーが、はじめて心を捧げてくれたときに生まれた絆。まさにすべてを――ぼくはきみの奴隷だと言わんばかりに――捧げてくれたその愛には、まだ表には現れていない強烈な何かが感じられて、彼女はそれに惹きつけられたのだった。

　ところが突然、求愛のあいだは、まるで忠犬のようだといくらか見下してさえいたその愛と献身が消え失せてしまったのだ。古びたサン・ロック教会で簡単な結婚式を挙げて二十四時間ののち、マルグリートは、サン・シール侯爵のことをパーシーに打ち明けた。彼女が侯爵に関する件を不注意にも話題にし、それをある男たち——友人でもあった——が利用したために、不運な侯爵一家はギロチンに送られてしまったのだと。

侯爵に対する憎しみはあった。数年前に、かけがえのない兄のアルマンが、アンジェル・ド・サン・シールに恋をしたのだ。だがアルマンは単なる平民であり、貴族である侯爵は高慢と偏見に満ちていた。ある日、臆病な恋する男アルマンは、恭《うやうや》しく、憧れの女神に、思い切って短い詩——思いのこもった、熱く、情熱にあふれた詩——を送った。その次の夜、サン・シール侯爵は従者を使い、パリのすぐ外でアルマンを待ち伏せると、袋叩きにし、辱《はずかし》めた。貴族の娘に色目を使ったというだけの理由で、それこそ犬のように、完膚なきまでに打ち据えたのだ。大革命の起こる二年ほど前の話だが、当時はそんなことが、ほとんど毎日のように行なわれていた。じつのところ、そういった出来事の積み重ねが血濡《ちぬ》れの報復になり、数年後には、貴族の傲慢な首を次々とギロチンへ送ることにもつながるのだ。

マルグリートはその出来事を忘れられなかった。アルマンは男の威信を踏みにじられ、プライドを切り刻まれたはずであり、彼女のほうも兄のために感じ、共に受けた苦しみについては、あえて思い出す気にさえなれなかった。

それから報復のときがやってきた。サン・シールをはじめとする貴族は、あれほど見下してきた平民が、いまや自分たちの主人になったことに気づかされた。理知的でかつ思索的なアルマンとマルグリートは、ユートピアを目指す革命の信条を、共に若い情熱で受け入れた。いっぽうサン・シール侯爵とその一家は、彼らを同じ国民の上に置いている特権を手放すまいとぎりぎりの戦いを続けていた。そんなときにマルグリートは、アルマンの味わった苦しみを胸にうずかせたまま、不注意にも、自分の言葉の意味を深く考えもせずに、サン・シールがオーストリア皇帝と内通しており、革命を鎮圧するための支援を取りつけようとしているという話を――取り巻きの誰かから――たまたま耳にし、口にしてしまったのだ。

告発がひとつあれば充分な時世だった。マルグリートがサン・シール侯爵について口にした浅はかな言葉は、二十四時間のうちに実を結んだ。侯爵は逮捕され、書類が徹底的に調べられた。その机からは、パリの民衆に対する軍隊の派遣を約したオーストリア皇帝からの親書が見つかった。侯爵は国家叛逆罪で召喚され、ギロチンに送られた。妻と息子たちも、その過酷な運命を共にすることになった。

マルグリートは自分の心ない言葉がもたらしたおぞましい結果にぞっとしながらも、侯爵を救う力を持たなかった。取り巻き連中や革命運動のリーダーたちからは、英雄だと褒めそやされた。サー・パーシー・ブレイクニーと結婚した段階では、自分が意図せずに犯し、いまだ魂に重くのしかかっている罪に対し、パーシーが極めて深刻に受け止めるだろうことを、おそらくはきちんと理解できていなかった。何もかも包み隠さず打ち明けたときにも、彼のひたむきな愛と、彼に対する自分の圧倒的な力があれば、イギリス人である彼の耳にどれほど不愉快に聞こえようとも、すぐに忘れてもらえるだろうと当て込んでいた。

打ち明けてみると、パーシーの反応は非常に穏やかだった。実際、マルグリートの話をきちんと理解しているようにさえ見えなかった。にもかかわらずはっきりと、あの余すところなく自分のものだと信じていた彼の愛があとかたもなく消えてしまったのだ。いまや、ふたりのあいだにはすっかり隔たりができていた。パーシーは合わなかった手袋を外すように、マルグリートへの愛を捨ててしまったかに見えた。マルグリートは夫の鈍い知性に鋭い機知をぶつけ、嫉妬をあおり、なんとか相手の感情をかき立てようとした。愛を呼び覚ますことができないのであれば、せめて言い分を聞き出したいと思ったのだけれど、すべては無駄だった。パーシーは常に従順で、おっとりとした無気力な態度を変えず、どこまでも慇懃《いんぎん》な紳士であり続けた。マルグリートは、この世界と裕福な夫の両方が、美しい女に与えられるかぎりのものを手にしていた。それでいて、その美しい夏の宵、デイドリーム号の白い帆が夕べの暗がりのなかに消えてしまうと、自分は、ゴツゴツした崖に沿ってとぼとぼと歩いているくたびれた哀れな浮浪者よりも孤独だと感じた。

またひとつ重たいため息をつくと、マルグリート・ブレイクニーは海と崖に背を向けて、漁師亭のほうへとゆっくり引き返した。近づくにつれ、盛り上がっているらしき陽気な笑い声やにぎにぎしい物音も大きくなり、はっきり聞こえるようになってきた。アンドリューの感じのいい声や、アントニーの荒っぽい笑い声のなかに、時折、パーシーのゆったりと物憂《ものう》げな声が混じる。あたりには人気《ひとけ》がなかったので、一気に暗くなりつつあるのを感じ、マルグリートは足を速めた――と、早足で近づいてくる人がいる。マルグリートは顔を上げなかったし、とくに慌てることもなかった。漁師亭にも、叫べば聞こえるところにまで近づいていた。

マルグリートが早足で近づいてくることに気づくと、男は足を止め、彼女が横を通り過ぎようとした瞬間に、ごく抑えた声で言った。「シトワイエンヌ・サン・ジュスト」

マルグリートは、すぐそばからなつかしい結婚前の名を呼ばれて驚きに小さく叫んだ。男のほうに顔を向けると、今度は偽りのない喜びに声を上げながら、いかにも嬉しそうに両手を差し出した。

「ショーヴラン！」マルグリートは叫んだ。

「そうですとも、シトワイエンヌ」男はマルグリートの指先に、恭しくキスをした。

マルグリートは黙ったまま、目の前にいる、さほど感じがいいとは言えない小柄な男を、心から嬉しそうに見つめた。ショーヴランは三十代後半の、いかにも切れ者らしい抜け目のなさそうな男で、深く落ちくぼんだ目が妙に狐を思わせる。数時間前に、ジェリーバンドと友情の杯を交わした見知らぬ客もこの男だった。

「ショーヴラン――」マルグリートが喜ばしげに可愛らしいため息を、小さくひとつつきながら言った。「こんなところでお会いできるなんて、ほんとうに嬉しいこと」

華々しい暮らしと形式張った人づきあいのなかで孤独を抱えていた哀れなマルグリートは、自分がリシュリュー通りの知的なサロンで女王として君臨していた、幸福なパリでの思い出を呼び覚ましてくれる相手に出くわし、見るからに喜んでいた。ショーヴランの薄い唇には皮肉めいた冷笑が浮かんでいたのだけれど、それには気づくこともなく。

「それにしても」マルグリートは明るく付け加えた。「いったいどうしてイギリスに？」

「それはこちらのほうがお聞きしたいですな」ショーヴランが言った。「いかがお過ごしですか？」

「あら、わたし？」マルグリートは肩をすくめて見せた。「ひたすら退屈しているわ」

ふたりは漁師亭のポーチに着いたが、マルグリートは中に入りたくなさそうだった。嵐のあとの夜風は気持ちがよかったし、パリの息吹を漂わせている友人に出会ったのだ。ショーヴランはアルマンのこともよく知っているし、彼となら、フランスに残してきた才気あふれる快活な友人たちの話をすることだってできる。だから感じのいいポーチの屋根の下でためらっていた。明るく照らされた食堂の屋根窓からは、楽しそうな笑い声、サリーを呼ぶ声、ビールを頼む声、マグを鳴らす音、サイコロを振る音に混じって、パーシーの空々しい間の抜けた笑い声が聞こえてくる。かたわらに立っていたショーヴランは、薄黄色の鋭い瞳を、マルグリートの美しい顔にじっと据えていた。イギリスの夏のやわらかな黄昏《たそがれ》のなかで、その顔はまるで少女のように愛らしく見えた。

「これは意外なことを」ショーヴランは嗅ぎ煙草をひとつまみ取りながら静かに言った。

「そうかしら?」マルグリートは明るく言った。「あなたほどの目があれば、この霧と美徳の国が、マルグリート・サン・ジュストにはしっくりこないことくらい想像がついていたでしょうに」

「なんと! そんなにもひどいのですか?」ショーヴランは、ふざけて大げさに狼狽して見せた。

「ええ」マルグリートは言った。「ひどいどころじゃないわ」

「そいつは妙だな! 美しいご婦人にとって、イギリスの田園生活というのは、たいそうな魅力があるものと思い込んでいたのですが」

「そうね! わたしもそうだったわ」マルグリートはため息をつくと、「美しいご婦人方は」と、物思わしげに続けた。「イギリスでは素敵な時間を過ごせるものと決まっているのよ。なにしろ、楽しいことは何もかも禁じられているのだもの――日々の、ありとあらゆることをね」

「そうでしょうとも!」

「信じてもらえないかもしれないけれど、ショーヴラン」マルグリートは高ぶった声で言った。「丸一日が――丸一日よ――これといって心の引き立つこともなく終わってしまうことも珍しくはないの」

「なるほど」ショーヴランが慇懃な口調で言った。「ヨーロッパ一の才女が退屈に悩むのも不思議ではありませんな」

マルグリートは独特の、さざめくような音楽的な声で子どもっぽく笑った。

「ひどい話ではなくって？」マルグリートはいたずらっぽく言った。「でなければ、あなたに会ったからといって、こんなにも喜ぶはずがないでしょ。しかもロマンティックな恋愛結婚をしてから一年もたっていないのだから――まったく困ったものだわ」

「ほう！　ではあの田園詩風の恋愛は」ショーヴランが皮肉をたっぷり効かせて言った。

「どれくらい息を保っていたのやら――せいぜい数週間ですか？」

「田園詩風の恋愛というのは決して長持ちしないのよ、ショーヴラン――はしかのようにいきなりかかりはするけれど――すぐに治ってしまう」

ショーヴランはまた嗅ぎ煙草をつまんだ。当時流行っていたその悪癖にかなりはまっているらしいが、同時にそれを利用して、接触を試みたい相手の心を探るための鋭い一瞥をごまかしているようなところがあった。

「なるほど」ショーヴランは慇懃な口調で繰り返した。「ヨーロッパ一の才女が退屈に悩むのも不思議ではありませんな」

「その病《やまい》に効くお薬をお持ちではないかしら、ショーヴラン」

「サー・パーシー・ブレイクニーにさえできないことを、どうしてわたしなどに？」

「サー・パーシーのことは、ひとまず脇に置いておきませんこと?」マルグリートが乾いた声で言った。

「ああ! 残念ながら、そうはいかないようでして」ショーヴランがまた、警戒している狐のような鋭い目でマルグリートの顔をサッとうかがった。「たまたま、どんな退屈にも効き目抜群の薬を持っておりましてね。喜んで差し上げたいとは思うのですが――」

「ですが?」

「そこには、どうしてもサー・パーシーがからむので」

「あの人に関係があるの?」

「あるでしょうな。わたしの差し上げるお薬には、じつに粗野な名前がついておりまして。〈仕事〉というのです」

「仕事ですって?」

ショーヴランがまじまじとマルグリートを見つめた。薄黄色の鋭い瞳で、マルグリートの心を隅から隅まで読み取ろうとでもするかのように。周りに人影はなかった。夜気はじつに静かで、ふたりの交わす小さな声は、食堂からの喧噪にすっかり呑み込まれていた。それでもショーヴランは何歩かポーチから離れると、周りに素早く目を光らせた。盗み聞きされそうな範囲に誰もいないことを確認すると、ショーヴランはマルグリートのそばに戻った。

「フランスのために、ささやかなご奉仕をお願いできないだろうか、シトワイエンヌ?」シヨーヴランの態度ががらりと変わり、細い狐のような顔も真剣そのものになった。

「まあ！」マルグリートは軽薄な調子で受け流した。「なんですの、突然、そんな真面目な顔になって――フランスのためにささやかなご奉仕をだなんて、なんともこたえようがありませんわ――それはフランスが――あるいはあなたが――何を望んでいるかによりますもの」

「紅はこべについて聞いたことは、シトワイエンヌ・サン・ジュスト？」ショーヴランが唐突にそう言った。

「紅はこべですって？」マルグリートは陽気な声で長々と笑った。「あらあら！　最近は、どこに行ってもその話ばかりなのよ――かぶる帽子は〝紅はこべ風〟だし、馬の名前は〝紅はこべ〟になるし、先日の皇太子殿下の晩餐会でも〝紅はこべ仕立てのスフレ〟が出てきたわ！――そうそう」マルグリートが明るく付け加えた。「先日、出入りの仕立て屋に緑の縁取りが入ったブルーのドレスを頼んだのだけれど、まあどうでしょう、それも〝紅はこべスタイル〟だと言うじゃありませんか」

ショーヴランはマルグリートの軽口を黙って聞きながら、静かな夜気に響き渡る、耳当たりのいい声と、あどけない笑い声を止めようともしなかった。だがマルグリートが笑っても真剣そのものの難しい顔を変えることなく、口を開いたときには、低く抑えた硬い声で、鋭くはっきりとこう言った。

「謎の紅はこべについてご存じなのであれば、その奇妙な偽名のもとに正体を隠している男が、共和国政府の、フランスの――そして、アルマン・サン・ジュストをはじめとする同志たちの、最大の敵であることはご想像がついているかと」

「まあ！」マルグリートは優雅に小さくため息をついた。「それは間違いないでしょうね――ここのところ、フランスには敵がたくさんいるようだけれど」

「だが、シトワイエンヌ、あなたはフランスの娘だ。母国が大変な危機にさらされているとなれば、手を貸すのは当然かと」

「兄のアルマンはフランスに命を捧げています」マルグリートは誇らしげに言った。「けれどわたしには何も――このイギリスにいては――」

「いいや、できますとも――」ショーヴランの声にはさらに熱がこもり、狐似のほっそりした顔が、ふいにハッとするほどの威厳をたたえた。「この地、イギリスで、シトワイエンヌ――しかも、あなたにしかできないことでもある――いいですか！――わたしは共和国政府の使節として来ました。明日にはロンドンに行き、ウィリアム・ピット首相に信任状を渡すことになるでしょう。わたしに託された任務のひとつは、紅はこべ団の正体を暴くことにあります。連中はフランスにとっての目立った脅威になりつつある。なにしろ呪われた貴族――母国への叛逆者であり、民衆の敵でもある犯罪者ども――を救うという誓いを立て、連中にふさわしい、正当な罰を受けさせないようにしているのですから。あなたにもよくわかっているはずだ、シトワイエンヌ。貴族どもがイギリスに渡れば、亡命者として、共和国への反感を高めようとすることを――連中は、フランスに攻撃をしようという大胆な気持ちのある相手であれば、誰とでも話をする覚悟でいる――しかも先月ひと月だけで、叛逆罪の容疑者と、公安委員会による裁判で有罪を宣告された者を含む、大量の亡命者が海峡を渡ることに成功しているのです。その脱出劇のすべてを計画し、事細かに段取りを立てているのがイギリスの若造どもの一味なのだが、連中を率いている男の頭脳には底知れぬものがあり、正体も謎のままときている。スパイたちの必死の努力にもかかわらず、いまだに素性を突き止められずにいるのです。組織を動かしているのはそのリーダーだ。やつは奇妙な偽名に隠れて、仲間を手足のように使いながら、フランスを破滅させる策を冷静に練り続けている。わたしは彼を狙っているのだが、そこで、あなたの助けが必要なのです――紅はこべさえ捕らえることができれば、ほかの連中などわけはない。やつがイギリス社交界の若い紳士であることについては、間違いないという確信があります。どうか、その男を見つけてくれたまえ、シトワイエンヌ！」ショーヴランが迫った。「紅はこべを、フランスのために」

マルグリートはショーヴランの熱っぽい演説を、ほとんど身動きさえせず、息を呑むようにしてひと言もなく聞いていた。先ほどもショーヴランに話したように、彼女の属する上流社交界では、ロマンティックな謎の英雄がこのところの話題をかっさらっていた。マルグリートも、この話が出るまでもなく、勇敢な紅はこべのことを思っては想像力をかき立てられ、胸をときめかせていた。なにしろ彼は、名声を求めることなく、残酷で無慈悲な運命から何百という命を救い出している。マルグリートは、階級を鼻にかけた、高慢ちきで横柄なフランス貴族に対してはほとんど同情を覚えなかった。あのトゥルネー伯爵夫人などはいい例だ。それでいて、信条としては自由を求めてやまない共和派である彼女も、新しい共和国の成立に当たって使われた手段に対しては嫌悪しかなかった。パリを離れてから何か月もたっていたので、血に飢えた恐怖政治のおぞましさや、それが頂点に達した九月虐殺に関しては、海峡の向こうから、こだまのようなものがかすかに聞こえてくるだけだった。ロベスピエール、ダントン、マラーが、無慈悲なギロチンを乱用する血みどろの裁判官に姿を変えつつあることも、まだ知らずにいた。行き過ぎた革命には魂がおののいたし、穏健的な共和派である兄のアルマンが、いつかはその犠牲になるのではと恐れてもいた。

情熱的な若いイギリス人の一派が、純粋な人間愛から、老若男女を問わず、多くの人をおぞましい死から救い出しているという話を耳にしたとき、マルグリートの胸は、彼らを誇らしく思う気持ちで熱くなった。そしていま、ショーヴランの話を聞きながらも、思いはその、向こう見ずな小さな組織を率いている、勇敢で気高い謎の男へと走るのだった。その英雄は名誉など求めることなく、ただ人類のために、惜しむことなく、日々当たり前のように命を危険にさらしているのだ。

ショーヴランが話を終えたとき、マルグリートは目を潤ませながら、興奮に息を荒らげて、胸のレースを上下させていた。宿で飲み騒いでいる音も、夫の声や愚かしい笑いも、もはや耳には届かなかった。その思いは、謎の英雄を求めさまよっていたのだ！　ああ！　その人に出会うことさえできれば、心から愛せるかもしれないのに。彼のすべてが、マルグリートのロマンティックな想像力をかき立てずにはおかなかった。その個性と強靭《きょうじん》さと勇気、崇高な大義のもとに男たちが彼に捧げる忠誠心、そして何より正体がわからないという事実が、彼の存在にロマンティックな光輪の輝きを与えていた。

「フランスのために、その男を見つけてくれたまえ、シトワイエンヌ！」

耳のそばでショーヴランにそう言われ、マルグリートは夢から覚めた。神秘的な英雄はかき消えて、二十メートルと離れていない場所では、彼女が信頼と忠誠を誓った男が酒を飲みながら笑っている。

「まあ！」マルグリートは偽りの軽薄さを取り戻しながら言った。「またずいぶんと思いがけないことを。いったいわたしに、どこを探せというの？」

「あなたならどこにでも入り込めましょう、シトワイエンヌ」ショーヴランがほのめかすようにささやいた。「レディ・ブレイクニーはロンドン社交界の中心だとか――あなたなら、見ることも、聞くことも思いのままだ」

「あらあら」マルグリートが背筋を伸ばし、その高みから、小柄な痩せた男を軽く蔑《さげす》むように見下ろした。「落ち着いてちょうだい！　レディ・ブレイクニーとあなたのいうご用件のあいだには、身長が百八十センチを優に超えるサー・パーシー・ブレイクニーの存在と、古き名門の壁が立ちふさがっていることをお忘れではないかしら」

「フランスのためなのです、シトワイエンヌ！」ショーヴランが熱をこめて言った。

「まったく、そんな戯言《たわごと》を言って。仮に紅はこべの正体がわかったとしても、あなたにはどうしようもないではないの――相手はイギリス人なのよ！」

「なんとかしてみせますとも」ショーヴランが耳障りな乾いた声で小さく笑った。「いずれにせよ、やつをギロチン送りにすれば熱を冷ますことはできる。そのあとでいくらか外交的なゴタゴタがあるかもしれないが、我々は――謙虚に――イギリス政府に謝るとしましょう。そのうえでもし必要であれば、遺族には賠償金を支払えばいい」

「ぞっとするようなお話だわ、ショーヴラン」マルグリートは毒虫でも目にしたかのように身を引いた。「紅はこべがどこの誰にせよ、勇敢で高貴な方なのは確かなのよ。だからわたしは決して――いいこと――絶対によ、そんな悪事には手を貸したりいたしません」

「それでは、この国に亡命したすべてのフランス貴族から、黙って辱めを受けるほうがいいと？」

ショーヴランはきちんと狙いを定めて、この小さな矢を放っていた。マルグリートのみずみずしく艶やかな頬はわずかに青ざめたが、矢が的を射抜いたことを相手に悟られるのがいやで、下唇をそっと嚙み締めた。

「それはまた別の話よ」マルグリートはようやく、平静を装ってそう言った。「自分の身なら自分で守れるわ。とにかく、あなたのためであれ――フランスのためであれ――そんな仕事でこの手を汚すつもりはありません。あなたには、ほかにも使える手段があるはずよ。せいぜい、それを使うことだわ」

　それっきりショーヴランを見ることもなく、マルグリートは背を向けると、まっすぐ宿に戻りはじめた。

「それが最後のお返事だとは思っていませんよ、シトワイエンヌ」ショーヴランが言った。廊下からは明かりがこぼれ、贅沢《ぜいたく》に着飾ったマルグリートの優美な姿を照らし出している。

「ロンドンでまた！」

「ロンドンでお会いしましょう」マルグリートは肩越しに振り返りながら言った。「けれど、あれが最後のお返事よ」

　マルグリートは食堂の扉をサッと開けると、その向こうに消えた。ショーヴランはポーチにたたずみ、嗅ぎ煙草をつまんだ。手厳しくあしらわれたわりに、その狐に似た狡猾《こうかつ》そうな顔には、面目を失って失望している気配はみじんもなかった。それどころか薄い唇の端には、皮肉っぽい、いかにも悦に入ったような不気味な笑みがたゆたっていた。

第9章　奇　襲

しつこい雨のあとには、美しい星の夜がやってきた。かすかな靄《もや》が出て、湿った土と雨に濡れた落ち葉の香りがほのかな、いかにもイギリス的な、涼しくて爽《さわ》やかな晩夏の宵《よい》だ。

イギリスでも最高のサラブレッド四頭に引かれた華麗な馬車が、ロンドンへの街道を走っていた。御者台ではサー・パーシー・ブレイクニーが女のようにほっそりした手で手綱を握り、その隣には、豪勢な毛皮に包まれてマルグリートが座っている。星の煌《きら》めく夏の夜に長距離のドライブ！　マルグリートはそう思うだけで胸が高鳴った。パーシーは馬車を走らせるのが好きなのだが、替え馬用に二日前からドーヴァーに送られていた四頭のサラブレッドは元気いっぱいで張り切っており、それもまた、小旅行に興を添えてくれた。マルグリートには、数時間の孤独の時もありがたかった。夜風にそっと頬を撫でられながら、彼女の思いはどこへ漂っていたのだろう？　これまでの経験からも、パーシーが御者台ではほとんど、あるいはまったく口をきかないことはわかっていた。パーシーは夜に、マルグリートを乗せて何時間も馬車を走らせることが時折あって、そんなときには出発から到着まで、何かを言うにしても、天気や道の状態について軽く触れる程度だった。パーシーは夜のドライブを愛しているのだが、マルグリートのほうもたちまち気に入ってしまった。パーシーの隣に座り、その正確で見事な手綱さばきを何時間も眺めながら、この人の、動きの鈍い頭のなかでは、いったいいま、何が起こっているのかしらと思うことがよくあった。パーシーは決してそれを話そうとしないし、マルグリートのほうでもたずねようとはしなかった。

漁師亭ではジェリーバンドが、明かりを消しながら部屋を回っていた。飲みにきた常連はすっかり引けていたが、上階にある小さな居心地のいい寝室には大切な客が何人か泊まっている。トゥルネー伯爵夫人とシュザンヌと子爵はもちろんのこと、そのほかにもサー・アンドリュー・フォークスとアントニー・デューハースト卿が、この古い宿でお泊まりになる場合に備えて寝室を整えてあった。

そのふたりの若い紳士のほうは、暖かな晩にもかかわらず、赤々と燃えている大きな丸太を前にくつろいでいた。

「おい、ジェリー、もうみんな帰ったのか？」アントニーが、グラスやマグをせっせと片づけているジェリーバンドに声をかけた。

「ご覧の通り、もう誰もいやしません」

「使用人も、みんな、もう寝にいったのかい？」

「夜番のぼうず以外は」それからジェリーバンドが笑いながら付け加えた。「とはいえあの小僧っこも、じきに眠り込んでしまうでしょうがな」

「では、ここで三十分ほど、ふたりだけにしてもらえるかい？」

「もちろんでさ――蠟燭《ろうそく》は戸棚の上に置いておきますから――お部屋も準備はできとります――わしは一番上の階におりますが、大声で呼んでくだされば聞こえますんで」

「わかった、ジェリー――それから――ランプは消しておいてくれ――暖炉の火があれば充分だから――通りかかった人の注意を引きたくないのでね」

「かしこまりました」

ジェリーバンドは言われた通りに――天井の垂木《たるき》から下がる古風なランプを消し、蠟燭もすべて吹き消した。

「ワインを一本頼む、ジェリー」アンドリューが言った。

「はい、すぐに！」

ジェリーバンドはワインを取りにいった。部屋はすっかり暗くなり、暖炉でパチパチ燃える明るい火だけが、揺らめく赤い光を丸く落としている。

「ほかに御用は？」戻ってきたジェリーバンドが、ワインのボトルと二脚のグラスをテーブルに置きながら言った。

「大丈夫だ、ありがとう、ジェリー」アントニーが言った。

「おやすみなさいまし」

「おやすみ、ジェリー」

ふたりの若者は、廊下や階段にこだまするジェリーバンドの重たい足音に耳をそばだてていた。それも消えると、漁師亭はすっかり眠りに包まれたようになった。残っているのは暖炉のそばで、静かにワインを飲んでいるふたりだけだ。

しばらくは食堂のなかも静まり返り、大きな古い振り子時計の音と、薪のはぜる音だけが響き渡った。

「今回もうまくいったんだな、フォークス？」アントニーがようやく口を開いた。

アンドリューは火を見つめながらも、心ここにあらずの様子だった。その脳裏には、鳶色《とび》の大きな瞳、丸味を帯びたあどけない額、それを縁取る褐色の巻き髪が印象的な、魅力たっぷりの愛らしい顔が浮かんでいるのだろう。

「ああ」アンドリューは相変わらず物思いにふけりながら言った。「うまくいったとも！」

「邪魔は入らなかったのか？」

「何も」

アントニーが愉快そうに笑い、自分のグラスにワインを注ぎ足した。

「今回の道行《みちゆき》が楽しかったかどうかは、聞くだけヤボだな」

「ああ、そうとも」アンドリューが明るい声で言った。「上々さ」

「では、彼女の健康に乾杯といこう」アントニーが陽気に言った。「じつに魅力的なお嬢さんだ。フ、ラ、ン、ス、人ではあるがね。ではきみの求婚の——華々しき成功を願って」

アントニーはグラスを干すと、炉端にいるアンドリューのそばに座った。

「そうそう！　次はきみの番だぞ、アントニー」アンドリューが物思いから我に返りながら言った。「きみとヘイスティングズで間違いないはずだ。きみもぼくのように、愉快な仕事と、魅力的な旅の道連れに恵まれるといいんだが。きみには想像もできないだろうが――」

「まったくだな」アントニーは明るく遮った。「だが、きみの言葉を信じるとするさ。ところで」アントニーの快活な若々しい顔が、ふいにどこか真剣になった。「どうだったんだ？」

周りには誰もいなかったが、ふたりは互いの椅子を寄せると、無意識に声を潜めた。

「しばらく前にカレーで、紅はこべと少しだけふたりきりで会ったんだ」アンドリューが言った。「彼はぼくたちよりも二日前にイギリスに戻っている。パリからずっと、自分で一行に付き添ったんだ。あの恰好ときたら――とても信じられっこないさ！――なんと物売りの婆さんに化けて、パリを無事に出るまで幌《ほろ》馬車を運転したんだ。馬車の幌の下には、トゥルネー伯爵夫人、シュザンヌ嬢、子爵が、カブやキャベツと一緒に隠れていた。もちろんあの人たちも、御者の正体はこれっぽっちも知らなかったんだ。紅はこべは、居並ぶ兵士と、『貴族を倒せ！』と叫ぶ群衆の真っただなかをすり抜けた。しかもショールとペチコートと頭巾をつけて、ほかの荷馬車と一緒に門を抜けながら、『貴族を倒せ！』と誰よりも大きな声で叫んでみせたもんさ。まったく！」アンドリューは、心酔しているリーダーへの熱い思いで目を煌めかせながら言った。「たいした度胸だよ！　きっと心臓に毛でも生えているんだな――だからこそ、ああしてやり抜けられるのさ」

アンドリューほど語彙の豊かでないアントニーのほうは、汚い言葉をいくつか吐くことで、リーダーに対する賞賛を表した。

「紅はこべはカレーで、きみとヘイスティングズに落ち合いたいそうだ」アンドリューが声を低めて言った。「来月の二日と言っていたから、つまり、来週の水曜日だな！」

「わかった」

「もちろん、今度はトゥルネー伯爵だ。危険な仕事になるぞ。そもそもが、公安委員会により〝容疑者〟とされた伯爵を城から移すだけでも傑作といえる紅はこべの作戦を要したのに、いまや死刑の宣告を受けているんだからな。伯爵をフランスから連れ出すのは特別な賭けになるし、成功への道は、まさに綱渡りといったところだ。まずはサン・ジュストが伯爵に会いにいくことになっている。もちろん彼も、いまのところはまだ疑われていないが――最終的には、ふたりともフランスから連れ出さないと！　どう考えても手ごわい仕事だし、紅はこべの頭脳をもってしても無理筋ではある。それでもやはり、一枚嚙むようにとの命令が出るのを願ってしまうんだがね」

「ぼくに何か特別な指示は？」

「あるとも！　それも、常になく細かいんだ。どうやらフランスの共和国政府が、イギリスに使節を寄越したらしい。ショーヴランという男で、ぼくたちの組織を目の敵にしている。

なんとしても紅はこべの正体を暴き出し、次にフランスの地を踏んだところで拉致しようとたくらんでいるんだ。しかも諜報部員をそっくり連れてきているから、リーダーはそいつの情報をつかむまで、組織の会合はできるだけ控えたほうがいいと考えている。しばらくは、公の場でその手の会話は一切しないこと。リーダーのほうで話したいことがあるときには、向こうから、なんらかの手で知らせてくれることになっている」

ふたりの若者は暖炉のほうにかがみ込んでいた。火はすでに消えていて、薪の残り火が、暖炉の前に小さな半円の赤い光をぼんやりと落としている。それを除けば、部屋はすっかり闇のなかだ。アンドリューがポケットから手紙入れを取り出し、そこから一枚の紙を抜いて広げると、ふたり一緒に暖炉のぼんやりした光で読みはじめた。読むことと、真心を捧げた大義と計画に夢中になっていたうえに、その手紙が心酔するリーダーの手で書かれていたこともあって、ふたりとも目と耳が完全におろそかになっていた。だから周りの物音、火格子から灰のサクリと落ちる音や時計の単調な響き、それからほんとうにかすかな、ふたりのそばの床を何かがそっと擦っているような音にもまったく気づくことができなかった。長椅子の下から人影がひとつ現れたかと思うと、息を潜めたまま、物音ひとつ立てず、蛇のごとく床を這い、墨を流したような闇のなかを少しずつふたりに近づいていた。

「この指示を読んで、頭に叩き込んでくれ」アンドリューが言った。「あとは燃やしてしまうんだ」

アンドリューが手紙入れをしまおうとしたときに、ポケットから小さな紙切れのようなものが床に落ちた。アントニーがかがみ、紙切れを拾い上げた。

「これはなんだ?」アントニーが言った。

「さあ」アンドリューがこたえた。

「たったいま、きみのポケットから落ちたんだぞ。ほかの手紙と一緒に入っていたとは思えないが」

「妙だな!――いつからあったんだろう? しかもリーダーからじゃないか」アンドリューが紙切れに目を走らせながら付け加えた。

ふたりとも、急いで殴り書きされたらしき小さな文字を読み取ろうと、かがみ込んで目を凝らしたが、そのときふいに、後ろの廊下から小さな物音がしてハッとした。

「なんだ?」ふたりはとっさに声を合わせた。アントニーが部屋を横切り、扉をパッと開いた。その瞬間、眉間に拳《こぶし》が叩き込まれて、後方へと吹き飛ばされた。同時に、暗がりに潜んでいた蛇のような人影が勢いよく立ち上がったかと思うと、無防備なままでいたアンドリューに背後から体当たりを決めて突き倒した。

ほんの数秒の出来事で、アントニーとアンドリューには、叫び声を上げることも、なんらかの抵抗をすることもできなかった。それぞれがふたりずつの侵入者に押さえつけられると、あっという間に猿ぐつわを嚙まされて、背中合わせの状態にされ、腕、手首、脚をしっかりと縛られてしまった。

その間《かん》に、もうひとりいた男がそっと扉を閉めた。覆面をつけており、仲間たちが仕事を終えるのをじっと見つめている。

「無事完了だ、シトワイヤン！」男のひとりが、アントニーとアンドリューを縛っている結び目を確かめてから言った。

「よし！」扉のところに立っている男が言った。「ポケットを調べて、出てきた書類はすべてこちらにくれ」

その指示は速やかに、音も立てずに行なわれた。覆面の男はすべての書類を手に入れると、漁師亭のなかで物音がしないか、しばらく耳をそばだてた。そうしてこの卑劣な襲撃が誰にも気づかれていないことを確認してから、もう一度扉を開き、命令するように廊下のほうを指差した。侵入者は縛られたアンドリューとアントニーを四人がかりで持ち上げると、そっと、来たときと同じく物音も立てずに宿を出て、闇に包まれたドーヴァー街道へと運び出した。

食堂では、この不敵な計画の首謀者らしき覆面をつけた男が、奪った書類に急いで目を走らせていた。

「結局、一日の仕事としては悪くなかったようだ」男は覆面をサッと外しながらつぶやいた。狐を思わせる薄黄色の瞳が、赤い火の光にギラギラと輝いた。「まったくもって悪くない」

男はアンドリュー・フォークスの手紙入れから何通かの手紙を開き、しばらく前に、ふたりの若者がちょうど読み終えていた小さな紙切れにも目を留めた。だがその顔が満足そうな不気味な笑みにほころんだのは、アルマン・サン・ジュストのサインが入った手紙を見つけたときだった。

「アルマン・サン・ジュストは裏切っていたか」男はつぶやいた。「さてと、麗《うるわ》しのマルグリート・ブレイクニーよ」男は嚙み締めた歯の隙間から、悪意をにじませて言った。「これできみも、紅はこべ探しを手伝うしかないだろうさ」

第10章　オペラのボックス席で

記憶に残る一七九二年の秋のシーズンがはじまったばかりのその夜は、〈コヴェント・ガーデン劇場〉にて、オペラの特別公演が行なわれることになっていた。

劇場は、瀟洒《しょうしゃ》なボックス席や一階席だけでなく、大衆用のバルコニーや天井桟敷までが満員の大入りだった。客のなかでも知的な人々はグルックの〈オルフェオとエウリディーチェ〉を楽しみにしていたが、〝ドイツからの最新輸入作〟にさほどの興味がない人々の目は、華やかに美々しく飾り立てたご婦人方の姿にすっかり吸い寄せられていた。

舞台ではセリーナ・ストレースが崇高なアリアのひとつを歌い上げ、数多くいる崇拝者から当然の拍手を受けた。貴婦人方に人気のあるベンジャミン・イングレドンも、ロイヤルボックスから特別な賛辞をいただいていた。壮麗なフィナーレとともに二幕目の幕が下りると、偉大なる音楽家の魔法のくびきにかけられていた聴衆は、呼吸を合わせるかのようにうっとりと長いため息をついたけれど、それから早速、冗談やおしゃべりに舌を忙しく動かしはじめた。一階にある瀟洒なボックス席には著名人の顔が数多く見えた。国事のあれこれで気苦労の多いピット首相も、今夜ばかりは、音楽に束の間の慰めを得ているようだ。丸々と太った、どことなく粗野で俗っぽい感じのする皇太子の姿もあり、いつもの上機嫌な様子でボックス席を次々と回りながら、ごく親しい友たちと短い幕間の十五分を過ごしていた。

グレンヴィル卿のボックスでも、一風変わった興味深い人物が周りの注目を集めていた。痩せた小柄な男で、目が落ちくぼみ、いかにも狡猾《こうかつ》そうな皮肉っぽい顔立ちをしている。男は熱心に音楽に聴き入りながら、今夜の聴衆を冷めた目で観察していた。パリッとした黒ずくめの恰好で、黒っぽい髪には髪粉の気配もない。外務大臣であるグレンヴィル卿は、その男に対して明らかに敬意を払っていたけれど、同時に態度は冷ややかでもあった。

あたりにはイギリス型の美貌に交じって点々と外国人らしき顔があり、周りとの差異で目立っていた。フランスから亡命してきた、気位の高い王党派貴族たちだ。彼らは母国の無慈悲な革命派により迫害を受け、イギリスに平和な避難場所を得ているのだった。彼らの顔には、哀しみと不安が深く刻まれている。とくにご婦人方は、音楽にも華やかな聴衆にもあまり気持ちが向かないようだった。彼女たちは、現在危機に瀕しているか、近い過去に残酷な運命の犠牲になった、夫や兄弟、あるいは息子たちに思いをはせているのだ。

なかでも、最近こちらに来たばかりであるトゥルネー伯爵夫人の姿はひときわ目立っていた。重たげな漆黒《しっこく》の絹のドレスをまとい、レースの白いスカーフだけが、その哀しみの色をかろうじてやわらげている。隣に座っているレディ・ポータールズは、伯爵夫人の哀しげな口元をほころばせようと、気の利いた警句や、いくらか下品な冗談を口にしてはことごとく失敗していた。伯爵夫人の後ろにいるシュザンヌと子爵は、見知らぬ人々に囲まれて、はにかんだように黙りこくっている。シュザンヌの目には、なにやら物足りなそうな色が浮かんでいた。混み合った劇場に足を踏み入れたときから、周りにキョロキョロと目をやっては、人々の顔を確かめ、次から次へとボックス席をのぞき込んでいたのだ。どうやら探していた顔は見つからなかったようで、シュザンヌは母親の後ろにそっと腰を下ろすと、ぼんやりと音楽に耳を傾けながら、それ以上、周りの聴衆には注意を向けようとしなかった。

「あら、グレンヴィル卿」控えめなノックのあと、ボックス席の入口に聡明で愉快な外務大臣の顔が現れたのを見て、レディ・ポータールズが言った。「ちょうどよいところへ。こちらのトゥルネー伯爵夫人は、フランスの最新情勢をそれは知りたがっているはずですもの」

著名な外交官は、ボックス席に入ると、貴婦人方と握手を交わした。

「ああ！」グレンヴィル卿は哀しそうに言った。「情勢は極めてひどいのですよ。虐殺が続いており、パリは文字通り血の海だ。なにしろギロチンが、一日に百もの犠牲を求めている始末で」

血迷った母国の有様を生々しく表現したその短い言葉に打ちのめされて、伯爵夫人は蒼白になり、涙を浮かべながら椅子の背に沈み込んだ。

「ああ、ムッシュ！」伯爵夫人はなまりのある英語で言った。「なんという知らせでしょう――わたくしの哀れな夫は、いまもあの恐ろしい国にいるのです。主人が危険に立ち向かっているときに、わたくしだけが劇場でのうのうと音楽を楽しんでいるなんて、とても耐えられませんわ」

「まあ、マダム！」率直で遠慮のないレディ・ポータールズが声を上げげた。「あなたが尼僧院に入ったところで、ご主人の無事が保証されるわけではなくってよ。それに、お子様方のことも考えなくては。ふたりとも、大きな不安や早まった哀しみを受け止めるには、まだ若過ぎますからね」

伯爵夫人は、友人の熱っぽい口調に涙を浮かべながら微笑《ほほえ》んだ。レディ・ポータールズは声や態度ががさつで競馬の騎手にしても務まりそうなほどであったが、じつは金《きん》の心を持つ善意の人であり、当時、一部の婦人のあいだで流行っていたいくらか粗野な態度の下には、本物の思いやりと優しさを隠していた。

「それだけではありませんよ」グレンヴィル卿が言った。「奥様は昨日《さくじつ》、例の紅はこべ団が名誉にかけて、伯爵を海峡のこちら側にお連れすることを誓ったとおっしゃっていたはず」

「ああ、そうなのです！」伯爵夫人が言った。「いまはそれだけが希望ですわ。昨日ヘイスティングズ卿にお会いしたところ――卿も安心していいと」

「ならば心配はいりませんとも。そうと誓った以上、彼らは必ずやり遂げるのですから。ああ！」年老いた外交官がため息をついた。「わたしももう少し若ければ――」

「まあ、何をまた！」正直なレディ・ポータールズが口を挟んだ。「いまだって、あなたのボックス席にふんぞり返っている、あのフランスの案山子男《かかし》を放り出してやることくらいはできるでしょうに」

「そうしたいのはやまやまなのですが――奥様も、国に仕える立場の者が、私情を挟んではならないことはご承知のはず。ショーヴラン氏は、フランス政府から派遣された全権大使なのです」

「何をバカな！」レディ・ポータールズが言った。「まさか、あの血に飢えた悪党どもの集まりを政府と呼ぶつもりではないんでしょうね？」

「いまのところ」と、グレンヴィル卿が慎重にこたえた。「フランスとの関係を壊すのは、我が国の外交政策として得策ではないとみなされておりましてな。つまりこちらとしては、フランスが使節を送って寄越した以上、丁重にもてなすしかない次第で」

「外交なんて知ったことですか！　あの狡猾なチビ狐は、どうせスパイに決まっています。言っておきますけどね――この目によほどの狂いがなければ、あの男は外交のことなんか、ほとんど頭にありませんよ。それよりも王党派の亡命者の方々をはじめ――あの英雄、紅はこべと、彼の率いる勇敢な小さな一派に何かしらの嫌がらせをするつもりなんだわ」

「わたくしが思いますに」伯爵夫人が薄い唇を引き結んで言った。「そのショーヴランという男がわたくしたちに嫌がらせをするつもりなのであれば、レディ・ブレイクニーを協力者として頼るに違いありませんわ」

「あの方がなんですって！」レディ・ポータールズが声を上げた。「ほんとうにもう、こんな強情な人っているかしら？　グレンヴィル卿、あなたはわたしよりも弁舌の才がおありなのだから、この人の振る舞いがいかに愚かであるか説明してあげてちょうだいな。マダム、あなたもこのイギリスにいる以上」レディ・ポータールズが、怒りに毅然とした顔を伯爵夫人に向けた。「フランス貴族お得意の、お高くとまった態度にこだわっている余裕はありませんよ。レディ・ブレイクニーが、フランスの悪党たちに好意的であろうが、サン・シールとかいう方の逮捕と有罪宣告に関係していようが、そんなことには関係なく、彼女はいま、この国の社交界の中心にいるのです。サー・パーシー・ブレイクニーは、貴族の六人を合わせてもかなわないくらいのお金持ちだし、王室とも非常に親密な関係にあります。たとえあなたがレディ・ブレイクニーに冷たくしたいと思っても、彼女を傷つけることなどできないうえに、あなたが愚かに見えるだけなのよ。そうではなくって、グレンヴィル卿？」

だがグレンヴィル卿が何を思い、伯爵夫人がレディ・ポータールズの適切な叱責にどんな反応を見せたのかについては、わからないままに終わった。オペラの第三幕の幕が上がり、劇場の隅々にまで静寂が求められたのだ。

グレンヴィル卿は慌てて別れの挨拶を告げると、自分のボックス席にするりと戻った。そこでは幕間のあいだも席を離れることのなかったショーヴランが、肌身離さず持ち歩いている嗅ぎ煙草入れを手にしながら、淡い色の鋭い瞳で反対側にあるボックス席をじっと見つめていた。と、そこへ、シルクのドレスをサラサラ鳴らし、好奇に満ちた周りの視線とさざめく笑い声に包まれて、マルグリート・ブレイクニーが入ってきた。夫に付き添われたその姿は、神々しいまでに美しかった。軽く髪粉が振られた豊かな巻き毛は赤味がかった金色に輝き、黒いリボンを、しなやかな首の後ろで非常に大きな蝶結びにしている。気まぐれな流行の最先端を走り続けているマルグリートだが、その夜には彼女だけが、ここ二、三年の流行だった胸の前で結ぶフィシューと、幅の広い下襟のついたオーバードレスを身に着けていなかった。その代わりに腰位置の高い、クラシックなスタイルのドレスで装っていたが、この手のドレスはこのあと間もなく、ヨーロッパ中で流行ることになるだろう。ドレスは金糸で全体に刺繡《ししゅう》を施したかのようなチラチラと輝く生地で仕立てられており、あたりを払うような、彼女の優美な姿態にこのうえなく似合っていた。

マルグリートはボックス席に入ると、しばらくのあいだは身を乗り出すようにして、知人たちの顔を探した。多くの人が彼女にお辞儀をし、彼女のほうでも返していく。ロイヤルボックスからも、丁重に小さな会釈が送られた。

第三幕がはじまったが、ショーヴランの視線はマルグリートから動かなかった。マルグリートは華奢《きやしゃ》な美しい手で宝石のついた小さな扇をいじりながら、音楽に聴き惚れている。気品のある頭部をはじめ、首元や腕を飾っているいくつもの素晴らしいダイヤモンドや珍しい宝石類は、すべて彼女のそばでだらしなく四肢を伸ばしている、献身的な夫から贈られたものだった。

マルグリートは音楽をことのほか愛しており、その夜もオペラに魅入られていた。みずみずしい美貌からあふれる生の喜びが、快活な青い瞳を煌《きら》めかせ、口元にたゆたった笑みを輝かせている。なにしろまだ二十五歳。美しい盛りの彼女は、華々しき社交界の花として、崇拝され、もてはやされ、甘やかされ、大切にされているのだ。二日前にはデイドリーム号がカレーから戻り、愛する兄が無事カレーに到着したことに加え、兄の妹への思いと、そのためにも慎重に行動するという兄の言葉を伝えてくれていた。

グルックの情熱的な旋律に身をゆだねていると、マルグリートは束の間の奇跡のように、胸にある幻滅も、消えてしまった愛の夢も、物質的な贅沢《ぜいたく》を惜しげもなく与えることで精神的な成熟の欠落を埋め合わせようとする、気のいいだけの凡庸な夫のことも忘れられた。

パーシーはしきたりが必要とする程度にはボックス席にいてマルグリートの隣に座っていたが、それから皇太子をはじめ、社交界の女王に挨拶をしようと次々にやってくる崇拝者たちに場所を譲り、ふらふらとどこかへ行ってしまった。おそらくは、もっと気楽な話し相手でも探しにいったのだろう。マルグリートは、パーシーの消えた先など気にも留めなかった。どうでもよかったのだ。周りにはロンドンの裕福な子息たちからなる小さな取り巻きが集まっていたが、しばらくのあいだはひとりでグルックの音楽を楽しみたくて、それもみんな追い払ってしまった。

控えめなノックの音が、音楽の喜びからマルグリートを現実に引き戻した。

「どうぞ」マルグリートは邪魔に軽く苛立ちながら、振り返りもせずにこたえた。

マルグリートがひとりになるチャンスをうかがっていたショーヴランは、苛立った「どうぞ」の声にもひるむことなく、そっとボックス席に滑り込むと、次の瞬間には、マルグリートの後ろに立っていた。

「ひと言だけ、シトワイエンヌ」ショーヴランは小声で言った。

マルグリートは心の底から驚いた様子でハッと振り返った。

「まあ！　びっくりさせないでちょうだい」マルグリートはこわばった声で小さく笑った。

「あいにくいまは都合が悪いのよ。グルックを楽しみたいので、お話をする気はないわ」

「だが、わたしにはいましかないのです」ショーヴランは静かに言うと、許しも待たず、椅子をひとつマルグリートの後ろに寄せた。これならボックス席の背後の闇に隠れながら、相手の耳元で、周りの聴衆に聞かれることも、見られることもなくささやくことができる。

「わたしにはいましかないのです」ショーヴランは、相手の返事も求めずにそう繰り返した。

「レディ・ブレイクニーの周りには常に人がいて、取り巻き連に崇められていますから、このつまらない昔の友人にはほとんど機会がないのですよ」

「いいこと！」マルグリートの声はピリついていた。「でしたら、ほかの機会を見つけてちょうだい。わたしは今夜、オペラのあとでグレンヴィル卿の舞踏会に行きます。あなたもおそらく出席するのでしょ。そのときに五分くらいであれば――」

「内密に話ができるこのボックス席で、三分だけ時間をいただければ充分です」ショーヴランは穏やかに言った。「しかもお聞きになったほうが身のためだと思いますがね、シトワイエンヌ・サン・ジュスト」

マルグリートはぞっと身震いした。ショーヴランはささやくような声を少しも変えることなく、静かに嗅ぎ煙草をつまんでいるが、その態度と、狐を思わせる薄い色の瞳に潜む何かが、思いもよらない破滅的な危険をほのめかしているようで、マルグリートは血も凍るような気がした。「それは脅しなの、シトワイヤン？」マルグリートはようやくそう返した。

「まさか」ショーヴランは慇懃《いんぎん》に言った。「矢を一本放っただけのことですよ」

ショーヴランは言葉を切った。飛び掛かる体勢に入りながらも、逃げ惑うネズミを見つめ、襲いかかる喜びを味わっている猫のように。それから静かに切り出した。

「兄上、サン・ジュストの身に危険が迫っているのです」

マルグリートの美しい顔はピクリとも動かなかった。ショーヴランが見つめている横顔は、じっと舞台に向けられたままだった。だが彼の鋭い目は、相手の瞳と口元がこわばり、均整の取れた優美な姿態が、ハッと硬くなったのを見逃さなかった。

「そう、では」マルグリートは不自然に明るい声で言った。「それは単なる架空のお話でしょうから、もう自分の席に戻って、わたしに音楽を楽しませてくれないかしら」

マルグリートはボックス席のクッションを叩きながら、苛立った様子で拍子を取りはじめた。舞台ではストレースが〈エウリディーチェを失って〉を歌っており、聴衆は、プリマドンナの唇がもたらす魔法に捕らえられている。ショーヴランは席を立つことなく、小さな手のピリピリした動きを見つめていた。その手だけは、彼の放った矢があやまたずに的を射たことを示していた。

「それで?」マルグリートは唐突に、相変わらず無関心なふうを装いながら言った。「それで、なんでしょう?」ショーヴランが穏やかに返した。

「兄がどうしたというの?」

「兄上について、おそらくは興味を持たれるだろう情報があるのですが——話してもよろしいですかな?」

そんな問いなど不要だった。マルグリートは背けた顔を動かさなかったけれど、ショーヴランには、彼女の神経が、いったいこの男は何を言うつもりなのかと張り詰めているのがわかっていた。

「先日わたしは」ショーヴランが切り出した。「あなたに協力を求めました——フランスが必要としているのだから大丈夫だろうと信じて。ところがこたえは違った——あれ以来、わたし自身の仕事の都合と、あなたの社会的な義務により、お会いすることができずにいましたが——そのあいだにいろいろなことが——」

「単刀直入にお願いしますわ、シトワイヤン」マルグリートは明るく言った。「素晴らしい音楽なのよ。そのおしゃべりは、周りの方々にとっても迷惑になるわ」

「もうしばらく、シトワイエンヌ。ドーヴァーでお目にかかる光栄を得、最後のお返事をいただいてから一時間とたたないうちに、わたしはある書面を手に入れました。おかげでまたひとつ、フランスの貴族――叛逆者のトゥルネーを含む数名――を救出する、ささやかな計画があることがわかりましてね。仕切っているのは、あの腹立たしくも狡猾な紅はこべだ。さらには、その謎の組織につながる糸も、すべてではないが手に入れました。あなたにはその糸を集めてもらいたい――いや！　集めてもらわねばならないのです」

マルグリートは苛立ちを隠そうともせずに耳を傾けていたが、肩をすくめると、明るい声で言った。

「またそんなことを！　あなたの計画にしろ、紅はこべにしろ、関わるつもりはないとおこたえしたはずですわ。それに、兄の件というのはいったい――」

「どうか、もうしばらくご辛抱を、シトワイエンヌ」ショーヴランは動じる様子もなく言った。「ふたりの紳士、アントニー・デューハースト卿とサー・アンドリュー・フォークスも、あの夜、漁師亭にいたのですよ」

「そうね。それならわたしも会っているわ」

「このふたりが例のいまいましい組織の一員であることについては、すでにわたしの諜報網が突き止めています。海峡を渡る際、トゥルネー伯爵夫人の一行に付き添っていたのがサー・アンドリューなのです。彼とアントニー卿が宿の食堂でふたりきりになったところへ、手下のスパイが押し入り、猿ぐつわを嚙ませて縛り上げましてね。そのうえでふたりの持っていた書面を取り上げ、わたしに渡してくれたというわけです」

マルグリートは一瞬のうちに危険を推し量っていた。書面？――アルマンは何か軽率なことでもしたの？――そう思ったとたん、マルグリートは言いようもない恐怖に打たれた。けれど、それをショーヴランに悟らせてはいけない。マルグリートは明るく、軽やかな声で笑った。

「まあ！　なんて軽率なことを」マルグリートは楽しそうに言った。「暴力をふるったうえに盗みを働くなんて――しかもこのイギリスで――人の多い宿で！　あなたの部下は逮捕されるかもしれなくってよ！」

「それがなんだというのです？　彼らはフランスの息子であり、この、あなたの謙虚なしもべによって訓練もされている。仮に監獄に入れられ、絞首台に送られようとも、不平を言ったり、何かを漏らすようなことはありません。それに、危険を冒すだけの価値は充分にあった。人の多い宿というのは、この手のささやかな作戦を行なうにはむしろ安全なくらいでしてね。しかも、部下たちには経験もある」

「そう。それでその、書面というのは？」マルグリートはさりげなくたずねた。

「残念なことに、その書面によって、ある人々の名前と――ある種の動きが明らかになり、さしあたって彼らのたくらみを止めるに充分な情報を得ることはできたのですが、それも一時的なことで、いまだに、紅はこべの正体はわからないままなのです」

「あら！」マルグリートは軽薄な態度を崩さずに言った。「それでは、また振り出しに戻っているわ。もう、アリアの最後を楽しませてちょうだい。いいこと！」マルグリートはこれみよがしに、出てもいないあくびを噛み殺して見せた。「もし兄について話すつもりがないのであれば――」

「これから話すところですよ、シトワイエンヌ。その書面のなかには、サー・アンドリューに対する手紙がありましてね。兄上、サン・ジュストからの手紙です」

「あら？　それで？」

「その手紙には、兄上がフランスの敵に共感を抱き、紅はこべ団の一員でこそなけれ、その協力者である事実が記されていました」

今度こそ攻撃が突き刺さった。だがマルグリートも予感はしていたので、ひるんだところを見せるつもりはなかった。軽薄ともいえる無関心な態度を崩すまいと腹もくくっていた。ただその衝撃が訪れたときには、覚悟を決めて、もてるすべての機知を使い――ヨーロッパ一の才女の異名を取った知性が、自分の味方についてくれることを願った。いまこのときでさえ、たじろいだ様子は見せなかった。ショーヴランの言葉を疑うこともなかった。この男は極端な情熱に憑かれ、胸に巣くっている誤った大義をどこまでも信奉し、革命を実現させた同胞を崇めているために、無意味なくだらない嘘をつくには誇りが高過ぎた。

アルマン――愚かで軽率なアルマン――の手紙を、ショーヴランに握られているなんて。内容についても、読んだことがあるかのように想像がついた。ショーヴランは目的にかなうとなれば、破棄したほうが有利と考えるか、あるいはアルマンを断罪するまでは、その手紙を手放そうとしないはずだ。それをすべて承知していながら、マルグリートはこれまでよりもさらに大きな声で、ほがらかに笑い続けた。

「まあ！」マルグリートは肩越しに振り返ると、ショーヴランの顔をまっすぐに見据えた。「先ほども言いましたように、それは架空のお話ではなくって？――アルマンが、あの、謎の紅はこべ団に協力しているなんて！――兄が、自分の忌み嫌っているフランス貴族を救うためにわざわざそんな苦労をするとでも？――まったくたいした想像力をお持ちですこと！」

「はっきりさせておきましょう、シトワイエンヌ」ショーヴランが揺るがぬ落ち着きを保って言った。「サン・ジュストの有罪に、情状酌量の余地はかけらもありません」

しばしの沈黙がボックス席を満たした。マルグリートはこわばった背筋を伸ばしたまま微動だにせず、頭を必死に働かせながら、現状に向き合い、どうすべきかを考えようとした。

舞台ではアリアを歌い終えたストレースが古風な衣装をまとった姿でお辞儀をしており、熱狂した聴衆から、こちらは十八世紀風の大喝采を浴びていた。

「ショーヴラン」マルグリートがとうとう口を開いた。その声は静かで、それまでの虚勢もかき消えていた。「わたしたちはお友だちよね。話し合って誤解を解こうじゃありませんか。わたしの頭は、このじめじめした天気のせいで錆びついてしまったようだわ。さあ、教えてちょうだい。あなたはどうしても、紅はこべの正体を突き止めたいというのね？」

「フランスにとって最大の敵なのでね、シトワイエンヌ――やつは暗躍するほどに、危険度を増すのです」

「高貴さを増すの間違いではないかしら――さてと――それであなたは、兄アルマンの安全を脅しの種に、わたしに密偵の仕事をさせようというのね？――それで間違いはないかしら？」

「これはまた！　人聞きの悪い言葉をふたつも使われましたな」ショーヴランが丁重に抗議した。「何も無理強いするつもりはありませんし、フランスの名のもとにお願いする仕事なのです。密偵などという、いやらしい言葉を使われる必要はどこにもないかと」

「なんにせよ、ここではそう呼ばれているのよ」マルグリートはそっけなく言った。「とにかく、それがあなたの意図なのでしょ？」

「わたしの意図は、ささやかな奉仕により、兄上の恩赦を手に入れてもらいたいということです」

「その奉仕とは？」

「今夜、わたしのために監視をしてくれればそれでいいのです、シトワイエンヌ・サン・ジュスト」ショーヴランの声に熱がこもった。「いいですか。サー・アンドリューが持っていた書面のなかには、小さなメモがありました。これです！」ショーヴランは手帳から小さな紙切れを取り出すと、マルグリートに差し出した。

四日前、アンドリューとアントニーは、その紙を読んでいる最中に、ショーヴランの手下によって襲われたのだった。マルグリートは機械的に受け取ると、かがみ込んで読もうとした。たったの二行だ。ゆがんだ、明らかに筆跡を変えた文字で書かれている。マルグリートは無意識に読み上げていた。

「のっぴきならない場合を除き、会うのは避けること。二日の件に関しては、すべての指示を受け取っているはず。もう一度話をしたい場合はGの舞踏会で」

「どういう意味かしら?」マルグリートが言った。

「もう一度読んでみてください、シトワイエンヌ。そうすればおわかりになるはずだ」

「隅にしるしがあるわ。小さな赤い花の――」

「ええ」

「紅はこべ」マルグリートが熱っぽい声で言った。「Gの舞踏会というのは、グレンヴィル卿の舞踏会のことだわ――彼は今夜、卿の舞踏会に出席するのね」

「同じ結論に達したようですな、シトワイエンヌ」ショーヴランが穏やかに言った。「縛り上げて持ち物をあらためたあと、アントニー卿とサー・アンドリューのふたりは手下に命じ、前もってドーヴァー街道の辺鄙《へんぴ》な場所に借りておいた家に運ばせておきましてね。今朝までは監禁しておいたのですが、わたしとしてもこの紙切れを手に入れた以上、ふたりにはグレンヴィル卿の舞踏会に間に合うよう、ロンドンに戻ってもらう必要がある。もうわかりましたね？　そう、ふたりには、リーダーに報告すべきことがたっぷりとあるわけだ——当然、指示された通りに、今夜のチャンスをつかもうとするでしょう。ドーヴァー街道の寂しい一軒家に閉じ込められていたふたりは、今朝方、家の止め板や閂がすべて外れ、見張りもいなくなり、外の庭に、鞍のついた二頭の馬がつながれているのを見つけたはず。そのあとはわざわざ確認こそしていないものの、手綱を緩めることなくロンドンまで走り続けたと踏んで間違いないでしょう。事の単純さがわかっていただけましたかな、シトワイエンヌ！」

「確かに単純なようですわね？」マルグリートは最後にもう一度だけ、痛々しくも軽薄な態度を作って見せた。「鶏を絞めるときには——捕まえて——首をひねるだけでいい——ただし鶏だけは、それを単純だとは思わないでしょう。あなたはいま、わたしの喉にナイフを突きつけ、人質を取って服従を強いながら——それを単純だと言う——けれど、わたしにとっては違いますわ」

「いいえ、シトワイエンヌ、わたしはあなたに、愛する兄上を、愚かな行為の帰結から救うチャンスを与えようとしているだけです」

マルグリートは表情をやわらげると、瞳にはとうとう涙をにじませて、半ば独り言のようにつぶやいた。

「わたしに変わらぬ真実の愛をくれるたったひとりの兄さん——とにかく、わたしにどうしろというの、ショーヴラン?」マルグリートは絶望のなかで、涙に喉を詰まらせながら言った。「わたしのいまの立場では、できることなどほとんどないのよ!」

「とんでもない、シトワイエンヌ」ショーヴランは、石の心でさえ溶かしたであろう、絶望した少女のようなマルグリートの訴えにもほだされることなく、乾いた、無慈悲な口調で言った。「レディ・ブレイクニーであるあなたを疑う人間などどこにもいない。そしてわたしは今夜、あなたの協力を得て——ことによると——ついに紅はこべの正体をつかむことができるかもしれないのです——あなたは間もなく舞踏会に向かわれるはず——そこで目を光らせ、聞き耳を立てていただきたい——不注意な言葉やささやきを報告し——サー・アンドリュートとアントニー卿が話しかけた人物については、ひとり残らず注意を払うのです。あなたは疑われる心配のない立場にあり、紅はこべは今夜、舞踏会に現れる。やつの正体を突き止めてさえくだされば、フランスの名にかけて、兄上の命は保証しましょう」

ショーヴランは、マルグリートの喉にナイフを突きつけていた。マルグリートは、逃げるすべのない蜘蛛《くも》の巣にからめとられたような気がした。大切な人を人質に取られていては、どうして拒むことができるだろう。ショーヴランがはったりで脅しをかけるような男でないこともわかっていた。公安委員会には、アルマンを〝容疑者〟と知らせる報告がすでに行っているはずだ。マルグリートがショーヴランの頼みを拒めば、アルマンは二度とフランスからの出国を許されないだけでなく、無慈悲に排除されてしまうだろう。それでもまだマルグリートは——女らしく——なんとかはぐらかすことができないかと思っていた。だからこそ自分が憎み恐れている男に向かって、手を差し出してもみせたのだ。

「協力のお約束をしたら、ショーヴラン」マルグリートが愛想よく言った。「兄の手紙を返していただけるのかしら？」

「今夜、充分なお働きをいただけましたら、シトワイエンヌ」ショーヴランは皮肉っぽい笑みを浮かべた。「手紙は——明日、お渡ししましょう」

「わたしを信じてくださらないの？」

「もちろん信じていますとも。しかし、サン・ジュストの命は祖国の手にあり、取り戻せるかどうかはあなたにかかっているのです」

「お役に立てないかもしれないわ」マルグリートはすがった。「たとえわたしが、心からそう願ったとしても」

「となると、極めて残念なことになりましょうな」ショーヴランは穏やかに言った。「あなたにとっても——サン・ジュストにとっても」

マルグリートは身震いした。この男には、慈悲など期待しても無駄なのだ。ショーヴランはそのくぼんだ手のなかに全権を、彼女の愛する人の命を握っている。マルグリートはショーヴランを充分に知っていた。目的の達成に失敗すれば、どこまでも無慈悲になれる男であることも。

劇場の蒸し暑さにもかかわらず、マルグリートは寒気を覚えた。心に響くオペラの旋律も、どこか遠い場所から聞こえてくるように思われた。彼女は豪華なレースのスカーフを肩にかけると、まるで夢のなかにでもいるかのように、華やかな舞台を静かに見つめた。

その思いが、ふと、危機の迫った大切な兄から、彼女の信頼と愛を得る資格を持つ、もうひとりの男へとさまよった。マルグリートは、アルマンのために怯えており、孤独だった。自分を励まし支えることのできる誰かから、慰めと助言が欲しくてたまらなかった。パーシーも、一度はわたしを愛してくれたはず。しかもあの人は夫なのよ。どうしてこんなにも恐ろしい試練に、ひとりで立ち向かわなければならないの？　パーシーは確かに頭が弱い。だとしてもたくましい肉体を持っている。そうよ、わたしの頭脳に、パーシーの力と勇気を合わせれば、勇敢な英雄たちの小さな一派を率いる気高いリーダーの命を危険にさらすことなく、狡猾な外交官を出し抜いて、復讐に飢えたその手から人質を取り戻せるかもしれない。パーシーはアルマンのことをよく知っているし——充分に好意も持っているようだから——きっと助けてくれるはず。

ショーヴランのほうには、これ以上、話を長引かせるつもりはなかった。そこで残酷にも

「是《ぜ》か——否《ひ》か」と、こたえを迫った。今度はショーヴランのほうが、心をかき乱すオペラの旋律に耳を傾けながら、リズムに合わせてイタチのように尖った顔を振りはじめた。

控えめなノックの音がして、マルグリートは物思いから我に返った。背の高い、ぼんやりとした、お人よしのサー・パーシー・ブレイクニーだった。そのどことなくはにかんだ、愚かしい笑顔を見た瞬間、マルグリートは、苛立ちに全神経をかき乱されるようだった。

「えーっと——表でセダンチェア（西洋風の駕籠）が待っているよ」パーシーは相手の神経にさわる、例の気取った、引きずるような口調で言った。「どうせ、あの面倒な舞踏会に行くつもりなんだろうから——おっと、これは——えーっ——ムッシュ・ショーヴラン——お姿に気づかなかったもので——」

パーシーは、ほっそりした白い指を二本、ショーヴランに差し出した。ショーヴランのほうは、パーシーが現れたときに立ち上がっていた。

「もう出るかな？」

「しーっ！　しぃ！　しぃ！」客席のあちこちから苛立った声が起こった。

「おっとしまった」パーシーは人のよさそうな笑みを浮かべてぼやいた。

マルグリートはもどかしそうにため息をついた。最後の希望もかき消えたかに思えた。マルグリートはマントで体を包むと、夫には目を向けずに言った。

「行きましょう」マルグリートはパーシーの腕を取った。それからボックス席の扉のところで振り返ると、ショーヴランをまっすぐに見つめた。ショーヴランは、極端に不釣り合いな夫婦のあとに続こうと、折り畳み式の二角帽子を腕に抱え、薄い唇に奇妙な笑みをたたえながら待っていた。「ではまた、ショーヴラン」マルグリートは愛想よく言った。「のちほど、グレンヴィル卿の舞踏会で」鋭敏なフランス人のほうは、相手の目にはっきりと自分の意にかなうものを読み取ったらしく、毒を含んだ笑みを浮かべながらそっと嗅ぎ煙草を吸うと、繊細《せんさい》なレースの胸飾りを払い、骨ばった薄い手を満足そうにこすり合わせた。

第11章　グレンヴィル卿の舞踏会

時の外務大臣だったグレンヴィル卿主催の舞踏会は、その年一番の催しとして記録にも残っている。秋のシーズンははじまったばかりだったが、ロンドンで名のある人物は誰もが出席し、それぞれに、できるかぎりの輝きを放とうと心を砕いたのだった。

皇太子も臨席の予定で、間もなく劇場から到着するはずだった。ホストのグレンヴィル卿自身も、客を迎える準備をする前には、〈オルフェオとエウリディーチェ〉の二幕までを楽しんでいた。異国情緒たっぷりのシュロや花で飾られた外務省の数ある広間も、夜の十時には――これは当時の舞踏会としてはかなり遅い時刻ではあるが――人であふれ返っていた。うちの一室がダンス用に準備されており、多くの華やかな客人による陽気なおしゃべりやほがらかな笑い声が、優美なメヌエットの旋律を控えめな伴奏にしてさざめいていた。

壮麗な階段を上がったところにある小さめの部屋では、高名な主人が立ったまま客を出迎えていた。風格のある男たち、美しい女たち。ヨーロッパ中から集まった名士が列を作り、グレンヴィル卿に、当時の流行にのっとった、やけに大げさで丁重なお辞儀をしてから通り過ぎていく。そのあとは笑いさざめきながら、舞踏室、大広間、カードルームへと消えていくのだった。

グレンヴィル卿からそう離れていない場所では、例のごとく黒ずくめで隙なく装ったショーヴランがコンソールテーブルにもたれ、華やかな人々を静かに観察していた。ブレイクニー夫妻の到着がまだであることも把握していたから、新しい客が来るたびに、淡い色の鋭い瞳をサッと動かしては戸口を確認していた。

ショーヴランは孤立気味だった。フランスから来た共和国政府の使者である彼が、イギリスで人気者になれるはずもなかった。なにしろおぞましい九月虐殺、恐怖政治、無政府状態に関するニュースが、少しずつとはいえ、海峡のこちら側にも届きはじめていたのだから。

それでも公的な資格により、イギリスの公人からは丁重に扱われていた。ピット首相とは握手を交わしたし、グレンヴィル卿からはもてなしを受けている。同時に、社交界の私的なサークルからは完全に無視された。貴婦人たちはあからさまに背を向けたし、公的な立場にない紳士は握手を拒んだ。

だがショーヴランは、社交界の恩恵を求めるような男ではなかった。社交界などは、外交官としての経歴を積むなかで、たまたま触れることになったものに過ぎない。ショーヴランは革命の大義を手放しで信奉し、不平等な社交界を頭から嫌悪し、母国への愛に燃えていた。この三つの感情に守られていたから、霧に覆われた古臭い王党派のイギリスでいかに冷たくあしらわれようと、まったく気にはならなかった。

何よりも、ショーヴランには目的があった。フランスにとって最大の敵は、フランスの貴族だと心の底から信じていた。貴族などはひとり残らず死ねばいいと願い、おぞましい恐怖政治において、『貴族の頭がひとつであれば、ギロチンの一閃《いっせん》で片づいてしまうものを』という、歴史に刻まれた残忍な望みを真っ先に口にした人々のうちのひとりでもあった。母国からの脱出に成功したフランス貴族に関しては、ひとり残らず、ギロチンの刃《やいば》を不当に逃れた者とみなしていた。王党派の亡命者が、国境の外に出たが最後、フランスに対する外国の敵意をあおり立てることもわかっていた。大きな力をかき立てることにより、革命下にあるパリに軍隊を送ってルイ十六世を解放し、血に飢えた共和派の怪物たちを即刻縛り首にしようとするさまざまな計画が、イギリス、ベルギー、オランダで、絶え間なく生まれ続けていたのだ。

というわけで、ロマンティックな謎の英雄、紅はこべの存在を、ショーヴランが激しく敵視していることにはなんの不思議もなかった。紅はこべと、彼の率いる若者たちは、かぎりのない大胆さと鋭敏な頭脳を武器に、潤沢な資金を投じ、何百というフランス貴族を脱出させることに成功していた。なにしろイギリスの宮廷によりもてなされている亡命貴族の十中九人は、紅はこべとその一味に命を救われているのだ。

ショーヴランはパリの同志に誓っていた。いまいましいイギリス人の正体を暴き、必ずやフランスに誘い出してみせると。そのあとは――。ショーヴランは、ギロチンの刃によって、謎の男の首が例のごとく転がるところを想像して満足そうに深く息をついた。

そこでふいに、壮麗な階段の付近がざわめいたかと思うと、表にいる執事長が声を張り上げるのに合わせ、一瞬、会話がピタリとやんだ。

「皇太子殿下、並びに、サー・パーシー・ブレイクニー、レディ・ブレイクニーご夫妻がお着きです」

グレンヴィル卿は賓客を出迎えようと、早足で扉に近づいた。

皇太子はサーモンピンクのビロードに贅沢《ぜいたく》な金《きん》の縁取りが入った華麗な礼服姿で、マルグリート・ブレイクニーに腕を貸していた。皇太子の左にいるパーシーは、チラチラ光るクリーム色のサテンを、派手な〝アンクロワイヤブル〟風に仕立てたきらびやかな姿だ。金髪には髪粉を振らず、極めて高価なレースで首と袖口を飾り、平らな二角帽子を片腕に抱えている。

慇懃《いんぎん》にお決まりの挨拶を述べてから、グレンヴィル卿は皇太子に向かって言った。

「フランス政府の全権大使、ショーヴラン氏をご紹介させていただきたいのですが、殿下」

皇太子が姿を現したときから、ショーヴランはこの流れを予期して一歩前に踏み出していた。ショーヴランは深々とお辞儀をしたが、皇太子のほうは軽くうなずいて見せただけだった。

「ムッシュ」皇太子の声は冷ややかだった。「我々は貴殿を寄越した政府のことは忘れ、単なる客人――フランスから個人的に来られた紳士として接しましょう。あくまでもその意味ではありますが、ようこそ来られました」

「殿下」ショーヴランがもう一度お辞儀をしながらこたえ、さらに「マダム」と、マルグリートに向かって恭《うやうや》しく頭を下げた。

「あら、ショーヴラン！」マルグリートが不安などみじんも感じさせない声で明るく言いながら、小さな手を差し出した。「この方とわたしは古いお友だちですのよ、殿下」

「ほう」皇太子は、先ほどとは違う非常に愛想のよい声で言った。「それでは、心からようこそ」

「殿下にご紹介させていただきたい方が、もうひとりいらっしゃるのですが」グレンヴィル卿が口を挟んだ。

「ほう！　どなたかな？」皇太子が言った。

「トゥルネー・ド・バスリヴ伯爵夫人と、そのご家族でございます。最近、フランスから来られたばかりでして」

「ぜひとも紹介してくれたまえ！――幸運な人たちの仲間入りをされたのだな！」

グレンヴィル卿は、部屋の向こうの隅に座っている伯爵夫人を呼びにいった。

「おやおや」年のいった伯爵夫人の堅苦しい姿を見るなり、皇太子がマルグリートにささやいた。「これはまた！　美徳と憂鬱《ゆううつ》のかたまりのようではないか」

「ほんとうに、殿下」マルグリートがにっこりしながら言った。「美徳というのは貴重な香りのようなもので、砕かれたときにこそ、最も高い芳香を放つのですわ」

「美徳というのは、ああ！」皇太子がため息をついた。「あなた方、女性という魅力的な生き物には、たいして似合わないのですがね」

「トゥルネー・ド・バスリヴ伯爵夫人でございます」グレンヴィル卿が伯爵夫人を紹介した。「お目にかかれて光栄です、マダム。父王も、フランスの岸から追われたお国の方々をお迎えできて喜んでおります」

「お優しいお言葉に感謝いたします」伯爵夫人は身に付いた気品を見せながらこたえると、隣におずおずと立っていた娘を紹介した。「娘のシュザンヌでございます、殿下」

「これは！　じつに愛らしい！」皇太子が言った。「ところで伯爵夫人、わたしのほうでも、近しくお付き合いしているレディ・ブレイクニーをご紹介させていただきますよ。おふたりには、お話しになることがいろいろとあるでしょう。レディ・ブレイクニーの同胞であれば、ここでは誰であれ大歓迎です――彼女の友は我々の友――彼女の敵はイギリスの敵なのですから」

この高貴な友人による丁重な言葉を聞きながら、マルグリートは青い瞳を煌《きら》めかせた。先日、彼女に対して強烈な侮辱を浴びせた伯爵夫人が、目の前で公開レッスンを受けているのだ。マルグリートはそれを眺めながら、やはりほくそ笑まずにはいられなかった。伯爵夫人のほうも、王室に対しては宗教に近い敬意を抱いており、宮廷作法については徹底した教育も受けていたから、かすかな困惑のしるしさえ見せることはなかった。ふたりの貴婦人は、恭しく、膝を小さく折ってお辞儀を交わした。

「殿下は、それはお優しいのですよ、マダム」マルグリートは取り澄ましながらも、いたずらっぽく目を煌めかせていた。「けれど、殿下のご配慮をいただくまでもありませんわ――先日お会いしたときの奥様のありがたいご挨拶は、いまでも嬉しく記憶しておりますもの」

「わたくしたち哀れな亡命者は、マダム」伯爵夫人がこわばった口調で言った。「殿下の意にひたすら沿うことで、イギリスへの感謝をお示しするばかりですわ」

「マダム！」マルグリートが、また恭しくお辞儀をした。

「マダム」伯爵夫人も、負けじと気品たっぷりにお辞儀を返した。

皇太子はそのかたわらで、若い子爵に優しい言葉をかけていた。

「お会いできて嬉しいですよ、子爵」皇太子は言った。「お父上とは、ロンドンに大使として来られていたときに、お近づきをいただきましてね」

「ああ、殿下！」子爵が言った。「ぼく、そのころ、ショーネンでした。こうして――お会いできたの――ぼくらのシュゴシャ、紅はこべのおかげです」

「しっ！」皇太子は真剣な顔で、ショーヴランのほうを示しながら慌てて言った。ショーヴランはかたわらに立って一部始終を見守っており、マルグリートと伯爵夫人のやり取りを見ながら薄い唇に皮肉っぽい小さな笑みを浮かべていた。

「いいえ、殿下」ショーヴランは、皇太子の挑戦を真っ向から受け止めるように言った。「その方には、どうぞ自由に感謝の気持ちを述べさせてあげてください。例の興味をそそる赤い花の名前についてなら、わたしも――フランスも、よく存じておりますので」

皇太子は、しばらくじっとショーヴランを見つめた。

「なるほど」皇太子は言った。「確かに我が国の英雄については、そちらのほうが詳しいでしょうから――ひょっとすると、その正体さえご存じかもしれませんね――ご覧なさい！」皇太子は、部屋のあちこちに集まっている人々のほうに顔を向けた。「ご婦人方は、貴殿のひと言ひと言が気になってならないようだ――好奇心を満たしてあげれば、彼女たちの人気者になれますよ」

「それが、殿下」ショーヴランが含みをこめて言った。「フランスには、殿下ならば道端に咲く謎めいた花の正体を知っていて――教えてくださるのでは――という噂があるのですが」

ショーヴランはそう言いながら鋭い視線をサッとマルグリートに向けたが、マルグリートには動じた気色もなく、大胆不敵な顔で見つめ返していた。

「いやいや」皇太子が言った。「わたしの唇には封印がほどこされているのでね！　それに一派の男たちは、なんとしてもリーダーの秘密を守ろうと必死だから――紅はこべを崇拝する者は、その影を拝むだけで満足するしかないのですよ。このイギリスには、ムッシュ」皇太子は、卓越した気品と魅力を示しながら言った。「白い頬を情熱に赤く染めることなく、紅はこべの名を口にできる者などおりません。紅はこべを目にすることは、彼を支えている忠実な部下たちにのみ許された特権です。背が高いのか低いのか、色が白いのか黒いのか、美男なのか醜男《ぶおとこ》なのかを知る者は誰ひとりいませんが、彼が世界一勇敢な男であることだけは確かです。そしてその英雄がイギリス人であることを思うとき、我々の胸は小さな誇りにふくらむのですよ、ムッシュ」

「ねえ、ムッシュ・ショーヴラン」マルグリートが、スフィンクスのように冷静なフランス人の顔に向かって、どこか挑みかかるように言った。「殿下のお言葉に付け加えさせていただけば、わたしたち女性は、紅はこべのことを古《いにしえ》の英雄のように思い――崇めて――彼のしるしを身に着けているのよ――そして彼が危険にあれば身をおののかせ、成功を収めたときには歓喜に胸をふくらませるのです」

ショーヴランは皇太子とマルグリートに向かって、静かにお辞儀をした。ふたりから――それぞれの言葉で――侮辱され、挑戦されたように感じながら。ショーヴランは快楽を愛する怠惰な皇太子を軽蔑していたし、ルビーとダイヤモンドでかたどられた、いくつもの小さな赤い花で金髪を飾っている美女については――自分の手のなかにあることがわかっていた。ショーヴランには、黙ったまま成り行きを見守る余裕があったのだ。

ふいにあたりを包んだ静寂を、長く伸びる、陽気な間の抜けた笑い声が破った。「そして我々哀れな夫たちは」華やかないでたちのパーシーが、気取った口調でゆっくりと言った。

「英雄のいまいましい影を崇める妻たちを、指をくわえて見ているしかないわけです」

ドッと笑いが起こった。皇太子の笑い声はひときわ大きかった。興奮をはらんだ緊張がやわらぐなか、誰もが陽気に笑いさざめきながら、ちりぢりに次の部屋へと移っていった。

第12章　一片の紙切れ

マルグリートはひどく苦しんでいた。それでも笑い、おしゃべりをした。その場にいるどの女性よりも崇拝され、取り巻きが多く、ちやほやされていたが、本人は死の宣告を受け、この世での最後の一日を過ごしているような気分だった。

神経をさいなむ緊張は、オペラから舞踏会までの時を夫と過ごすうちに百倍にも膨れ上がっていた。かすかな希望の光――人のよい怠惰な夫に、かけがえのない友と助言者を見出せるのではという思い――は、パーシーとふたりきりになったとたんにかき消えた。ペットか、あるいは忠実な召使にでも対するような優しい軽蔑を感じながら、マルグリートは笑みを浮かべつつ、本来であれば、胸の張り裂けるような危機に置かれた自分を精神的に支え、冷静な助言を与えてくれるはずの夫に背を向けた。女らしい共感と心情によって、マルグリートの思いは激しく揺れ動いていた。遠いどこかで死の危険にさらされている兄への愛と、兄の命と引き替えにショーヴランから託された、おぞましい仕事に対する恐怖で胸を引き裂かれていたのだ。

精神的な支えとなり、冷静な助言を与えてくれるはずの夫はいま、頭の空っぽな若い伊達《だて》男たちに取り囲まれている。若者たちはパーシーが口にしたつまらない四行詩を、いかにも愉快でたまらないという様子で口々に繰り返していた。マルグリートがどこに行っても、そのくだらない戯《ざ》れ詩《うた》が追いかけてきた。まるで誰もが、ほかには口にすべきことを知らないとでもいうかのように。皇太子でさえ小さく笑いながら、夫君の最新の詩の出来映えをどう思うかとマルグリートにたずねてくるほどだった。

「クラヴァットを結んでいる間にできたのさ」パーシーは、小さな取り巻き連に向かってのたまった。

『こちらやあちらを、ぼくらは探し
フランス人めも、探しに探し
天国か、はたまた地獄か、その行方
捕らえがたきは、紅はこべ』

パーシーの名句は、華やかな広間に次々と広まった。皇太子も大喜びで、パーシーがいない人生など、寂しい砂漠にいるようなものだと断言する始末だった。皇太子はパーシーの腕を取ると、カードルームに連れていき、ハザード（サイコロゲーム）をゆっくりと楽しみはじめた。社交界におけるパーシーの主な楽しみはカードテーブルの周りにあったので、妻が誰と戯れようが踊ろうが楽しもうが退屈しようが、好きにさせておくのはいつものことだった。そこでその夜も、名句を披露したあとは、妻を崇拝者のなかに残して消えた。なにしろさまざまな年齢の男たちが、ヨーロッパ一の才女が退屈なイギリスでの婚姻生活におとなしく落ち着くだろうなどと愚かにも思い込んでいる、大広間のどこかにはいるはずの、背の高い、怠惰な夫君のことを彼女に忘れさせようと必死になっているのだ。

張り詰めた神経に、気の高ぶりと焦燥が加わることで、マルグリートの魅力はさらに輝きを増していた。ありとあらゆる年齢や国籍の男たちにエスコートされたその姿は、まさに行く先々で、すべての人に感嘆の声を上げさせていた。

マルグリートは自分に考えるゆとりを与えなかった。以前の自由奔放な生き方から、彼女にはどこか、運命論者的な考えをするところがあった。物事の形とは自然に定まるものであり、自分の手でどうにかできるものではないのだと。ショーヴランに慈悲を期待しても無駄なことはわかっていた。あの男はアルマンの首に値段をつけたのだ。それを払うか払わないかは、マルグリートが自分で決めねばならなかった。

その夜がもう少し進んだころに、マルグリートはちょうど着いたばかりらしい、サー・アンドリュー・フォークスとアントニー・デューハースト卿の姿を見かけた。アンドリューはまっすぐシュザンヌのところへ行った。そのまま厚い壁に深くくられた縦仕切り窓の下でふたりきりになると、互いに心のこもったにこやかな様子で会話に熱中しはじめた。

アンドリューもアントニーも、いくらかやつれ、気づかわしげではあるものの、身仕舞いには非の打ちどころもなかった。仲間やリーダーに迫っている恐ろしい悲劇をひしひしと感じているはずなのだが、貴族らしい優雅な態度は、そんな気配をまったく感じさせなかった。

マルグリートは紅はこべ団に大義を捨てるつもりなどないことを、シュザンヌの言葉からも承知していた。シュザンヌは、トゥルネー伯爵を数日のうちにフランスから救い出すという知らせが、紅はこべ団から母と自分のもとへ届いていると、隠そうともせずに話していたのだ。明るく照らされた舞踏室のなかで華やかに着飾った人々の姿に目をやりながら、マルグリートはぼんやりと思った。ここにいる俗っぽい男たちの誰があのような思い切った計画の糸を引き、人々の貴重な命をその手のなかに握っている謎の〈紅はこべ〉なのだろう。

その正体を知りたいという好奇心が、マルグリートの胸に燃え上がった。もう幾月も、紅はこべの噂を耳にしては、社交界の人々にならってその匿名性を受け入れていたというのに。けれどいまは知りたくてたまらなかった——個人的に、アルマンのこととは関係なく、そして、ああ！　もちろんショーヴランのためなどではなく——ただ、自分のためだけに。紅はこべの勇気と機知に、熱烈な憧れを抱き続けてきたひとりの女として知りたかった。

紅はこべは、もちろん、この舞踏会のどこかにいるはずだった。なにしろアンドリューとアントニーが来ているのは、彼に会うために決まっている——おそらくは、新たな指示を仰ごうとして。

マルグリートは周りの人々に目をやった。貴族的な顔立ちのお高くとまったノルマン人、明るい髪色をしたいかつい体格のサクソン人、穏やかで冗談の好きなケルト人。このうちの誰が、高貴な生まれの英国紳士たちに自分の能力と胆力と才覚を知らしめ、思い通りに操っているのだろう。なにしろ紅はこべ団には、皇太子その人さえも加わっているという噂が、まことしやかにささやかれているのだ。

サー・アンドリュー・フォークス？　そんなはずはない。アンドリューはいま、厳格な母親の手でふたりきりの楽しい語らいから引き離されてしまったシュザンヌを、いかにも愛おしそうに、穏やかな青い瞳で優しく見つめている。マルグリートが部屋の反対側から見ていると、アンドリューが、ようやくため息をつきながら振り返った。シュザンヌの可憐で上品な姿が人混みに消えてしまったので、どうしたものかと、しょんぼり立ち尽くしている。

それからアンドリューは戸口に近づいた。その向こうは婦人向けに優美なしつらえのされた小部屋になっている。アンドリューは足を止め、戸口にもたれかかりながら、なにやら不安そうに周りを確かめた。

マルグリートはそばにいた熱心な紳士をなんとか振り切ると、きらびやかな人々のそばをやり過ごしながら、アンドリューのもたれている戸口に近づいた。アンドリューに近づいてどうするつもりなのかは、自分でもわからなかった。おそらくはしばしば人生を左右する、有無を言わさぬ運命の力に突き動かされたのだろう。

途中で、マルグリートがピタリと足を止めた。心臓まで一緒に止まったかのようだった。マルグリートは興奮に大きく見開いた目を、一瞬だけ戸口に向けてから、素早く逸らした。アンドリューは、相変わらず物憂《ものう》げな様子で戸口にもたれかかっている。だがマルグリートには、若い伊達男であるヘイスティングズ卿――夫の友人で、皇太子のお気に入りのひとりでもある――が、アンドリューのそばをかすめながら、その手に何かを握らせたのをはっきりと見ていた。

一瞬だけ――そう、ほんの瞬《まばた》きほどのあいだ――マルグリートはためらったけれど、次の瞬間には、見事なまでになにげないふうを装って、また部屋を進みはじめた。先ほどよりも足を速め、アンドリューの消えた戸口のほうへと。

マルグリートが戸口にもたれているアンドリューを目にしてから、隣の小部屋に入るまで、一分とはたっていなかった。運命が一撃を与えようとするときは、たいてい速やかに行なうものなのだ。

いまや、レディ・ブレイクニーという女は消えていた。そこにいるのはマルグリート・サン・ジュストであり、幼いころから兄アルマンに守られて育った娘であった。ほかのすべては忘れ去られた。地位も、品格も、ひそかな情熱も。命の危機に立たされているアルマンのこと以外は、何もかも頭から消え失せていた。そしてそこ、二十歩とは離れていないところにある人気《ひとけ》のない小部屋に行けば、アンドリューの手のなかに、兄の命を救う護符が見つかるかもしれないのだった。

　ヘイスティングズがアンドリューの手に謎めいた何かを握らせてから、マルグリートが人《ひと》気《け》のない小部屋に入るまでには、ほんの三十秒しかたっていない。アンドリューはマルグリートには背を向けた恰好で、巨大な銀の燭台《しょくだい》の置かれたテーブルのそばに立ち、いままさに、手のなかの紙切れをあらためているところだった。

　体にぴたりと添うやわらかな生地のドレスは厚い絨毯《じゅうたん》のおかげで衣擦れの音も立てず、目的を達するまではと息さえ殺しながら、マルグリートは気づかれることなくアンドリューの背後に近づいた――が、そこでアンドリューが振り返ると、マルグリートはうめき声を上げながら手を額にかざし、消え入りそうな声でつぶやいた。

「熱気がひどいものだから――気が遠くなりかけてしまって――あ！」

　マルグリートがよろめいて倒れかけると、アンドリューは慌てて自分を取り戻し、読んでいた紙切れを手のなかに丸めながら、ぎりぎりのところでマルグリートの体を支えた。

「ご気分が悪いのですか、レディ・ブレイクニー？」アンドリューがひどく心配そうに言った。「なんでしたら――」

「いいえ、なんでもないのよ――」マルグリートは素早く遮った。「椅子を――早く」

　マルグリートはテーブルのそばにあった椅子に座り込むと、頭を背に預けて目を閉じた。

「ほら！」マルグリートは弱々しい声のまま言った。「もう、めまいが収まりかけてきましたわ——どうぞ心配なさらないで、サー・アンドリュー。だいぶ気分がよくなりましたから」

このような瞬間には——心理学者も同意しているように——五感とはまったく別の感覚が働くものだ。視覚でも聴覚でも触覚でもないのに、それでいて、その三つが同時に働いているかのような。マルグリートは腰を下ろしたまま、目を閉じていた。アンドリューはそのすぐ後ろに立ち、マルグリートの右手にあるテーブルには五枝の燭台が置かれている。そのときマルグリートの心の目には、アルマンの顔しか見えていなかった。死の危険に迫られているアルマン。その顔がマルグリートを見つめている。背後にはぼんやりと、殺気立ったパリの群衆や、公安委員会の法廷の殺風景な壁が見える。検事のフーキエ・タンヴィルが、フランス人民の名において、アルマンの死を要求している。血に濡れた恐ろしいギロチンの刃《やいば》が、新たな犠牲を求めている——アルマン！——

小部屋が束の間、死のような静寂に包まれた。向こうにある華やかな広間からは、ガヴォットの甘い旋律、豪華なドレスの衣擦れ、人々の笑いさざめく声が、小部屋で進行中のドラマの、不気味で風変わりな背景音楽のように聞こえてくる。サー・アンドリューはひと言も口をきいていなかった。そのときに、例の第六感がマルグリートのなかで目覚めた。両目は閉じていたから見ることはできなかった。舞踏室からのにぎやかな音にかき消され、重要な紙切れの立てる音も聞こえたはずはなかった。それでもマルグリートには、目で見、耳で聞いたようにわかったのだ——アンドリューがいま、紙を、蠟燭《ろうそく》の火にかざそうとしていると。

紙に火が移った瞬間、マルグリートはパッと目を開いて片手を動かし、二本のほっそりした指で、アンドリューの手から燃えかけた紙を奪った。それから火を吹き消すと、いかにもなにげない仕草で、紙切れを鼻に近づけた。

「よく気がつきましたのね、サー・アンドリュー」マルグリートは明るい声で言った。「燃やした紙が、めまいには最高の薬になることをご存じだなんて、おばあさまにでも教わったのかしら」

マルグリートは満足そうにため息をつくと、宝石に飾られた指でしっかりと紙を挟んだ。この紙切れが、アルマンの命を救う護符になるかもしれないのだ。アンドリューは何が起こったのかわからない様子で、じっとマルグリートを見つめている。完全に不意をつかれて、彼女の優美な指に挟まれている紙が、同志の命を危うくしかねないという事実さえ把握できずにいるようだった。

マルグリートは愉快そうに、コロコロとゆっくり笑った。

「どうしてそんなふうに見ていらっしゃるの?」マルグリートはからかうように言った。「もう、気分はよくなりましたわ。あなたのお薬は効き目が抜群ね。それにここは、涼しくて気持ちがいいし」マルグリートはみじんも落ち着きを失わずに続けた。「舞踏室から聞こえてくるガヴォットの素敵な音色も、気分を鎮める役に立ってくれたようですわ」

マルグリートが無頓着な愛想のよい態度でしゃべり続けるなか、アンドリューのほうは、どうしたらできるだけ早く、この美しい婦人の手から紙切れを取り戻せるかと考えあぐね、弱り切っていた。無意識に、さまざまな思いがぼんやりと浮かんではひどく心が乱れた。マルグリートの国籍が突然頭に浮かび、さらに悪いことには、サン・シール侯爵にからんで恐ろしい噂があることも思い出された。パーシーのためにも、そしてマルグリート自身のためにも、イギリスには、そんな話を信じる者などいないのではあるが。

「どうなさったの？　目を開けたまま夢でも見ていらっしゃるの？」マルグリートは明るい声で笑った。「不躾ですわよ、サー・アンドリュー。どうやら、わたしに出会って嬉しいどころか、驚かれたようね。この紙切れを燃やしたのは、結局、わたしの心配をしたのでも、おばあさまから教わった治療法でもなくって——恋しい方から受け取った最後の残酷なお手紙を、蠟燭の火で燃やそうとしていたのだわ。さあ、白状なさって！」マルグリートはからかうように紙切れをかざした。「書かれているのはお別れの言葉、それとも仲直りのキスをしましょうという最後のお願い？」

「どちらであれ、レディ・ブレイクニー」アンドリューはようやく落ち着きを取り戻しつつあった。「そのささやかな手紙は、間違いなくぼくのものです。ですから——」自分の振舞いが不作法に当たるかどうかをおもんぱかる余裕もなく、アンドリューは駆け寄って紙切れを取り戻そうとした。だがマルグリートのほうが頭の回転が早く、興奮と緊張に張り詰めながらも、より正確に、素早く動くことができた。マルグリートは背が高く、力もあるほうだ。さっと一歩あとずさると、小さなシェラトン様式のテーブルを倒した。テーブルはそもそもが不安定な作りだったから、巨大な燭台もろとも、大きな音を立てて倒れた。

マルグリートは警告するように慌てて叫んだ。

「蠟燭が、サー・アンドリュー——急いで！」

たいした被害はなかった。蠟燭のうちの一、二本は倒れるのと一緒に消えていたし、それ以外のものも、高価な絨毯に軽く脂《あぶら》のシミをつけただけだった。紙のシェードに火が移ったのは一本だけだ。アンドリューは急いで手際よく火を消すと、燭台をテーブルの上に戻した。それでも数秒はかかったし、マルグリートにはそれで紙切れの文字に目を通すことができた。前に見たものと同じ、ゆがんだ筆跡でいくつかの文字が書かれており、例のしるし——星形の花の絵が、赤いインクで描かれていた。

アンドリューはもう一度マルグリートに目をやったが、その顔には、不意の出来事に対する驚きと、大ごとにならずに済んでよかったという安堵の色しか見出せなかった。小さいながらに重要な紙切れのほうは、ひらひらと床に落ちていた。アンドリューは慌てて拾うと、しっかりと握り締め、見るからにホッとした顔になった。

「恥を知りなさい、サー・アンドリュー」マルグリートはいたずらっぽくため息をつき、首を振ってみせた。「わたしの可愛いシュザンヌの心を奪っておきながら、どちらかの感じやすい公爵夫人の胸をかき乱すなんて。やれやれですわ！　きっと、あなたにはキューピッドが味方についているのね。なにしろこれでは、キューピッドが外務省を丸ごと燃やそうという素振りを見せて、わたしの無遠慮な目が汚《けが》す前に、あなたの恋のメッセージをこの手から落とすように仕向けたとしか思えませんもの。もう一瞬だけあれば、道を踏み外した公爵夫人の秘密がわかっていたはずですのに」

「どうかご容赦をいただいて」アンドリューは、マルグリートにも劣らぬ落ち着きを取り戻していた。「中断されてしまった、ご興味をお持ちの作業を再開したいのですが」

「もちろんですわ、サー・アンドリュー！　恋の神様の邪魔をしようだなんて、二度と考えるものですか。出しゃばりなことをして、ひどいお仕置きなんかされたら大変ですもの。どうぞ、その恋のしるしを燃やされるといいわ！」

アンドリューは細くねじり上げた紙切れを、もう一度、消えずに残っていた蠟燭の火にかざすと、燃えるがままにした。その作業に集中するあまり、目の前にいる美女の顔に浮かんだ奇妙な笑みには気がつかなかった。気づいていたら、そのまま安堵の表情ではいられなかったはずだ。アンドリューは、重要な紙切れが炎のなかで丸まっていくのを見つめていた。そして最後の灰が床に落ちると、かかとで踏みつぶした。

「ところで、サー・アンドリュー」マルグリートは、いかにも彼女らしい屈託のない魅力的な様子を巧みに装いながら、最高の笑顔を浮かべて見せた。「メヌエットをわたしと踊って、あなたの美しい方の胸に、嫉妬をかき立ててあげてはいかが？」

第13章　是《ぜ》か——否《ひ》か

焦げかけた紙に読み取ったいくつかの文字が、マルグリートには、まさしく運命の神による言葉に思えた。『明日はぼくが自分で行く』この部分はかなりはっきり読めた。そのあとの数語は、蠟燭《ろうそく》の煙でぼやけてしまいわからなかった。だが最後の一文は、炎で書かれた文字のように脳裏に焼きついていた。『もう一度話があるなら、一時ちょうどに食堂にいる』そして署名代わりに小さなしるしが、いかにも急いだ手で描かれていた——いまや、すっかりおなじみになっていた小さな星形の花が。

一時ちょうど！　時刻は十一時に近づいていた。サー・アンドリュー・フォークスと美貌のレディ・ブレイクニーが、繊細《せんさい》で複雑なダンスを先導し、最後のメヌエットも踊り終えた。

もうすぐ十一時だなんて！　金色の台座に載った豪華なルイ十五世様式の時計の針が、するすると恐ろしい速度で進んでいく。あと二時間で、マルグリートとアルマンの運命は決してしまう。二時間のうちには心を決めねばならない。巧みに入手した情報を胸の内にとどめて兄を運命にまかせるか。それとも人助けに身を捧げている、高潔で寛大で、何より疑いなどかけらも抱いていないはずの勇敢な英雄をあえて裏切るのか。なんておぞましいのかしら。

だとしてもやはりアルマンが！　アルマンもまた、高潔で勇敢であり、やはり疑いなど抱いてはいないはず。アルマンはわたしを愛している。自分の命でさえ、喜んでこの手に預けてくれるだろう。アルマンを救えるというときに、わたしは何をためらっているの。ああ！　あまりにも恐ろし過ぎるわ。マルグリートには、愛に満ちた優しい兄の顔が、咎めるように自分を見ている気がした。「おまえはぼくの命を救えるかもしれないんだよ、マルゴ！」その顔は、そう言っているかのようだった。「そんなときに、他人の命を選ぶのかい？　正体もわからない、会ったことさえない誰かの無事を願って、このぼくをギロチンに送ろうとは！」

こういったさまざまな苦しい物思いが、微笑《ほほえ》みをたたえつつ、複雑なメヌエットの迷路のなかを優雅に滑るように踊るあいだにも、マルグリートの頭のなかを駆け巡っていた。彼女は鋭敏な感覚で、アンドリューの不安については完璧に鎮めたことを察知していた。その自制心たるや見事なもので――コメディ・フランセーズの舞台に立っていたときでさえ、このメヌエットを踊っていたときほどに完璧な演技をしたことは一度もなかった。だがこのときの彼女の演技には、愛する兄の命がかかっていたのだ。

大げさに演じ過ぎないだけの賢さもあったから、アンドリューに煩悶の五分間を味わわせた例の恋文については、再びほのめかすようなことさえしなかった。アンドリューの不安が自分のほがらかな笑顔により溶けていくのを見守りながら、どんな疑念が彼の心をよぎったにせよ、メヌエットの最後の節が終わるまでには、それがあとかたもなく消え失せたことを見て取っていた。マルグリートがいかに興奮の熱に浮かされ、陳腐なおしゃべりを続けることに神経をすり減らしていたか、アンドリューが察することは決してなかった。

メヌエットが終わると、マルグリートはアンドリューに、隣の部屋に連れていってくれるように頼んだ。

「皇太子殿下とお夜食を一緒にとる約束なのよ」マルグリートは言った。「でもお別れする前に――わたしは許していただけたのかしら?」

「許す?」

「そうよ! 先ほど、少し驚かせてしまったことはお詫びしますわ――けれど、忘れないでほしいの。わたしはイギリス人ではないのよ。恋文を交わすことに目くじらを立てたりはしませんわ。可愛いシュザンヌにも告げ口などしないと約束します。だから教えてちょうだい。水曜日に行なわれる、わたしの水辺の集いには来てくださいますわね?」

「それがわからないのです、レディ・ブレイクニー」アンドリューは言葉を濁した。「明日には、ロンドンを離れることになるかもしれないので」

「それは、やめにしたほうがいいですわ」マルグリートは真剣な口調でそう言ったものの、アンドリューの目に、また不安そうな色が戻ってきたのを見ると、明るい声で付け加えた。

「あなたほどボウリングの上手な方はいらっしゃらないのよ、サー・アンドリュー。ゲームをするときにあなたがいなかったら、みなさん、残念がりますわ」

アンドリューはマルグリートをエスコートして部屋を横切った。隣の部屋では、すでに皇太子が、美しいレディ・ブレイクニーを待っていた。

「マダム、夜食が待っています」皇太子がマルグリートに腕を差し出した。「ハザードのテーブルでは幸運の女神にしかめ面ばかり見せられたものでね。美の女神には笑顔を見せていただけるものと、心の底から期待していますよ」

「カードテーブルでは運に恵まれなかったんですの？」マルグリートが皇太子の腕を取りながら言った。

「いやはや！　まったくひどいものでね。ブレイクニーのほうは、父の臣下のなかでさえ図抜けて裕福な男だというのに、飛び抜けたツキまで持っているのだから。ところで、あの比類なき才人はどこかな？　ほんとうに、マダム、あなたの笑顔とブレイクニーの冗談がなければ、この世は寂しい砂漠も同然ですよ」

第14章　正一時！

夜食の席は非常に盛り上がった。集まった人々は、レディ・ブレイクニーがこれほど魅力的だったことも、〝途方もない道化〟のサー・パーシーがこれほど愉快だったこともないと口をそろえた。

皇太子は、パーシーのする当意即妙のバカ話に大笑いし、頬を涙で濡らすほどだった。例の『こちらやあちらを、ぼくらは探し』うんぬん、というデタラメな詩は、〈ヤッホー、陽気なブリトン人！〉の節に乗せて歌われ、グラスでテーブルを叩く、にぎやかな伴奏までつけられた。しかもグレンヴィル卿には素晴らしいコックがいて、それを口八丁な連中が、じつは彼は古いフランス貴族の血筋なのだが、財産を失って、外務省の厨房《ちゅうぼう》でひと稼ぎしようとやってきたのだなどと言い立てた。

マルグリートはどこまでも上機嫌だったから、食堂に集まった人々は誰ひとりとして、彼女の胸の内で荒れ狂っている恐ろしい葛藤《かっとう》になど、これっぽっちも気づかなかった。

時計の針は無慈悲に進んでいく。すでに十二時をだいぶ回っており、皇太子でさえそろそろテーブルを離れようとしていた。あと三十分のうちには、ふたりの勇敢な男――愛してやまない兄と、正体不明の英雄——の命の、どちらかが選ばれることになるだろう。

この一時間、マルグリートはショーヴランを避けていた。あの狐のような鋭い目を見た瞬間、自分が恐怖に駆られ、天秤をアルマンのほうに傾けたくなることはわかっていたから。ショーヴランに会わないようにすることで、胸に漠然とした希望を残してもいた。劇的な、何かとてつもない出来事が起こって、自分の若くか弱い肩から、この残酷な二者択一の重責が取り除かれるのではないかという希望を。

だが時は刻々と、変わることなき単調さで過ぎていき、すでにさいなまれている神経を、そのチクタクという音で痛めつけるのだった。

夜食のあとにはダンスが再開された。皇太子が会場をあとにしたほか、年配の人々の多くも帰り支度に入っていたが、疲れを知らない若者たちは、また新たに、十五分も続くガヴォットを踊りはじめた。

マルグリートは、もう一度ダンスを踊る気にはなれなかった。自制心にもさすがに限界がある。閣僚のひとりにエスコートされ、また例の小部屋に向かった。ここは相変わらず、ほかの部屋に比べて人気《ひとけ》がなかった。ショーヴランがどこかで自分を待っており、ふたりきりで話す機会を捉えようとしているのはわかっていた。夜食の前にメヌエットを踊っていたとき、ショーヴランと一瞬だけ目があった。そのときにマルグリートは、鋭敏な外交官が、色の淡い見透かすような瞳で、彼女の成功を探り当てたことに気づいていた。

運命の神がそれを望んだのだ。マルグリートは、どんな女も味わったことのないような苦しみに胸を引き裂かれ、その命ずるところに身をゆだねようとしていた。とにかく、何に代えてもアルマンの命は救わなければ。アルマンは単なる兄ではない。幼いころに両親を亡くしたマルグリートにとっては、母であり父であり友でもあった。アルマンが叛逆罪によりギロチンの餌食になるなど、あまりにも恐ろしくて――考えることさえできなかった。そう、そんなことは絶対にあってはならない。あの見知らぬ英雄については――そうよ！　運命の神にまかせなさい。マルグリートが無慈悲な敵の手から兄を救うとしても、抜け目のない紅はこべであれば、自分の力で危機をやり過ごすことができるかもしれないのだ。

そうよ、たぶん――マルグリートはぼんやりと、これまで幾月も、大勢のスパイの目をくらましてきた大胆な策士が、結局はショーヴランの手を逃れ、無事でいられることを願った。

彼女はこういったことを、腰を下ろし、機知に富んだ閣僚の言葉に耳を傾けながら考え続けていたのだ。閣僚のほうでは、相手が真剣に聞き入っていることを露ほども疑っていなかった。マルグリートはふいに、カーテンのかかった戸口からのぞいている、ショーヴランの鋭い、狐のような顔に気がついた。

「ファンコート卿」マルグリートは閣僚に向かって言った。「お願いがあるのですが？」

「なんなりと」閣僚は慇懃《いんぎん》にこたえた。

「主人がまだカードルームにいるかどうか、見てきてくださらないかしら？　もしもおりましたら、わたしがひどく疲れて帰りたがっていると伝えてくださいませ」

美女の頼みであれば、たとえ閣僚であれ、男は従わねばならない。ファンコート卿は、そそくさと立ち上がろうとした。

「ですが、奥様をひとりにしていくのはどうも」ファンコート卿が言った。

「ご心配なく。ここはとても静かですし――邪魔もされないでしょうから――ほんとうに、とても疲れていますの。主人がリッチモンドまで馬車で戻るのはご存じですわね。かなりの距離ですし――急ぎませんと――夜明け前に着けなくなりますから」

ファンコート卿はやむなく立ち去った。

卿が出ていったとたんにショーヴランがするりと部屋に入ってきて、次の瞬間にはマルグリートのそばに、落ち着いた無表情な顔で立っていた。

「何かつかみましたか?」ショーヴランが言った。

マルグリートは氷のマントを、突然、肩にかけられたような気がした。頬は熱く火照っているのに、寒気に体がしびれている。ああ、アルマン！　献身的な妹がどれほどの誇りと威厳と女心を、兄さんのために犠牲にしようとしているかわかっているの?

「重要なことは何も」マルグリートは人形のように目の前を見つめながら言った。「けれど手がかりにはなるかもしれないわ。わたしはなんとか――方法はともかく――まさにこの部屋で、サー・アンドリューが紙切れを蠟燭《ろうそく》の炎で燃やそうとしているのを見つけたのよ。その紙を、ほんの二分ほどこの指でつかんで、十秒だけ目を走らせることができました」

「内容を知るには充分だったのでは？」ショーヴランが静かに言った。

マルグリートはうなずいてから、感情のない機械的な声で続けた。

「紙の端には、あの小さな星形の花が書きなぐられていました。読めたのは、その上に書かれていたうちの二行だけ。あとの文章は、紙が焼け焦げて黒ずんでいたから」

「それで、その二行とは？」

マルグリートの喉が詰まった。その一瞬、口にすることなどできはしないと思った。なにしろその言葉が、勇敢な英雄を死に追いやるかもしれないのだ。

「紙が燃えてしまわなくて幸運でしたな」ショーヴランが毒を含んだ乾いた声で言った。「でなかったら、アルマン・サン・ジュストは大変なことになっていた。それで、その二行とは、シトワイエンヌ？」

「片方は『明日はぼくが自分で行く』」マルグリートは小さな声で言った。「もう片方は――『もう一度話があるなら、一時ちょうどに食堂にいる』」

ショーヴランはマントルピースに置かれた時計に目を上げた。

「それなら、時間は充分にあるようだ」ショーヴランは穏やかに言った。

「どうするつもりなの？」マルグリートは言った。

彼女は彫像のごとく蒼白になっていた。手は氷のように冷え切り、すさまじい緊張に頭痛も動悸も激しくなっていた。ああ、なんて残酷なの！　ひど過ぎるわ！　どうしてわたしがこんな目にあわなくてはならないの？　けれど選択はなされた。わたしがしたのは卑劣な行為？　それとも高尚な犠牲？　それにこたえを出せるのは、人間のすべての行為を黄金の書に記すという、記録の天使だけなのだろう。

「どうするつもりなの？」マルグリートは機械的に繰り返した。

「とりあえずは何も。事と次第によりますな」

「どういうこと？」

「誰が一時ちょうどに、食堂にいるのか次第ということです」

「もちろん、紅はこべがいるはずよ。だとしても、彼かどうかを知ることはできない」

「そうですな。だが、すぐにわかるでしょう」

「サー・アンドリューが警告するかもしれない」

「それはないかと。メヌエットを踊り終わってあなたと離れたあと、彼はほんのしばらく立ち止まり、あなたを見つめたのです。わたしはそれを見たときに、あなたと彼のあいだに何かがあったことを確信しました。となると、その何かの性質をこざかしく推測するのは人として自然なことではありませんかな？　そのあとわたしは、あの若者と愉快な会話をゆっくりと楽しみましてね——ロンドンにおけるグルックの目覚ましい成功についてだったのですが——そこへ貴婦人がやってきて彼の腕を取り、夜食の席に連れていってしまいました」

「そのあとは?」

「夜食のあいだも、ずっと彼を観察していたのですがね。食堂から二階に戻ったとき、レディ・ポータールズが彼を引き留めて、愛らしいシュザンヌ・ド・トゥルネー嬢の話をはじめたのですよ。レディ・ポータールズがその話題に飽きるまでは、彼がそこを動くことはないでしょうから、あと十五分は大丈夫なはず。ちなみに、あと五分で一時になります」

ショーヴランは部屋を出ようと戸口に近づくと、カーテンを片側に寄せ、遠くで話し込んでいるアンドリューとレディ・ポータールズの姿を指差した。

「どうやら」ショーヴランの顔には勝ち誇ったような笑みが浮かんだ。「無事に、食堂で目指す人物を見つけられそうですな」

「部屋には何人かいるかもしれない」

「時計が一時を打った瞬間その部屋にいた者には、誰であれ、わたしのスパイの尾行がつくことになります。そのうちのひとりかふたり、ひょっとすると三人が、明日、フランスに向けて出発するはず。うちのひとりが、紅はこべというわけです」

「そう?――それで?」

「わたしもまた、明日フランスに向かいます。ドーヴァーでサー・アンドリューから奪った書類には、カレーのそばにある、わたしにもなじみの〈灰猫館《シャ・グリ》〉という宿のことが書かれていましてね。それからもう一軒、海岸沿いの辺鄙《へんぴ》な場所に〈ブランシャール爺さんの小屋〉

というのがあるようだが、これも探し出してみせますとも。このふたつの場所こそ、例のいまいましい紅はこべのやつが、叛逆者トゥルネーたちと自分の密使を落ち合わせるために準備したものなのです。だが『明日はぼくが自分で行く』というのなら、どうやら密使を送るのはやめにしたようだな。さてと、これから食堂で会う人物のひとりは、明日、カレーに向かうはず。わたしはそのあとを追って、やつを待っている逃亡貴族と落ち合う場所まで尾行します。なぜならその男こそが、わたしが一年近くも追い続けた人物なのですから。わたしを行動力で出し抜き、創意工夫で惑わし、大胆さで驚かせてきた男――そうですとも! このわたしを!――トリックについては決して素人ではないわたしを振り回してきた男――正体不明の怪人、紅はこべなのです」

「それで、アルマンは?」マルグリートはすがるように言った。

「わたしが言葉を違《たが》えたことなどありましたか? 紅はこべとわたしがフランスに発った日に、例の軽率な手紙については、特別な使者に持たせてお返しすると約束しますよ。それだけではない、わたしがくだんのイギリス人を捕らえた暁には、その日のうちにサン・ジュストはこの国に渡り、魅力的な妹の腕に抱き締められていることを、フランスの名誉にかけて誓いましょう」

ショーヴランはそこで深々と丁重なお辞儀をすると、もう一度ちらりと時計に目をやってから、するりと部屋を出ていった。

にぎやかな音楽、ダンスの音、笑い声が満ちているにもかかわらず、マルグリートには、大広間を次々と、猫のようにするすると進んでいくショーヴランの足音が聞こえるような気がした。堂々たる階段を下り、食堂に到着し、扉を開ける音までも。運命の神は決断を下した。マルグリートに口を開かせ、愛する兄のために卑劣でおぞましいことをさせた。力なくぐったりと椅子の背にもたれながらも、マルグリートの痛む目のなかには、無慈悲な敵の姿が消えることなく見えていた。

ショーヴランが入ってみると、食堂はがらんとしていた。まるで舞踏会の次の朝のドレスのように、打ち捨てられ、みすぼらしく下卑て見えた。

テーブルには飲み残されたグラスや、よれたナプキンが散らかっている。部屋の遠い隅のあちこちに、二脚、あるいは三脚の椅子が寄せ合うようにして置かれているのは、冷製のゲームパイ（ジビエ系の肉を使ったパイ料理）とシャンパンを楽しみながら、男女がひそひそと戯れていたあとだ。三脚から四脚が集まっているところでは、最新のゴシップを肴《さかな》に、愉快な会話がにぎにぎしく交わされていたのだろう。まっすぐ一列に並んでいる椅子は、古風な貴族の寡婦のように堅苦しく、辛辣《しんらつ》に何かを批判でもしているかのようだ。テーブルのそばに孤立した椅子がいくつかあるのは、洗練された料理にのみ集中していたグルマンの座っていた証《あかし》だろう。かたや床に倒れている椅子もあって、グレンヴィル卿のワインセラーの充実度を物語っていた。

その部屋はまるで、華やかな上階の集まりを写した幽霊のようだった。舞踏会を開き、美味な夜食を振る舞う屋敷には、決まってこの手の幽霊が現れる。灰色の厚紙に白いチョークで描かれた絵のように、ぼんやりと色彩に欠けた幽霊が。そこにはもはや前景を満たすきらびやかなシルクのドレスも、贅沢《ぜいたく》に刺繡《ししゅう》の施された上衣《コート》もないまま、燭台《しょくだい》の上では、蠟燭が眠たげにまたたいていた。

ショーヴランは穏やかに微笑《ほほえ》んで、ほっそりした薄い手をこすり合わせると、人気《ひとけ》のない食堂に目をやった。最後の使用人でさえ、同僚たちのいる階下へと引き上げていた。ほの暗い部屋はしんと静まり、ガヴォットの音色、遠くで笑いさざめく声、それから時折聞こえてくる、表を走る馬車の音だけが、遠くを飛び回っている幽霊のささやきのように、この眠れる森の美女の宮殿を包み込んでいた。

いかにも平和で、贅沢で、静かだった。どんなに洞察力の鋭い人でも――それこそ本物の予言者でさえ――その激動の時代における最も狡猾《こうかつ》で大胆な男を陥れる罠が、いま、この寂しい食堂に張られているなどと予見することはできなかっただろう。

ショーヴランは物思いにふけりながら、これからの展開を見通そうとした。自分を含め、革命の指導者たちの全員が死刑にすることを誓っている男とは、いったいどんな人物なのだろう？　紅はこべについては、何もかもが奇妙で謎めいていた。正体を巧みに隠すとともに、十九人の英国紳士が、彼の言葉に対しては、情熱をもってひたむきに従うだけの力を有している男なのだ。その手練《てだ》れたちの小さな一団が抱いているリーダーへの熱烈な愛と忠誠に加え、何より、紅はこべはその並外れた大胆さと、信じがたいまでの無謀さを武器にして、文字通りパリの市壁のなかで、冷酷無比な敵に公然と戦いを挑んでいるのだった。

謎のイギリス人を表す〈紅はこべ〉の名が、フランス人の心に、迷信めいた恐怖を引き起こしているのも不思議ではなかった。ショーヴランでさえ、神秘的な英雄がいまにも現れるはずのしんとした部屋に目をやりながら、奇妙な畏怖の念が背筋をつたうのを感じずにはいられなかった。

だが細工は流々だ。紅はこべが警戒しているはずはないし、マルグリート・ブレイクニーが嘘をついていないことにも確信があった。そうでなければ——マルグリートが見たら戦慄したに違いない冷酷な表情に、ショーヴランの淡く鋭い瞳がぎらついた。わたしをだますようなことをすれば、アルマン・サン・ジュストが命で贖《あがな》うことになるだけだ。

いや、だが、そんなはずはない！　わたしをだましたりはしないはずだ！

ありがたいことに、食堂には人気《ひとけ》がなかった。これなら仕事もやりやすい。謎の男は、疑うことなく、ひとりで部屋に入ってくるだろう。いまのところ、部屋にはショーヴランしかいなかった。

待てよ！　悦に入った笑みを浮かべながら静かな部屋に視線をめぐらせたところで、フランス政府の狡猾な工作員は、安らかで単調な寝息に気がついた。たっぷりと飲み食いした客の誰かが、上階で行なわれているダンスの喧噪を逃れて、静かな眠りをむさぼっているのだ。

ショーヴランはもう一度部屋を見回した。暗くなった隅のソファに、華麗な服をまとった長い手脚を投げ出して、あんぐり口を開けたまままぶたを閉ざし、鼻から安らかな優しい寝息を立てているのは、ヨーロッパ一の才女のご亭主であった。

ごちそうを堪能したあとに、自分にも世の中にも満足しきって穏やかな眠りに落ちている男を見つめながら、ショーヴランは笑みを浮かべた。その哀れむかのような微笑で、ショーヴランの険しい顔も一瞬やわらぎ、淡い色の瞳も皮肉っぽく煌《きら》めいた。

夢さえ見ずにぐっすり眠っているようだから、狡猾な紅はこべを捕らえる邪魔にはならないはずだった。ショーヴランは再び手をもみ合わせてから、サー・パーシー・ブレイクニーにならって隅にあった別のソファに横たわると、目を閉じ、口を開け、安らかな寝息を立てて狸寝入りをしながら――待ち受けた！

第15章　疑　惑

　マルグリートは、黒ずくめのほっそりしたショーヴランの姿が舞踏室を抜けていくのを見送ってしまうと、あとは興奮と緊張に神経を張り詰めながら、ひたすら待つことしかできなかった。

　小部屋にぐったりと腰を下ろしたまま、カーテンで仕切られた戸口の向こうで踊る男女を見やった。だがじつは、見ているようで見ていなかった。音楽を聞きながらも、意識のなかにあるのは、ひたすら待たされる者の期待と不安のみだった。

　心の目には、いまこの瞬間に階下の部屋で起きているだろう情景が見えていた。人もまばらな食堂では、この運命的な時刻に――ショーヴランが見張っている！　そこへ一時きっかりに入ってきた男が、例の謎のリーダー、紅はこべなのだ。マルグリートにとってその得体の知れぬ男の存在は、あまりに不可思議で面妖で、ほとんど現実のものとは思えなくなっていた。

　自分もこの瞬間、食堂にいて、彼の入ってくるところを見られたなら。マルグリートは女の直感で、顔さえ見れば――それが誰であれ――人の上に立つべき者の、そして英雄にのみふさわしい、強烈な個性を見抜けるだろうと確信していた。空の高みへと飛翔する強靭《きょうじん》な鷲が、いま、イタチの罠にかかろうとしている。

マルグリートは、女らしい純粋な哀しみを胸に紅はこべを思った。運命とはどこまで皮肉で残酷なのだろう。勇敢な獅子がネズミの歯に屈するなんて！　ああ、アルマンの命さえ懸かっていなければ！――

「いやはや！　大変に手間取りまして申し訳ありません」突然、そばから声が聞こえた。「なかなか伝言を渡せなかったのですよ。しばらくはどこを探してもブレイクニー君を見つけることができませんで――」

夫のことも、託した伝言のことも、マルグリートはすっかり忘れていた。夫の名前を耳にしても、聞き覚えのないもののようにしか感じられなかった。それほどこの五分間は、完全にリシュリュー通りにいたころの自分に戻り、絶え間ない陰謀の渦巻く当時のパリにおいて、常に彼女に寄り添い、守り愛し支えてくれたアルマンとともにあったのだ。

「ようやく見つけて」ファンコート卿が続けた。「伝言をお渡しすることができましてな。馬車を準備するよう、すぐに指示を出しておくそうです」

「まあ！」マルグリートは、相変わらず心ここにあらずの様子で言った。「主人を探して、伝言を渡してくださいましたの？」

「ええ。食堂でぐっすり寝ておりまして。起こすのが難しいくらいでした」

「それはありがとうございます」マルグリートは思いをまとめようとしながら、機械的に言った。

「馬車の支度ができるまで、コントルダンスをお付き合い願えませんかな?」ファンコート卿が言った。

「いいえ、せっかくですが、卿——どうかご容赦くださいませ——ほんとうに疲れてしまって。それに、舞踏室は熱気がひどいものですから」

「温室ならひんやりと快適ですから、あそこにお連れして、飲み物でも持ってきましょう。なんだか具合が悪そうだ」

「ひどく疲れているだけですわ」くたびれた口調でそう繰り返すと、マルグリートは卿のエスコートを受けて温室に向かった。控えめな照明と緑の植物がじつに涼やかだった。マルグリートは卿の勧めた椅子に身を沈めた。長々と待たされるのは耐えがたかった。どうしてショーヴランは結果を伝えにこないのかしら?

ファンコート卿はじつに親切だった。マルグリートは相手の言葉をほとんど聞いていなかったが、唐突にこうたずねて卿を驚かせた。

「ファンコート卿、食堂には、主人のほかにもどなたかがいましたの?」

「例のフランスの使節だけですよ。ショーヴラン氏もやはり、隅のソファで寝入っていましてな」卿が言った。「どうしてまたそんなことを?」

「わたしは――ただ――食堂に入ったとき、時間には気づかれましたか?」

「一時五分から十分のあいだだったかと――どうしてそんなことを気にされるのですかな?」

卿は、マルグリートの心が遠くをさまよっていて、自分の知的な話にはまったく耳を傾けていないことに気づいていた。

だが彼女の心は、そう遠くへ飛んでいたわけではない。同じ建物の一階下の、ショーヴランが見張っているはずの部屋にはあったのだから。ショーヴランは失敗したのかしら? その可能性が、一瞬マルグリートの胸に――ひょっとしたら紅はこべはアンドリューから警告を受けて、ショーヴランの罠は鷲を捕らえ損ねたのかもしれない――という希望の光を灯したが、それはすぐに恐怖に取って代わられた。ショーヴランは失敗したの? だとしたら――アルマン!

ファンコート卿は、聞き手のいないことに気づいて会話をあきらめ、逃げ出す機会を探っていた。相手がどれほどの美女であっても、彼女を楽しませようとする多大な努力に対してかけらも反応がなくては、閣僚などを務めている卿にとってさえ、あまり愉快なものではなかった。

「馬車の支度ができたか見てきましょう」卿がようやく、おずおずとそう切り出した。

「まあ、ほんとうに――ありがとうございます――ご親切に――つまらないお相手しかできずに申し訳ございませんわ――ただ、ほんとうに疲れてしまって――おそらく、ひとりになったほうがいいと思いますの」

　だがファンコート卿が去っても、相変わらずショーヴランは戻らなかった。ああ！　いったいどうなったの？　マルグリートは、アルマンの運命が危うく左右に揺れているのを感じ――恐れた。それは、ショーヴランが失敗し、謎の紅はこべが、またしてもうまく出し抜くことに成功したのではないかという、すさまじいまでの恐怖だった。そうなれば、ショーヴランからの哀れみや慈悲はまったく期待できないのだ。

「是《ぜ》か――否《ひ》か」と言ったときのショーヴランの口調から、あの男を満足させる方法など、ほかにはないことがわかっていた。ショーヴランは性根が腐っている。おそらくはマルグリートが故意に自分を欺き、またしても鷲狩りに失敗するよう仕向けたと思いたがるはずだ。そして復讐を求める心から、ささやかな犠牲で満足を得ようとするだろう――アルマン！

　だが、マルグリートは最善を尽くした。アルマンのために苦しみ抜いた。そのすべてが無駄に終わったとは思いたくなかった。マルグリートはじっと座っていることができなかった。どうせなら最悪の知らせを自ら聞きにいきたかった。ショーヴランが、いつまでも怒りと皮肉を吐き出しにこないことが不思議でもあった。

　そのうちにホストのグレンヴィル卿自身が、馬車の支度ができていると伝えにきた。パーシーもすでに御者台につき、手綱を握って待っているという。マルグリートはグレンヴィル卿にいとまを告げると、広間を横切りながら、声をかけてくる多くの友人に止められては、愛想よく別れの挨拶を交わした。グレンヴィル卿は、麗《うるわ》しきレディ・ブレイクニーを大階段の上まで見送った。階段の下に目をやると、優美な伊達《だて》男たちが集まっており、美と流行の女王にさよならの挨拶をしようと待ち受けていた。その外側にある、屋根付きの巨大な玄関ポーチでは、パーシーの見事な馬たちが、待ちきれないというように地面を蹴っている。

階段の上でグレンヴィル卿に最後の別れを告げた直後、マルグリートの目にショーヴランの姿が飛び込んできた。薄い手をそっとやわらかくもみ合わせながら、階段をゆっくり上ってくる。

動きの豊かなショーヴランの顔には、どこか面白がりつつもすっかり当惑しているような奇妙な表情が浮かんでいたが、その鋭い瞳は、マルグリートの瞳と出会った瞬間、なんともいえない皮肉な色をたたえた。

「ショーヴラン」マルグリートが声をかけると、ショーヴランは階段の上で足を止め、恭《うやうや》しくお辞儀をして見せた。「馬車が待っているの。腕を貸していただけるかしら?」

ショーヴランはいつもの慇懃《いんぎん》な態度で腕を差し出すと、マルグリートをエスコートして階段を下りはじめた。周りにはかなりの人がいた。帰ろうとしているゲストもいれば、手すりにもたれながら、広い階段を行き交う人々を見下ろしている人たちもいた。

「ショーヴラン」マルグリートは追い詰められた思いで、ようやく口を開いた。「何があったのか教えてちょうだい」

「何があったか？」ショーヴランが言った。「いつ、どこでの話ですかな？」

「これではまるで拷問よ、ショーヴラン。わたしは今夜、あなたに協力しました――知る権利があるはずです。一時ちょうどに、食堂では何がありましたの？」

マルグリートは声を潜めていた。周りは騒がしかったから、自分の声は、隣にいる男以外には聞こえないはずだった。

「このうえない平和な静けさに包まれていましたよ。ちょうどその時刻には、わたしがひとつのソファで、サー・パーシー・ブレイクニーがまた別のソファで眠っていました」

「それで、誰も現れなかったの？」

「ただのひとりも」

「では失敗したのかしら、わたしたちは」

「そうです！　失敗した――おそらくは――」

「けれど、アルマンは？」マルグリートはすがるように言った。

「ふむ！　アルマン・サン・ジュストの命をつないでいる糸が――切れないことを天に祈るのですな」

「ショーヴラン、協力はしたはずよ。心を尽くして、誠実に――どうか忘れないで――」

「約束なら覚えていますとも」ショーヴランは静かに言った。「紅はこべとわたしがフランスの地でまみえるその日に、サン・ジュストは魅力あふれる妹の腕に抱かれているでしょう」

「それでは勇敢な英雄の血が、わたしの手によって流れることになるのよ」マルグリートは身を震わせた。

「彼の血か、兄上の血かです。いまのところはあなたも、わたしと一緒に、謎の紅はこべがフランスへ発つことを願うしかありませんな、それも日付が変わった今日のうちに――」

「わたしの頭にある願いはひとつだけよ、シトワイヤン」

「それは？」

「あなたの主人である悪魔が、夜の明ける前に、あなたをどこかに呼び出すことですわ」

「これはまた、ずいぶん買いかぶられたものですな、シトワイエンヌ」

マルグリートは階段の途中でしばらくショーヴランを引き留めながら、狐に似た細い仮面の下に隠された思いを探ろうとした。だがショーヴランはあくまでも礼儀正しく、秘密めかした皮肉っぽい態度を崩そうとせずに、恐れるべきなのか希望を持っていいのかわからないまま不安に苦しんでいる哀れな女になんらかの情報を漏らす言葉は、ただのひとつも口にしなかった。

階段を下りたとたん、周りに人々が群がった。マルグリートの美貌が放つまばゆい光には、蛾のようにして男たちが集まってくるのだ。彼女が彼らの見送りもなしに馬車に乗るなど、どこの屋敷であれありえなかった。だがマルグリートはショーヴランに向かって背を向ける前に、彼女独特の甘やかなあどけない仕草で、訴えかけるように小さな手を差し出した。

「少しくらい希望をくださらなくては、ショーヴラン」マルグリートはすがった。

ショーヴランはどこまでも礼儀正しく、繊細《せんさい》な黒いレースの手袋の下に白い肌の透けている、たおやかな小さな手の上に頭を垂れると、薔薇《ばら》色の指先に唇をつけてから言った。

「糸が切れないことを天に祈るのですな」ショーヴランは謎めいた笑みを浮かべながら繰り返した。

彼が一歩横によけて、蛾が蠟燭《ろうそく》の火に群がるのを許すと、あとはレディ・ブレイクニーのわずかな身ごなしでさえ崇めてやまない華やかな貴公子たちが、彼女の視野から、狐に似た鋭い顔を遮った。

第16章　リッチモンド

それから数分もすると、マルグリートは暖かな毛皮にくるまれて豪勢な馬車におさまっていた。隣ではパーシーが御者台につき、四頭の見事な馬を静かな通りに疾走させている。

優しい風がマルグリートの火照った頰をあおっていたが、それでもその夜は暖かかった。間もなくロンドンの家々は後ろに消えて、馬車が古びたハマースミス橋を勢いよく鳴らしながら渡ると、パーシーはリッチモンドへとさらに馬を駆り立てた。

川は月光を浴びて銀色の蛇そっくりに煌《きら》めきながら、たおやかな曲線を見せてゆるゆるとくねっている。張り出した木々が、時折道を遮るように落としている長い影が、ひとつ、またひとつと後ろに消えていく。馬はパーシーのしっかりと揺るぎない手で軽く御されながら、すさまじい速さで疾走していた。

ロンドンでの舞踏会や晩餐会に続く夜ごとのドライブは、マルグリートにとって、かぎりのない喜びの源となっていた。窮屈《きゅうくつ》なロンドンの家に暮らすより、毎晩妻を乗せて川沿いの美しい屋敷まで馬車を走らせるほうがいいという、夫の風変わりな好みが心の底からありがたかった。パーシーは力に満ちあふれた馬を、月の照らす静かな通りに走らせるのが好きなのだ。そしてマルグリートは、その隣に腰を下ろし、舞踏会や晩餐会の熱気に当てられた頰を、イギリスの晩夏の宵《よい》の優しい風に冷やしてもらうのが好きだった。それほど長い道のりではない。パーシーが元気いっぱいの馬を全速力で走らせた場合には、一時間とかからないこともたびたびだった。

その夜のパーシーは、手のなかに悪魔でも飼っているような手綱さばきで、馬車は川沿いの道をそれこそ飛ぶように走っていた。パーシーはいつものように黙ったまま、ほっそりとした白い両手に手綱をゆるりと握り、目の前をまっすぐに見つめている。マルグリートはちらちらと、パーシーの整った横顔を盗み見た。とろんとした目、まっすぐな美しい眉、重たげなまぶた。

月に照らされた真剣な横顔を見ていると、求愛時代の幸せな日々が蘇《よみがえ》ってきて、マルグリートは胸が締めつけられた。あのころのパーシーは、カードルームと晩餐会にのみ生きる、ぐうたらな道化でも、軟派な気取り屋でもなかったはずなのに。

月明かりのなかだと、青い瞳からは、例の物憂《ものう》げな色も消えて見える。力強い顎の輪郭《りんかく》、引き締まった口元、形のいい秀でた額。天はパーシーに優しかった。彼の欠点は、狂気に駆られた母親と、失意のあまり無気力になった父親に帰せられるべきなのだ。両親はふたりとも、自分のそばで育ちつつある若い命に注意を払おうとしなかった。おそらくは、その無関心そのものが、すでに息子をむしばんでいたのだろう。

マルグリートはふと、夫に対する強烈な同情に胸をつかれた。自分もまた道徳的な危機にさらされたことで、他人の欠点や過失に優しくなっていた。

運命というのは、ひとりの人間をどこまでもてあそび、打ちのめすのだろう。人は、その暴君的な力のもとに生まれてくる。一週間前であれば、あなたはこれから友人に対する密偵行為で身を汚《けが》し、勇敢な英雄の寝首をかいて無慈悲な敵の手に渡すだろうと言われたとしても、マルグリートは相手を軽蔑するだけで一笑に付したはずなのだ。

にもかかわらず、彼女はその通りのことをした。結果として、近いうちに、勇敢な男がひとり、命を落とすことになるだろう。二年前に、彼女の軽率な言葉によって、サン・シール侯爵が殺されたときのように。だが少なくとも侯爵の件については、道徳的にやましいところはなかった——本気で害をなすつもりなどなく——運命が勝手に作用しただけなのだから。けれど今回は違う。はっきりと理解したうえで、あえてそうした。その動機についても、まっとうな道徳心を持つ人々からすれば、決して正当なものとは言えないはずだ。

夫のたくましい腕をそばに感じながら、マルグリートは思った。今夜のことを知ったら、この人はこれまで以上にわたしを嫌悪し、蔑《さげす》むだろう。人というものは、こうして他人を裁いていく。たいした理由も、慈悲の心も持たずに。わたしはパーシーの愚かさや、知性に欠ける俗っぽい趣味を軽蔑している。けれどパーシーは、正義のために正しい選択をし、良心に従って兄を犠牲にする強さがわたしにはないことを知ったら、それ以上にわたしを軽蔑するだろう。

物思いにふけっていたせいか、優しいそよ風の吹く夜のドライブはあまりにも短く感じられた。マルグリートは、馬が見事な英国式大邸宅の巨大な門をくぐったことに気づいて我に返るとともに、ひどくがっかりした。

サー・パーシー・ブレイクニーの屋敷は川沿いにあり、いまも歴史的な建造物として残っている。宮殿さながらの規模で、四方には素晴らしい庭園が広がり、川に面した建物とテラスは、それこそ絵にしたくなるようなたたずまいだ。チューダー朝に造られた古い赤煉瓦の壁が、木陰の落ちる風雅な芝生に映えてなんとも美しい。そこには古い日時計があり、前景にいっそうの見事な調和をもたらしていた。おまけにその初秋の暖かな宵には、木の葉がわずかながら金《きん》や赤に色を変えはじめており、月に照らされた古風な庭園に、どこまでも穏やかで詩的な雰囲気を与えていた。

エリザベス朝様式の見事な正面玄関の前に来ると、パーシーは隙のない正確な手綱さばきで、四頭の馬をピタリと止めた。遅い時間にもかかわらず、馬車の音を聞きつけたのだろう、たくさんの使用人がどこからともなく現れて、恭《うやうや》しく馬車の周りに立った。

パーシーがひらりと跳び降り、マルグリートに手を貸した。夫が使用人のひとりに指示を出すあいだ、マルグリートもしばらく外でためらっていた。それから屋敷を回りこむと、芝生を踏んで、銀色の景色をうっとりと眺めた。胸を乱し続けてきた動揺が嘘のように、あたりはこのうえない平和に包まれていた。かすかな川のさざめきのなかに、時折枯れ葉が、カサリと幽玄な音を響かせている。

あとは、どこまでも静かだった。遠くの馬小屋へと引かれていく馬の軽やかな蹄《ひづめ》の音や、寝に急ぐ使用人たちの足音も聞こえなくなった。屋敷も静まり返っている。一階に連なる堂堂たる広間の上には、別々の続き部屋がふたつあり、煌々《こうこう》と明かりが灯っていた。片方がマルグリートの、もう片方がパーシーの部屋だ。ふたりの夫婦生活を象徴するように、それぞれが大きな建物の端にあった。ふと、マルグリートはため息をついた――自分でもどうしてなのかはわからないまま。

マルグリートは抑えがたい胸の痛みに苦しんでいた。どうしようもなく、心の底からみじめだった。これほど孤独にさいなまれ、慰めと共感を強く欲したことなど一度もなかった。もう一度ため息をつくと、川に背を向け、屋敷を振り返った。ぼんやりと、こんな夜を過ごした自分に、再び安らかな眠りが訪れることなんてあるのかしらと思いながら。

テラスに着く前に、ふと、砂利道をサクサクと近づいてくる力強い足音が聞こえて、陰のなかから夫が現れた。パーシーも屋敷を回り、川に沿って芝生を歩いてきたのだろう。上襟や下襟のふんだんについた重たげなドライビングコートはパーシー自身が流行らせたものだが、それを後ろに着流すようにしながら、例のごとく、ぴったりしたサテンのズボンのポケットに深々と手を入れている。舞踏会用の華やかな白い衣装には、胸元に極めて贅沢《ぜいたく》なレースのひだ飾りがついており、黒っぽい屋敷を背景にすると、その姿は奇妙なほど幽霊めいて見えた。

パーシーは妻の姿に気づいていないらしく、しばらく足を止めてから屋敷に向き直ると、テラスのほうに歩きはじめた。

「サー・パーシー！」

パーシーはすでにテラスのステップに足をかけていたが、声に驚いて足を止めると、声がしたあたりの闇を探るように見やった。

マルグリートは月光のなかにサッと踏み出した。その姿を認めた瞬間、パーシーは妻に対するいつも通りの、どこまでも恭しく慇懃《いんぎん》な態度で言った。

「なんなりと、マダム！」だが足はステップの段に置いたままだ。このまま別れよう、深夜の尋問はごめんこうむりたいと遠回しにほのめかしているのが、マルグリートにははっきりとわかった。

「とても涼しくて気持ちがいいわね」マルグリートは言った。「穏やかな月の光がとても詩的で、お庭が誘っているようだわ。もうしばらくいてくださらない？　まだそこまで遅くはないし。それとも、わたしと一緒にいるのはお嫌？　早くひとりになりたいのかしら？」

「とんでもない、マダム」パーシーは穏やかに言った。「これでは話があべこべですよ。ぼくなどいないほうが、深夜の詩的な空気を楽しめるのではないかな。邪魔者が消えたらすぐに、それで正解だったと思いますよ」

パーシーがまた背を向けて、ステップを上ろうとした。

「わたしを誤解されているようだわ、サー・パーシー」マルグリートは慌てて言いながら、パーシーに少し近づいた。「ふたりのあいだにある距離は、そう、わたしが作ったものではないことを、どうかお忘れにはならないで」

「これはまた！　どうかご容赦を、マダム！」パーシーは冷ややかに言った。「なにしろぼくは、物覚えが悪いものだから」

パーシーは第二の天性ともなっている、とろんとした感情の抜けたような瞳でマルグリートを見つめた。マルグリートは一瞬その視線を捕らえてからまなざしをやわらげると、パーシーのすぐそばまでテラスのステップに近づいた。

「悪いどころではないわね、サー・パーシー！　ほんとうに！　それどころか記憶が捏造されてしまっているわ！　あなたが東方に向かう途中のパリで一時間ほどわたしに会ったのは、三年か四年前だったのではないかしら？　その二年後に戻ってきたときには、わたしのことを忘れてはいなかったはずよ」

月光を浴びたマルグリートは、神々しいまでに美しかった。毛皮のマントが麗《うるわ》しい肩から滑り、金糸の縫い込まれたドレスが、彼女を包むように煌めいている。マルグリートは無邪気な青い瞳で、パーシーをまっすぐに見つめた。

パーシーは体を硬くしたまま立ち尽くしていたが、石の手すりをつかんでいる手にギュッと力がこもった。

「ぼくがいることをお望みだとしても、マダム」パーシーの声は冷たかった。「優しい思い出にひたるためではないと思いますがね」

その声は冷たくて、付け入る隙がなかった。パーシーは頑として、堅苦しい態度を崩そうとしない。女としての品位を保ちたい気持ちが、冷たさには冷たさで返しなさいとマルグリートにささやきかけてくる。小さく会釈だけをして、何も言わずに、パーシーの横を通り過ぎるのよと。だが同時に女の直感が、この場を離れてはいけないと告げていた。それは持てる力をよく知っている美女の強烈な本能であり、自分に敬意を払おうとしないたったひとりの男を跪《ひざまず》かせてやりたいと訴えていた。マルグリートは片手をパーシーのほうに差し出した。

「あら、サー・パーシー、どうしてそれがいけないの？　少しくらい過去の思い出にひたることができないのであれば、いまの人生だって輝きを失ってしまいますわ」

パーシーは大きな体をかがめると、マルグリートの差し出していた手の指先だけに触れ、いかにも形式張ったキスをした。

「それでは、マダム」パーシーは言った。「ぼくの鈍い頭ではお役に立てないようだから、これで失礼させてもらいますよ」

またしてもパーシーは立ち去ろうとしたが、マルグリートは甘やかな愛らしい声に、優しい感情をにじませながら引き留めた。

「サー・パーシー」

「なんなりと、マダム」

「愛が消えてしまうなんて、そんなことがありうるのかしら？」マルグリートはふいに、説明のつかない激情に駆られて言った。「あなたがわたしに捧げてくれた情熱は、一生続くものだと思い込んでいましたのに。そのかけらさえ残ってはいないの？――パーシー――哀しくも切り離されてしまったわたしたちに――橋を架けてくれる感情は露ほども？」

パーシーの大きな体は、マルグリートの言葉を受けてますます硬くなったように見えた。口元をしっかり引き結び、とろんとしがちな青い瞳にも、冷徹なまでの頑なさが浮かんでいる。

「目的はなんなのでしょう、マダム？」パーシーは冷ややかに言った。

「どういう意味なの？」

「じつに単純なことかと」パーシーの口調がふいに苦々しいものになり、わき上がった感情が声に表れていたが、同時にそれを必死に抑えようともしていた。「失礼ながら、ぼくの鈍い頭では理解しかねるので質問させていただくが、あなたが突然ご気分を変えられた理由はいったいどこにあるのかな？　この一年、たっぷりと堪能されてきた悪魔的な遊戯を、はじめからやり直したいとでも？　恋に焦がれた男をもう一度足元に跪かせてから、煩わしいペットの子犬でもあしらうように蹴飛ばして楽しみたいというわけですか？」

　束の間とはいえパーシーの感情をかき立てることに成功したマルグリートは、もう一度、まっすぐに相手を見つめた。これこそ、彼女の記憶している一年前のパーシーだった。

「パーシー！　お願いよ！」マルグリートはささやくように言った。「わたしたち、過去を忘れることはできないのかしら？」

「失礼ながら、きみは先ほど、思い出にひたりたいと言っていたはず」

「いいえ！　その過去ではないのよ、パーシー！」その声には、優しい感情がにじんでいた。

「あれは、あなたがまだ、わたしを愛してくれていたときのことを言ったのです！　そしてわたしは――そう！　うぬぼれていて軽薄でした。あなたの富と立場に惹かれもしました。けれど結婚したのは、あなたの大きな愛が、わたしの胸にも、あなたへの愛を呼び覚ましてくれると思っていたからなのよ――それなのに、ああ！――」

　月は低いところまで下り、雲のかたまりの向こうに隠れていた。東の空では、やわらかな灰色の光が、重たい夜のとばりを払いはじめている。パーシーの目にはもう、マルグリートのシルエットしか見えていない。気高くもたげられた小さな頭が、赤みがかった豊かな金色の巻き毛に縁取られ、宝石でかたどった星形の小さな赤い花が髪に煌めいているところは、まるで冠でもかぶっているかのようだ。

「結婚してから二十四時間後には、サン・シール侯爵とその一家がギロチンの餌食になったのは、サー・パーシー・ブレイクニーの妻の協力があったからだという世間の噂が、ぼくの耳に聞こえてきましてね」

「違うわ！　そのおぞましい噂の真相についてなら、きちんと説明をしたはずよ」

「しかしそれは、ぼくが他人の口から恐ろしい詳細を聞いたあとだった」

「それであなたは、その人たちの言葉を信じたのね」マルグリートは感情をむき出しにして言った。「証拠もないのに、たずねることさえせずに――あなたは命よりも愛していると誓い、心の底から崇めていると言い切ったこのわたしがそんなあさましいことをしたのだと、赤の他人の言葉だけを根拠に、信じるほうを選んだのね。そしてすっかりだまされたと――結婚前に打ち明けてくれるべきだったと思ったのだわ。あなたが聞いてさえくだされば、サン・シール侯爵がギロチンに送られたその日の朝まで、わたしは心の底から苦しみ抜いて、持てる影響力のすべてを駆使し、侯爵一家を救うために尽力したことを打ち明けていたでしょう。けれどあなたの愛が、同じギロチンの刃《やいば》のもとに消えてしまったように見えたとき、プライドが邪魔をして、わたしは唇を封印してしまった。だとしても聞いてさえくだされば、どのようにたばかられたのかもお話ししたはずですわ！　そうですとも！　その同じ世間の噂によって、フランス一の機知を持つと謳《うた》われていたこのわたしが！　兄に対する愛と、兄のために復讐を願う気持ちを利用され、まんまと操られてしまった。それが、そんなにも不自然なことかしら？」

マルグリートの声は涙にくぐもっていた。少しでも落ち着きを取り戻そうと言葉を切りながら、どうぞ裁いてくださいとでも言いたげな、訴えかけるような目でパーシーを見つめた。パーシーは、マルグリートの熱っぽい感情のほとばしりを、同情の言葉もなく、黙って聞いていた。そしていま、マルグリートが噴き上げる熱い涙をなんとかこらえようとしながら話をやめても、無表情なまま、静かに待っているだけだった。明けはじめた空の、ほのかな灰色の光のなかにいると、パーシーはいつにも増して背が高く、頑なに見えた。ぼんやりした愛想のよい顔も、まるで別人のようだ。瞳からはいつもの物憂げな色が、口元からはにこやかな愚かしい笑みが消えているのを見て、マルグリートは胸が高鳴った。重たげなまぶたの下には、強烈な情熱を思わせる不思議な輝きがほの見えている。パーシーはわき上がる感情を意志の力だけで押しとどめているらしく、口元をこわばらせ、唇を引き結んでいた。

マルグリートはなんといっても女であったから、やはりすべての女性に共通する魅力的な弱点と、愛すべき罪から逃れることはできなかった。彼女はその瞬間に、この数か月のあいだ、自分が間違っていたことを悟った。いま目の前にいる、彼女の音楽的な声に打たれて彫像のように冷たく立ち尽くしている男は、一年前と変わることなく彼女を愛しているのだ。一時的に眠らされてはいても、その感情は強く激しく圧倒的で、はじめてふたりが唇を合わせ、物狂おしく長い口づけを交わしたときから、まったく変わってはいない。パーシーは自尊心から距離を取っただけなのだ。マルグリートは女らしく、一度は勝ち取った愛を、なんとしても取り戻したいと思った。そしてふいに、パーシーのあの口づけをもう一度味わうことができないのであれば、幸福を覚えることなど二度とないような気がした。

「どうかその話をさせてちょうだい、サー・パーシー」その声は低く甘やかで、かぎりなく優しかった。「アルマンはわたしにとってすべてだったのよ！　両親を亡くしたわたしたちは、寄り添うようにして生きてきました。アルマンはわたしの小さな父になり、わたしのほうもアルマンの小さな母になり、それは互いに愛し合っていたのです。それがある日――聞いてください、サー・パーシー――サン・シール侯爵がアルマンを打ち据えたのです――従者を使って――わたしがこの世の何にも増して愛している兄を！　アルマンの罪はなんだったでしょう？　それは平民の分際で、図々しくも貴族の娘に恋心を抱いたことでした。そのためにアルマンは、待ち伏せをされ、打ち据えられた――それも犬のように、死ぬほど叩きのめされたのです！　ああ、どれほどわたしが苦しんだことか！　兄の受けた恥辱に、わたしは魂までむしばまれてしまった。だから復讐の機会が訪れると、それをつかみました。ただあの高慢な侯爵を困らせ、辱《はずかし》めてやりたい一心で。侯爵は、オーストリアと計って母国に敵対しようとしていたのです。たまたまその情報を得たわたしは、それを口にしてしまった。知らなかった――夢にも思わなかったのです――自分が罠にかけられ、利用されているだなんて。そして自分のしたことを悟ったときには、もう手遅れでした」

「過去を呼び覚ますというのは」短い沈黙のあと、パーシーが口を開いた。「いささか難しいようですね、マダム。先ほども言った通りぼくは物覚えが悪いものの、侯爵の死に際しては、世間の騒がしい噂に対してきみに説明をお願いしたという、そこはかとない記憶が残っている。その記憶がぼくをだましているのでなければ、きみはそのとき、すべての説明を拒んだうえで、こちらには差し上げる準備のできていなかった、屈辱的な忠誠を要求したはずですが」

「あなたの愛を試してみたかったのよ。けれど、それはうまくいかなかった。あなたはかつて、わたしと、わたしへの愛がなければ、自分は息をすることさえできないと言ってくれたではありませんか」

「そしてきみは、その愛を証明するために、ぼくに誇りを捨てよと命じた」パーシーの冷やかな表情は次第に崩れ、堅苦しい態度もやわらぎはじめた。「きみのすべての言動を、不平も質問もなく、愚かで従順な奴隷として受け入れることを要求したんだ。愛と情熱にあふれていたぼくの心は、きみの説明を求めていたのではない——待っていた。疑うことなく——きっと話してくれるだろうと。きみの言葉であれば、どんな説明であれ、ぼくはそれを信じたはずだ。ところがきみは、現実に行なわれたおぞましい事実の告白だけをすると、ひと言の説明もなく、高慢な態度で兄上の家に帰ってしまった。ぼくを置き去りにしたまま——何週間も——ぼくは誰を信じたらいいのかわからなくなってしまった。なにしろぼくの幻想を祀《まつ》った神殿が、足元で粉々に砕けてしまったのだから」

マルグリートにもこれ以上、冷たくて石のようだとパーシーを責めることはできなかった。なにしろその声は激しい情熱に震えており、彼は超人的な努力をして、感情をなんとか食い止めていたのだから。

「ああ！　恐ろしいプライドのせいなのよ！」マルグリートは哀しげに言った。「あなたと別れたそばから、わたしは後悔したのです。けれどわたしが戻ったときには、あなたはすっかり変わってしまっていた！　物憂げで冷淡な仮面をつけたまま、決して外してはくださらなかった――いま、このときまでは」

マルグリートはパーシーに寄り添うように立ち、そのふんわりした髪がパーシーの頰を撫でていた。涙に煌めく瞳が彼の胸を狂おしくさせ、歌うような声が血に火をつけた。それでもパーシーは、その手で誇りを無残に切り裂かれた、自分の深く愛している女の魔力に屈するつもりはなかった。そこで目を固く閉じると、薔薇《ばら》色のほのかな朝日が戯れている美しい顔、雪白の喉、優美な姿といった麗しい映像を頭から払いのけた。

「いや、マダム、ぼくは仮面などつけてはいませんよ」パーシーは冷ややかに言った。「これは誓ってもいいが――かつて、この命はきみのものだった。きみだってそれを何か月もおもちゃにしてきたのだから――それで充分に、役目は果たしているはずさ」

だがその冷ややかさこそが仮面であることに、マルグリートはもう気づいていた。夜のうちに耐えねばならなかった困難や悲痛が、ふと胸に蘇ってきた。もはや苦々しい思いではなく、自分を愛しているこの人であれば、重荷を一緒に背負ってくれるのではないかという期待とともに。

「サー・パーシー」マルグリートは衝動的に口にした。「わたしがはじめたことを、あなたがますます難しくしていることは神様がよくご存じですわ。あなたは先ほど、わたしの気ぐれだというようなことをおっしゃったわね。ええ！　そう思いたければそれでも構わないわ。わたしはお話がしたいのよ――じつは――じつは――とても困っていて――あなたの同情をいただきたいのです」

「仰せのままに、マダム」

「冷たいのね！」マルグリートはため息をついた。「そうよ！　ほんの数か月前であれば、この涙の一滴で、あなたの正気を奪うことさえできたというのに。それがまるで嘘のように、いまはわたしが――壊れかけた心をさらし――そして――そして――」

「どうか、マダム」パーシーの声は、マルグリートの声に劣らぬほど震えていた。「このぼくが、どうお役に立てるのかを言ってください」

「パーシー！――アルマンの命が危ないの。手紙が――サー・アンドリュー・フォークスにあてられた兄の手紙が、兄の軽率で性急な行動をはっきりと示す手紙が、革命の狂信者の手に握られているのです。アルマンに弁明の余地はまったくありません――おそらく明日には逮捕されて――そのあとにはギロチンが――もしも――ああ！　なんて恐ろしいの！」そこで昨夜の出来事が一気に胸に蘇り、マルグリートは泣きはじめた。「あまりにも恐ろしくて！――けれどあなたにはわかっていただけないのね――無理もないわ――わたしには頼れる人が誰もいない――助けどころか――同情さえ期待できない――」

今度ばかりは、あふれる涙をこらえることができなかった。これまでの辛い出来事と煩悶、アルマンの運命のあやうさが、マルグリートを押しつぶしてしまった。マルグリートはよろめいて、倒れかかるようにしながら石の手すりにもたれると、両手に顔をうずめて痛々しくすすり泣いた。

アルマンの名と、危機的な状況を耳にした瞬間、パーシーの顔はさらに青ざめ、その眉間には、いつにも増して頑固そうな決意の色が表れた。それでもパーシーは黙ったまま、しばらくマルグリートを見つめていた。涙に震えている繊細《せんさい》な姿を前に、パーシーの表情は我にもなくやわらぎ、目には涙が光ったようにさえ見えた。

「つまり」パーシーは辛辣《しんらつ》な皮肉っぽい声で言った。「血に飢えた革命の犬が、飼い主にまで嚙みつきはじめたというわけかな？――ああ、マダム」パーシーは激しく泣きじゃくっているマルグリートに向かって、今度は優しさのあふれる声で付け加えた。「そんなに泣かないで――美しい女《ひと》が泣いている姿を見るとたまらなくなる。それに――」

パーシーは哀しみに打ちひしがれているマルグリートの姿を前にして、情熱に呑み込まれ、とっさに腕を伸ばしかけた。両腕に抱き締めて、この命と血にかけても、すべての邪悪なものから必ず守ってみせるからと——が、心の葛藤《かっとう》においては、またしても自尊心が勝ちを占め、パーシーはすさまじい意志の力によって自分を抑えると、よそよそしくはあるものの、優しい声のままで言った。

「顔を上げてください、マダム。どうすればお役に立てるのか、どうかお聞かせ願いたい」

マルグリートは必死の思いで感情を抑えると、涙に濡れた顔をパーシーに向けた。それからもう一度片手を伸ばすと、パーシーのほうも、相変わらずの、どこまでも慇懃な態度でその指に口づけた。けれど今回マルグリートの手は、礼儀上の必要よりも、ふた呼吸ほど長くそのままにされた。唇こそ大理石のように冷たかったが、パーシーの手は燃えるように熱く、しかもはっきりと震えていたのだ。

「アルマンのために何かしていただけないかしら？」マルグリートは甘い声で簡潔に言った。「あなたは宮廷にも大きな影響力をお持ちだし——お友だちもたくさん——」

「それよりも、マダム、フランスのご友人であるショーヴラン氏を頼られては？ ぼくの勘違いでなければ、あの男の影響力は、フランスの共和国政府にも届くはずだが」

「あの人には頼めないのよ、パーシー——ああ！ 思い切ってあなたに打ち明けられたら——けれど——けれど——あの男は兄の首に値段をつけたのよ、それは——」

マルグリートはすべて——その夜に自分がしたこと——いかに手を縛られて苦しんだか

――を打ち明ける勇気をもらえるのであれば、なんであれ差し出しただろう。それでも、その衝動に身をゆだねることはできなかった――まだ愛されているのだという気づきが芽生え、パーシーを取り戻せるかもしれないという希望が生まれたいまこのときには、また別の告白など思い切ってすることはできなかった。それに結局、わかってはもらえないのでは？　自分の苦悩と葛藤に対する同情など、得られはしないかもしれない。そうしたら仮死状態にある彼の愛は、今度こそほんとうに死の眠りについてしまうかもしれないのだ。

おそらくパーシーには、相手の心の動きが読めていた。彼の全身は願いに張り詰め――マルグリートが愚かな自尊心から口にできずにいる言葉を、どうか打ち明けてくれという祈りに近いものまで感じさせた。それでも彼女が黙ったままでいると、パーシーはため息をつき、ことさらに冷たい口調で言った。

「なるほど、マダム、どうやらお苦しみのようだから、その話はやめにしましょう――アルマンについては、どうかご心配なく。兄上の無事は、ぼくが誓って保証しますよ。さて、そろそろ行ってもいいかな？　もうこんな時間だし――」

「せめて、感謝の気持ちくらいは受け取ってくださるわね？」マルグリートはかぎりなく優しい声で言いながら、パーシーに身を寄せた。

パーシーは衝動的に、マルグリートを両腕に抱き締めようとした。その目にあふれている涙を、唇で払ってやりたかった。だが過去にもこうして誘惑されたあげく、手に合わない手袋のように投げ捨てられたのだ。パーシーには、何もかも女の気まぐれ、単なる移り気としか思えなかった。そして、もう一度その犠牲になるには、あまりに自尊心が強過ぎたのだ。

「それにはまだ早いかと、マダム！」パーシーは穏やかに言った。「まだ何もしていませんからね。もうこんな時間だし、お疲れでしょう。部屋ではメイドが待っていますよ」

パーシーは、マルグリートが通れるように脇へよけた。彼女は失望の短いため息をついた。パーシーの自尊心とマルグリートの美が真っ向から戦っており、いまのところ、自尊心は征服されずにいるのだった。結局はわたしの誤解だったのかもしれない、とマルグリートは思った。彼女がパーシーの瞳に愛の光と認めたものは、高ぶった自尊心であり、愛どころか憎しみだったという可能性もなくはなかった。マルグリートはほんのしばらく、パーシーを見つめたまま動かなかった。パーシーはまたいつもの、堅苦しい冷静な態度に戻っている。自尊心の勝ちだった。この人は、わたしのことなどなんとも思ってはいないのだ。夜明けらしい灰色の光は、薔薇色の朝焼けの前に消えつつあった。小鳥がさえずり、大地が目覚めて、暖かく輝かしい十月の朝に向かい、幸福そうに微笑《ほほえ》んでいる。それなのに、ふたつの心のあいだには両人の自尊心によって組み上げられた頑丈な越えがたい障壁があって、どちらにもそれを、自分から壊すつもりはないようだった。

パーシーが大きな体を折って深々と形式張ったお辞儀をすると、マルグリートもようやく、もう一度だけ苦々しいため息を小さくついてから、テラスのステップを上りはじめた。金糸で縫い取りのされたドレスの長い裾が、ステップの枯れ葉を払いつつ、彼女が一段を上がるたびに、シュ、シュ、とかすかに心地のよい音を立てた。薔薇色の朝日が、片手を手すりに預けている彼女の髪に金色の光輪を浮かべ、頭や腕を飾ったルビーを煌めかせている。背の高いガラス扉の前まで来ると、マルグリートは足を止めて、もう一度パーシーを見つめた。彼が自分に向かって腕を広げ、呼び戻してくれるのではないかと心のどこかで願いながら。だが、パーシーは動かなかった。その大きな体は、不屈の自尊心と、どこまでも頑なな心を、そのまま絵にしたかのようだった。

熱い涙がまたしても目にこみ上げたが、それを悟られるのがいやで、マルグリートは慌てて背を向けると、自分の部屋まで急いで駆け上がった。

もしもその前に振り返り、もう一度だけ薔薇色の朝日に照らされた庭を眺めていたら、彼女の苦しみをやわらげ、耐えやすいものにしてくれたはずの光景——強靭《きょうじん》な男が、自らの感情と絶望に打ちのめされている姿が目に入っていただろう。自尊心はついに敗北し、頑なさは消え、意志は力を失っていた。そこにいたのは、狂おしいほどの圧倒的な恋の情熱に取り憑かれた男だった。そして彼は、マルグリートの軽やかな足音が屋敷のなかに消えたとたん、ステップの段に膝をついて、物狂おしい情熱につかれるままにキスをした。小さな足が踏んだ場所のひとつひとつ、そして繊細な手が、最後に触れた石の手すりにまで心をこめて。

第17章　別　れ

マルグリートが部屋に戻ってみると、メイドがひどく気をもみながら待っていた。

「たいそうお疲れでしょう」そう言ったメイドのほうも、眠気にまぶたが閉じかかっていた。

「もう五時を過ぎていますもの」

「ええ、そうね、ルイーズ。すぐに疲れが出てきそうだわ」マルグリートが優しく言った。「けれど、あなたのほうはもうすっかり疲れているようだから、すぐにお休みなさい。寝支度は自分でするから大丈夫」

「でも、奥様――」

「でもは言わずに、お休みなさい。ガウンだけ着せてくれればいいから、あとはひとりにして」

ルイーズのほうもやぶさかではなく、舞踏会用の豪華なドレスを脱がせると、やわらかなたっぷりしたガウンでマルグリートの体をくるんだ。

「ほかに御用はございませんか?」ガウンを着せたところで、ルイーズが言った。

「ええ、大丈夫よ。部屋を出るときには、明かりを消していってね」

「かしこまりました。おやすみなさいませ、奥様」

「おやすみ、ルイーズ」

メイドが出ていくと、マルグリートはカーテンと窓を開けた。庭園と、その向こうに見える川が薔薇《ばら》色の光に包まれている。東の彼方では、昇る太陽の光が、薔薇色から鮮やかな金色に変わりはじめていた。芝生には誰もいない。マルグリートは先ほどまでいたテラスに目をやった。ほんのしばらく前まではあそこにいて、かつては自分のものだった男の愛をなんとか取り戻せないものかと、むなしくもがいたのだった。

大変な問題を抱え、アルマンのことが不安でたまらないというときに、こんなにもパーシーを思い胸が苦しいなんていっそ不思議なくらいだった。

まるで体全体が、自分をはねつけた男の愛を求めてうずいているかのようなのだ。パーシーは彼女の優しさに抵抗し、訴えにも冷たい態度を崩さず、情熱の輝きにも反応を見せなかったが、それでいて、かつてのパリでの幸せな日々は完全に死に絶え、忘れ去られたわけではないという希望を感じさせてもくれた。

なんと奇妙なのだろう！　マルグリートは、まだ彼を愛しているのだ。そしていま、過去数か月の誤解と孤独に満ちた日々を振り返ってみると、自分が変わることなくパーシーを愛していたことに気づくのだった。彼女はずっと心のどこかで、あのバカげた愚かしい態度、うつろな笑い、無気力な冷淡さが、単なる仮面に過ぎないことを感じていた。ほんとうはたくましく、情熱的で、意志の強い、本物の男なのだと。そしていまのパーシーも、やはり彼女の愛した男――その激しさで彼女を魅了し、人柄で彼女を惹きつけた男のままだった。なにしろマルグリートはずっと感じていたのだ。パーシーのいかにも愚鈍な外見の裏には、彼が世間から、そして誰より彼女から隠そうとしている何かがあることを。

女心というのは、じつに複雑で厄介なものであり――そのあるじこそが、誰よりその謎に苦しむことも珍しくはない。

ヨーロッパ一の才女であるマルグリート・ブレイクニーが、ほんとうに愚か者に恋をしたのだろうか？　一年前にパーシーと結婚したとき、マルグリートが彼に抱いていたのは愛だったのだろうか？　まだ彼に愛されていると悟ったいま、彼女がパーシーに感じているのは愛なのだろうか？　いまや、彼が二度と彼女の奴隷にも、大胆で情熱的な恋人にも戻るつもりがないことはわかっているのに。いや！　その問いには、マルグリート自身にもこたえられないだろう。少なくとも、いまのところは。おそらくは彼女のプライドが心を封印し、自分の本意を理解することを妨げているのだ。けれど、彼女にもこれだけはわかっていた――わたしはあの頑なな心を、必ずもう一度手に入れてみせると。再び彼を征服し――今度こそ、二度と放しはしない――彼とその愛を繋ぎ止め、充分に報い、慈しむのだ。なぜならひとつだけ、彼の愛がなければ、もはや自分には幸せなどありえないのだと、それだけは確かだったから。

こうしてマルグリートの胸には、矛盾に満ちた感情と思いが狂おしく渦を巻いていた。物思いにふけるあまり、時のたつのにも気づかなかった。それでも興奮状態が続いたことに疲れたのだろう、まぶたを閉じると、落ち着かない眠りに落ちた。次々と訪れる夢は、まさに不安な物思いの続きのようで――ふいに、扉の外からの足音でハッとしたときにも、自分が寝ていたのか物思いにふけっていたのか、はっきりしないほどだった。

マルグリートは不安に跳ね起き、耳をそばだてた。足音が、静まり返っている屋敷のなかを遠ざかっていった。部屋は大きく開いた窓から差し込む朝日で、明るく照らし出されていた。時計に目を上げると、六時半を回ったばかり――屋敷内が動きはじめるにはまだ早過ぎる。

マルグリートは、無自覚のうちにやはり眠っていたのであり、足音だけでなく、押し殺した声によって目を覚ましたのだった――いったいなんなのかしら？

忍び足で部屋を横切ると、ドアを開け、聞き耳を立てた。物音ひとつしない――誰もが深い眠りのなかにいる早朝独特の静けさだ。だが先ほどの物音に、マルグリートは胸が騒いだ。ふと目を落とすと、足元の敷居のそばに白いものがあった――手紙だ――マルグリートは拾うのをためらった。気味が悪かった。なにしろ、部屋に戻ったときにはなかったはずだ。ルイーズが落としていったのかしら？　それともいたずらな幽霊が、ありもしない手紙を見せてわたしをからかっているのかしら？

とうとうかがみ込んで、手紙を拾うと、驚くとともに言いようのない困惑を覚えた。手紙には、夫の手だとわかる大きな飾り気のない筆跡で、マルグリートの名前が書かれていたのだ。起きるまで待てずに手紙を残していくなんて、いったいなんだというのだろう？

マルグリートは封筒を開けて、なかを読んだ。

『思いもかけぬ出来事が起こり、急ぎ北部に向かうことになりました。別れの挨拶もせずに出立する失礼は、どうかお許し願いたい。用事には一週間ほどかかるかと。ついては水曜日に御主催の水辺の集いには、残念ながら欠席の旨ご容赦を。きみの誰より慎ましき従順なしもべ、パーシー・ブレイクニー』

マルグリートにも、夫の頭の鈍さがうつったのに違いない。なにしろ何度も読み返さなければ、簡単な数行の文意をきちんと汲み取ることができなかったのだから。

マルグリートは踊り場に立ったまま、この謎めいた短い手紙を何度も手のなかでひっくり返した。頭が真っ白だった。興奮と、自分にもうまく説明のできない予感に神経が張り詰めていた。

確かにパーシーは北部にかなり大きな領地を持っていて、たびたびひとりで出かけては、一週間ほど滞在してくる。だが早朝の五時や六時に、こうも急いで出立しなければならない用事が起こるとは、あまりにも不自然だ。

マルグリートは、常ならぬ不安をむなしく胸から払いのけようとしながら、頭から足の爪先まで震えていた。まだ出立していないのであれば、いますぐに、もう一度夫の顔を見なければという、強烈な抑えがたい欲求につかれた。

朝用のガウンという軽装であることも、髪が肩に垂れたままであることも忘れて階段を駆け下りると、ホールを玄関へと急いだ。玄関には、いつものようにしっかりと閂がかかっている。まだ使用人が起きていないのだ。それでもマルグリートの鋭い耳は、人の声と、敷石を蹴る蹄《ひづめ》の音を聞き逃さなかった。

マルグリートは緊張に震える指で閂をひとつずつ外していった。重たくて固いために手をすりむき、爪も割れたが気にも留めなかった。間に合わないのではという不安で、全身が震えていた。もう一度顔を見ることも、道中の無事を願う言葉をかけることもできないまま、あの人は行ってしまうかもしれない。

ようやく閂を外し終えると、扉を開けた。マルグリートの耳は確かだった。馬丁《ばてい》がひとり、二頭の馬を連れてそばに立っていた。うちの一頭は、持ち馬のなかでも一番の駿馬《しゅんめ》である、パーシーの愛馬スルタンだ。いつでも出立できるように鞍がつけられている。

そこへパーシーが屋敷の向こうから姿を現し、早足で馬に近づいた。華やかな夜会服こそ脱いでいたが、上質の生地で仕立てた服にひだのたっぷりしたレースの胸飾り、長靴《ちょうか》、乗馬用のズボンと、いつも通り、贅沢《ぜいたく》な装いには非の打ちどころもなかった。

マルグリートが数歩前に出ると、パーシーが顔を上げて、彼女を見た。その眉間には、かすかにシワが寄った。

「お出かけになるのね？」マルグリートは早口で、浮かされたように言った。「いったいどちらへ？」

「すでにお伝えしたように、思いがけない緊急な件で、今朝のうちに北方へ行く必要ができたものでね」パーシーはいつもの、物憂《ものう》げな冷たい口調で言った。

「ですが——明日にはお客様が——」

「どうか、皇太子殿下にはぼくからのお詫びをお伝えください。きみの完璧なもてなしがあれば、ぼくなどいなくても大丈夫でしょう」

「けれど、もう少し先に延ばしてくださらないと——少なくとも水辺の集いが終わるまでは——」マルグリートは緊張した早口のままで言った。「そんなに緊急な用事のはずはありませんわ——だって何もおっしゃってはいなかったもの——いまのいままで」

「なにしろお伝えした通り、緊急なうえに予測もしていなかった事態なのでね——というわけで、どうか出立させてください——ロンドンで何かしてきてほしい用事はありますか？——ぼくが帰ってくるときにでも」

「いえ——いいえ——ありがとう——とくにありませんわ——でも、すぐに帰っていらっしゃるのね？」

「ええ」

「今週末までに？」

「それはなんとも」

　パーシーはすぐにでも出発したい様子だったが、マルグリートは持てる力を駆使して、一秒でも二秒でも長く引き留めようとした。

「パーシー」マルグリートは言った。「どうして今日出発しなければならないのか、理由を教えてもらえないこと？　妻のわたしには、知る権利があるはずよ。あなたが向かうのは北部ではないのでしょ。それくらいわかりますわ。昨晩、オペラに出かける前にも、舞踏会から戻ったときにも、手紙や使者が来た気配はなかったのですから——あなたが向かうのは北部ではない、それについては確信があります——ただ、なんだか謎めいているし——それに——」

「いいえ、何も謎めいてなどいませんよ、マダム」パーシーはかすかに苛立った口調で言った。「ぼくの用事はアルマンに関係があるのです——北部でね！　さあ、出発させてください」

「アルマンですって？——まさか何か、危険なことをするつもりでは？」

「危険？　このぼくが？——いいえ、マダム、ご心配には感謝しますよ。ただきみも言っていたように、ぼくにはいくらか影響力がある。手遅れになる前に、それを利用しようというだけでね」

「せめて、感謝の気持ちくらいは受け取ってもらえないかしら？」

「いいえ、マダム」パーシーは冷ややかに言った。「その必要はないかと。この命はあなたのもの。すでに報いは、充分にいただいています」

「わたしの命もあなたのものよ、サー・パーシー。もしも、受け取ってくださるのであれば。アルマンのためにしてくださることへのお返しですわ」マルグリートは衝動的に両手を差し伸べた。「さあ！　もうお引き留めはいたしません——わたしの心はあなたとともにあります——いってらっしゃいませ！——」

朝日を浴びた彼女はこのうえない美しさで、肩に波打つ髪もキラキラと輝いている。パーシーは深々とお辞儀をしながら、その手に唇をつけた。その熱い口づけが、マルグリートの胸を喜びと希望で高鳴らせた。

「帰ってきてくれますわね？」マルグリートは優しく声をかけた。

「すぐに！」パーシーは熱い思いを目にため、マルグリートの青い瞳を見つめた。

「それから——覚えていてくださるわね？——」マルグリートはそう問いかけながら、パーシーの瞳にこたえ、かぎりのない約束をまなざしで与えた。

「ご奉仕の名誉をくださったことについては、マダム、決して忘れたりしませんとも」

その言葉は形式的で冷ややかだったけれど、これまでとは違い、マルグリートの胸を凍てつかせることはなかった。女の直感で、男のプライドがいまだパーシーにかぶらせ続けている冷たい仮面の下には、別の本心があることを察していたのだ。

パーシーはまたお辞儀し、出立の許可を求めた。マルグリートが脇へよけると、パーシーはスルタンの背に跳び乗った。早駆けで門を出ていくパーシーに向かい、マルグリートは手を振って最後の別れを告げた。

パーシーの姿は曲がり角の向こうへ、あっという間に消え去った。彼の信頼している馬丁が、そのあとを必死に追いかけている。なにしろスルタンは、主人の高揚に影響を受けて、それこそ飛ぶように走っていたから。マルグリートは満ち足りたような吐息を漏らして振り返ると、屋敷に戻った。自室に入ったとたん、まるで疲れた子どものように眠たくなった。

心はすっかり穏やかになっていた。それでもまだ、漠然とした憧れのようなものに胸がうずいてはいたけれど、ふわふわした滋味深い希望が、香油のようにその痛みを癒してくれた。

アルマンに対する不安も消えていた。たったいま馬で走り去ったあの人が、アルマンを救おうと固く心を決めている。そう思うと、夫の力とたくましさに対する信頼が、マルグリートの胸を満たした。あの人を頭の空っぽな愚か者だと思っていたなんて、自分でも信じられない気がした。もちろん、あれは仮面だったのだ。信頼と愛を、手ひどく扱われた苦しみを隠すための仮面。パーシーは胸の情熱に圧倒されながらも、どれほどまでに彼女を思い、自分が深く傷ついているかをマルグリートに悟らせまいとしたのだ。

けれど、もう何もかも大丈夫。わたしは自分のプライドを粉々に打ち砕き、慎ましくあの人の前に差し出すでしょう。何もかも打ち明け、すべてにおいて彼を信じるでしょう。きっとあの幸せな日々が戻ってくる。ふたりでフォンテーヌブローの森を散歩したときのように。彼があまりしゃべらなくても――だって口数の多い人ではないから――あのたくましい胸がそばにさえあれば、わたしはいつだって安らいだ幸せな気持ちでいられるはず。

昨晩の出来事を考えれば考えるほど、マルグリートはショーヴランとその計画に対する恐怖が薄らいでいくのを感じた。少なくともショーヴランは、紅はこべの正体を突き止めることには失敗している。ファンコート卿もショーヴランも、午前一時ちょうどに食堂にいたのは、ショーヴランとパーシーだけだと言っていた――そうだわ！――パーシー！　思い出していたら彼にも聞いてみるんだったのに！　とにかく、謎の勇敢な英雄がショーヴランの罠に落ちる心配はない。少なくとも、わたしのせいで命を落とすことはないはず。

アルマンの身はまだ安全とは言い切れないけれど、パーシーがアルマンの無事を約束してくれた。パーシーが馬で走り去る姿を見送ったとき、彼が何をするつもりにせよ、失敗の可能性など、マルグリートの胸をかすめもしなかった。そしてアルマンが無事イギリスに到着したら、もう二度とフランスに帰すつもりはなかった。

マルグリートはいっそ幸せなくらいの気分で、カーテンをぴっちりと引き、突き刺すような日差しを遮ると、ようやくベッドに入り、枕に頭を休めて、疲れ切った子どものように、夢さえ見ない安らかな眠りのなかに落ちていった。

第18章　謎のしるし

マルグリートが長い眠りからすっきり目覚めたときには、すでに日がだいぶ進んでいた。ルイーズが新鮮な牛乳とフルーツを運んでくると、マルグリートはこの簡単な朝食を前にして、健康的な食欲を覚えた。

ブドウを頬張っているうちにさまざまな思いが胸にわいてきたが、そのほとんどは、五時間以上前に大きな背をすっと伸ばし、屋敷から早駆けで出発した夫の姿を追ってかき消えた。

マルグリートがしつこくたずねるのにこたえて、ルイーズは、馬丁《ばてい》がスルタンを連れて戻ったとの知らせを持ってきた。馬丁はパーシーと、ロンドンで別れたという。ロンドン橋の下にデイドリーム号が停泊していたので、ご主人様はおそらくあれに乗られるつもりなのだろうと。パーシーはそこまで馬で行くと、デイドリーム号の船長ブリッグズと落ち合ってから、乗り手を失ったスルタンを馬丁に託して屋敷に戻らせたのだった。

この知らせに、マルグリートは煙に巻かれたような気分だった。いったいパーシーは、船でどこに行こうというの？　アルマンのためにと、あの人は言った。そうよ！　パーシーには、影響力のある友人があちこちにいる。たぶんグリニッジか、でなければ――だが、マルグリートは考えるのをやめた。何もかも、すぐに説明してもらえるはずだ。あの人は戻ってくると言った。忘れないと言った。長く退屈な一日になりそうだった。けれど可愛い元学友の、シュザンヌ・ド・トゥルネーが来てくれることになっていた。マルグリートは昨晩いたずらっ気を出して、自分の影響力を利用し、皇太子のいる前で、伯爵夫人にシュザンヌの訪問をねだったのだ。皇太子も大喜びで、自分も午後のどこかでふたりの貴婦人に合流させていただこうと言い出した。伯爵夫人もこれには抵抗できないまま、シュザンヌが友人と、リッチモンドで幸せな一日をゆっくりと過ごすことに同意せざるを得なかったのだ。

マルグリートはシュザンヌの訪問が待ち遠しかった。尼僧院で学んでいたころの昔話をしたくてたまらなかった。誰よりもシュザンヌにそばにいてほしかった。ふたりで素敵な古い庭園や、鹿のいる豊かな敷地をめぐり、川沿いを散歩したかった。

だがシュザンヌはまだ来ない。マルグリートは着替えを済ませると、階下へ行く支度をした。シンプルなモスリンのドレスをまとった今朝の彼女は、まるで少女のように初々しかった。幅の広いブルーのサッシュを細い腰に巻いて、繊細《せんさい》なフィシューを胸の前で結び、そこに遅咲きの深紅の薔薇《ばら》を何輪か留めている。

自分の続き部屋の外にある廊下を反対側に進むと、階下へと続く、オークの立派な階段の上でしばらくたたずんだ。その左手には、パーシーの使っている続き部屋があるのだが、マルグリートは一度として足を踏み入れたことがなかった。

続き部屋は、寝室、化粧室、応接室に加え、廊下の一番奥に小さな書斎がついている。この書斎は、使っていないときには必ず鍵がかけられており、パーシーから特別の信頼を得ている使用人のフランクが管理していた。ほかの者がこの部屋に入ることは禁止されていた。マルグリートは入りたいと思ったこともなかったし、使用人たちについては、もちろん、この厳格な規則を破るはずもなかった。

マルグリートは、このところの夫に対する軽い嘲《あざけ》りの姿勢から、書斎にまつわる秘密めかした態度をネタにして、パーシーをからかうことがしばしばあった。じつはたいした〝研究《スタディ》〟をしていないのを知られるのがいやで、穿鑿《せんさく》好きな目から自分の書斎《スタディ》を隠しているのだと言って笑った。家具といっては、サー・パーシーの甘美なうたた寝のお供をする、快適な肘掛椅子があるだけなのだろうと。

マルグリートはその十月の朝、廊下の奥に目をやりながら、そんなことを思い出していた。フランクはいま、主人の部屋をせっせと片づけているようだ。なにしろ、続き部屋の扉がほとんど開いている。そのなかには書斎の扉もあった。

ふと、夫の聖域をのぞいてみたいという、子どものような強い好奇心に襲われた。立ち入り禁止の規則は使用人に対するものに過ぎないし、フランクも、あえてマルグリートを止めようとはしないだろう。だとしてもマルグリートは、フランクがほかの部屋の掃除で忙しくしていて、彼女がササッと部屋をのぞき見るあいだ、邪魔をしないでくれることを願った。

静かにそっと、まるで青髭の妻のように、興奮と好奇心で半ば震えながら廊下を横切ると、敷居のところで奇妙な不安とためらいを覚え、ふと足を止めた。

扉はかすかに開いているが、中は見えない。おずおずと押してみた。物音はしなかった。フランクはいないようだ。マルグリートは思い切って足を踏み入れた。

まずは、じつにあっさりした部屋であることに驚いた。重たげな黒っぽいカーテン、どっしりしたオークの大ぶりな家具。そして壁には地図が二枚ほど貼られているだけだ。とても娯楽や競馬を愛する怠惰な社交家、世の中の流行を左右するおめかしなダンディの部屋とは思えない。ところがサー・パーシー・ブレイクニーは、そういう男にしか見えないのだ。

慌てて出かけたらしき気配もなかった。すべてはあるべき場所におさまり、床には紙切れひとつなく、開け放しになった棚や引き出しもない。カーテンは横に引かれていて、開いた窓からは、新鮮な朝の空気がふんだんに注ぎ込んでいた。

その窓に面する形で、部屋の中央のあたりに、重々しい、いかにも実務的な机が置かれていた。ずいぶん使い込まれているようだ。机の左手の壁には、床から天井まで届く肖像画が飾られている。豪華な額に入った女性の全身像。筆使いがじつに霊妙で、サインを見ると、フランソワ・ブーシェの作だった。パーシーの母親の肖像画だ。

マルグリートがその母親について知っているのは、心身ともに病《やまい》に冒され、パーシーがまだかなり若いころに、外国で亡くなったということくらいだった。ブーシェの描いた当時の彼女は、大変な美貌だったようだ。母と息子の相似は、思わずハッとするほどだった。生え際は低いが横に広い額、滑らかなたっぷりした金髪、くっきりしたまっすぐな眉、彫りの深い、どことなくとろんとした瞳。だがそのぼんやりした瞳の奥には、やはり強烈な何かが感じられた。眠っているだけの情熱。結婚前のなつかしい日々に、パーシーの顔を輝かせたのと同じ情熱だ。それは今朝、夜が明けるなか、彼女がパーシーに寄り添うように立ち、優しい思いを声ににじませたときにも感じたものであった。

マルグリートは興味を引かれて肖像画に見入ったが、それから振り返ると、重々しい机にもう一度目をやった。大量の書類が、見事に綴じられラベルづけされている。どうやら、収支計算書や領収書が徹底的に整理されているようだ。マルグリートはこれまで考えてみたこともなかった――それどころか、ああ！　たずねてみる価値さえないと思い込んでいたのだ――脳みそが足りないと思われているサー・パーシーが、父の残した莫大な遺産をどうやって管理しているのかということを。

この整頓のきいた書斎に入った瞬間からマルグリートには驚きの連続だったので、夫に素晴らしい実務能力がある証拠を目の前にしても、そこまで強い驚きはなかった。いっぽうで、少しずつ疑いはじめていたことが、いまや確信に変わっていた。夫のあの俗っぽい愚かな態度、過剰なお洒落《しゃれ》、くだらない物言いは、単なる仮面ではない。パーシーは故意に、その役を演じているのだ。

マルグリートの胸にまた疑念がわいた。どうしてわざわざそんなことを？　なぜ——本来は真摯《しんし》で真面目なはずの人が——人々の前では、頭の空っぽな愚か者のふりをするのだろう？

自分を蔑《さげす》んでいる妻への愛を隠すため？——けれどそれだけであれば、不自然な役柄をひたすら演じ続けるなどという、面倒な犠牲を払う必要はないはず。

マルグリートは見るともなく部屋に視線をめぐらせた。ひどく困惑していた。説明のつかない奇妙な謎に触れたことで、言いようもない恐怖が胸を締めつけはじめた。簡素な薄暗い部屋に立ち尽くしながら、ふいに寒気と、居心地の悪さを覚えた。ブーシェの見事な肖像画を別にすれば、壁には絵の一枚も飾られていない。ただ二枚の地図があるだけ。どちらもフランスのものだった。一枚は北部の海岸地帯、もう一枚はパリ周辺の地図だ。いったい、こんな地図をなんのために？

マルグリートは頭痛を覚えながら振り返り、この奇妙な青髭の部屋、入ってはみたものの不可解なばかりの場所から出ようとした。フランクに見つかりたくなかったので、さっと周りを確認してから、もう一度扉のほうに向き直った。そのとき足に、何か小さなものがぶつかった。机のそばに落ちていたのだろう。蹴られて、絨毯《じゅうたん》を転がりはじめた。

彼女はそれを拾った。純金の指輪だ。平らな盾がついており、小さな模様が刻まれている。拾った指輪を指で返し、盾の模様を調べてみた。小さな星形の花。それは、これまでに二度、はっきりと見た覚えのあるしるしだった。一度は劇場で、もう一度はグレンヴィル卿の舞踏会で。

第19章　紅はこべ

その異常なひと時のどこではじめて疑いを覚えたのか、マルグリートは自分でもよくわからなかった。指輪を握り締めると、部屋を駆け出し、階段を下り、庭に出た。周りには花と川、あとは鳥しかいない場所でひとりきりになると、もう一度指輪を見つめ、印章をじっくりと調べた。

マルグリートは呆けたような、思考停止の状態で張り出したセイヨウカエデの枝の下に座り込むと、シンプルな金《きん》の盾に刻まれている小さな星形の花を見つめた。

ああ、そんなバカな！　きっと夢を見ているのだわ！　緊張で神経がおかしくなり、些細《ささい》な偶然に過ぎないものに、謎めいたしるしを見ようとしているだけなのよ。なにしろ紅はこべという神秘的な英雄のシンボルには、このところ、誰であれ、ある程度の影響を受けているのだから。

そういうわたしだって、ドレスに紅はこべを刺繍《ししゅう》させ、髪にも宝石と琺瑯《ほうろう》でかたどったあの花を飾ったのでは？　パーシーが指輪の印章にこのしるしを選んだからといって、なんの不思議もないはず。あの人ならやりそうなこと――そうよ――わけもないことだもの――それに――いったい――大変なお洒落《しゃれ》で、洗練された物憂《ものう》げな態度が売りの、伊達《だて》男を絵に描いたようなわたしの夫と、血に飢えた革命指導者たちの鼻先からフランスの犠牲者を救い出している大胆な策士とのあいだに、どんなつながりがありうるというの？

頭が混乱し――真っ白になり――周りの景色も目に映ってはいなかったので、庭の向こうから若さにはちきれそうな声で呼ばれたときにはギクリとするほど驚いた。

「シェリ！――シェリ！　どこにいらっしゃるの？」それから薔薇《ばら》の蕾《つぼみ》のようにみずみずしいシュザンヌが現れて、瞳に喜びを躍らせ、褐色の巻き毛を朝のそよ風にはずませながら、小走りで芝生の上を近づいてきた。

「庭にいるとうかがったものだから」シュザンヌはほがらかに声をかけながら、可愛らしい無邪気な態度で、マルグリートの腕のなかに飛び込んだ。「驚かせようと思って、走ってきましたのよ。こんなに早く来るとは思っていなかったでしょ、わたしの大好きなマルゴ《シェリ》？」

マルグリートは慌ててハンカチのなかに指輪を隠すと、明るくなにげないふうを装って、シュザンヌの感情のほとばしりにこたえようとした。

「その通りよ、可愛い人」マルグリートは微笑《ほほえ》みながら言った。「あなたを独り占めにできるなんて嬉しいこと。しかも素敵な一日をたっぷりと――あなたを退屈させたりはしないかしら？」

「まあ、退屈だなんて！　どうしたらそんな意地悪が言えるのかしら。ああ！　あのなつかしい尼僧院で一緒だったときには、ふたりきりでいられさえすれば、それだけでとても幸せでしたわ」

「秘密を打ち明け合ったりしてね」

ふたりは腕を取り合って庭園を歩きはじめた。

「なんて素敵なお屋敷なのかしら、マルゴ」シュザンヌが熱っぽく言った。「あなたはほんとうに幸せね！」

「あら、もちろん！　わたしは幸せなはず――そうでしょ？」マルグリートは憂《うれ》いを含んだ小さなため息をついた。

「哀しそうに言うのね、シェリ――あっ、そうね、もう奥様になったのだから、以前のようになんでも秘密を話すわけにはいかないのだわ。けれど、尼僧院にいたころのわたしたちには、それはたくさんの秘密があったわね！　覚えていらっしゃる？――そのうちのいくつかは、あの天使のようなシスター・テレサにさえ打ち明けられませんでしたわ――あんなに優しい方だったのに」

「そしていまのあなたには、このうえなく大切な秘密があるのではなくって？」マルグリートがほがらかに言った。「それを一刻も早く打ち明けたいのでしょ？　あら、赤くなることはないわ、シェリ」マルグリートは、シュザンヌの小さな愛らしい顔が真っ赤に染まるのを見ながら言った。「ほんとうに、何も恥ずかしがることはなくってよ！　あの方は高潔な本物の紳士だわ。恋人にとって誇らしい方よ――妻にとってもね」

「ええ、シェリ、恥ずかしいものですか」シュザンヌがささやくように言った。「あなたがあの方のことを高く評価してくださるのを聞くと、わたし、それはとても誇らしくって。お母様も同意してくれるとは思うのだけれど」シュザンヌは物思わしげに付け加えた。「そうなったら――ああ！　なんて幸せなのかしら――ただ、もちろん、お父様の無事がわかるまでは何も考えられないけれど――」

マルグリートはハッとした。シュザンヌの父親！　トゥルネー伯爵！――万が一、ショーヴランが紅はこべの正体を突き止めることに成功すれば、伯爵の命も危うくなってしまうのだ。

伯爵夫人と、例の組織の数名からも、謎のリーダーが、逃亡中のトゥルネー伯爵をフランスから無事に連れ出すと、名誉にかけて誓っていることはマルグリートも知っていた。シュザンヌはマルグリートの様子にはまったく気づかないまま、自分にとっては何より大事であるささやかな秘密についてのおしゃべりを続けていた。だがマルグリートの思いは、昨晩の出来事へと舞い戻っていた。

アルマンの危機、ショーヴランの脅し、あの残酷な『是《ぜ》か――否《ひ》か』を自分が受け入れたこと。

それに関する自分の働きは、グレンヴィル卿の食堂で午前一時に、フランス政府の無慈悲な使節が、紅はこべの正体を暴くことでクライマックスを迎えるはずだった。フランスの諜報組織を翻弄《ほんろう》しつつ、単なるスポーツでも楽しむかのように、フランス政府を敵に回している大胆な英雄の正体を。

その後ショーヴランは、何も教えてはくれなかった。だからてっきり失敗したのだと思っていた。だとしてもマルグリートはもう、アルマンの身を案じてはいなかった。パーシーが、アルマンの無事を約束してくれたのだから。

そこでふいに、シュザンヌが楽しそうに話し続けているかたわらで、マルグリートはすさまじい恐怖に襲われた。わたしはいったい何をしたの？　ショーヴランは何も言わなかった。それはほんとうだ。けれどわたしが舞踏会で最後の別れを告げたとき、あの男は、毒を含んだ邪悪な表情を浮かべていた。では、ショーヴランは何かを見つけていたのかしら？　フランスの地を踏んだ大胆な策士を現行犯で捕らえ、冷然と速やかにギロチンへと送る計画が、すでにできあがっているというの？

マルグリートは恐怖のあまり気分が悪くなるのを覚えながら、ドレスのなかで発作的に指輪を握り締めた。

「聞いていらっしゃらないのね、シェリ」シュザンヌが楽しい独り語りをやめて、咎めるように言った。

「あら、そんな——聞いているわ」マルグリートはなんとか笑顔を作りながら、言葉を絞り出した。「こうしてお話するのは楽しいし——あなたの幸せはわたしにとってもほんとうに嬉しいのよ——。心配しなくても大丈夫。ふたりでお母様を説得しましょうね。サー・アンドリュー・フォークスは高貴な英国紳士だし、財産も地位もあるわ。伯爵夫人も反対はなさらないはず——けれど——どうか教えてちょうだい——お父様についての、新しい知らせはないかしら？」

「あら！」シュザンヌが激しい喜びに声を高ぶらせた。「それなら、このうえない吉報が届いたのよ。ヘイスティングズ卿が、今朝早くにお母様に会いにきてくださって。お父様の件はすべて順調に進んでいるので、四日のうちには、このイギリスで会えるというの」

「そう」マルグリートは燃えるようなまなざしを、嬉しそうに話し続けるシュザンヌの唇に据えたままで言った。

「もう心配はありませんわ！　なにしろ、あの高貴な英雄、紅はこべが自分でお父様を救いに向かっているのですもの。そうなのよ、シェリ——ほんとうにあの方が向かってくれましたの——」シュザンヌが高ぶった声で続けた。「紅はこべは今朝、ロンドンにいたのよ。おそらく明日にはカレーに到着するでしょう——そこでお父様と落ち合って——それから——それから——」

決定的な衝撃だった。マルグリートもずっと予感はしていたのだ。が、この三十分、自分を欺き、恐怖から目を背けようとしてきた。彼はカレーに向かった——今朝はロンドンにいた――彼は――紅はこべは――パーシー・ブレイクニーは――わたしの夫は――そしてわたしは昨晩、ショーヴランに協力し、彼を裏切ってしまった。

パーシー――パーシー――わたしの夫――紅はこべ――ああ！　こんなにも目がくらんでいたなんて。いまは何もかもはっきりと見える――まるで目が覚めたように――彼の演じていた役柄――つけていた仮面――あれはすべて、周りの目を欺くための方便だったのだ。

しかもすべては、スポーツと冒険のためだなんて！――普通の男であれば猟に刺激と娯楽を求めるところなのに、あの人は、男、女、子どもを次々と死から救うほうを選ぶのだ。時間を持て余した裕福な男は、何かしらの目的を人生に求める――パーシーがその旗のもとに集めた若者たちは、もう幾月も、命を賭して無実の人々を救うことに楽しみを見出しているのだ。

おそらくはパーシーも、マルグリートには、結婚したときに打ち明けるつもりでいたのだろう。けれどそこにサン・シール侯爵の噂が聞こえてきて、そのまま彼女には背を向けた。もちろんマルグリートが、いつの日か、自分と、自分に忠誠を誓った仲間たちを裏切るだろうことを疑ったのだ。だからマルグリートを欺いた。ほかの人々の目を欺いたように。いっぽうで、何百もの人が彼によって救われ、多くの家族の命と幸せが守られたのだ。

愚かな伊達男の仮面は完璧で、その演技は見事だった。ショーヴランのスパイが見抜けなかったのも不思議ではない。なにしろ能天気な愚か者にしか見えない男が、イギリスとフランスの両方で、その向こう見ずな大胆さと途方もない才覚により、優秀なフランスのスパイたちを手玉に取り続けているのだから。昨夜、グレンヴィル卿の食堂へ紅はこべを探しにいったショーヴランでさえ、間抜けなサー・パーシー・ブレイクニーが、隅のソファで寝入っているとしか思わなかったのだ。

だがその後、持ち前の鋭敏な知性で隠された真実に気づいたのだろうか？　それはどこまでもおぞましく、恐ろしい謎であった。兄を救いたい一心で、名も知らぬ誰かを裏切ってその運命にまかせたことにより、マルグリート・ブレイクニーは、自分の夫を死地に送ってしまったのだろうか？

いや！　いや！　いや！　絶対にいや！　運命の神にも、そこまでひどいことはできないはず。天が許しっこないわ。それならば昨夜、あの紙切れを握っていたこの手は天の怒りに触れ、忌まわしき悪行をなす前に動かなくなっていたはずよ。「まあ、どうしたの、シェリ？」シュザンヌはマルグリートの顔から血の気が引き、灰色にくすんでいるのを見てすっかり驚いてしまった。「ご気分でも悪いの？　ねえ、どうしたというの？」

「いいえ、なんでもないのよ」マルグリートは夢を見ているかのようにつぶやいた。「しばらく――考えさせて――考えなければ！――先ほど確か――紅はこべが発ったのは、今朝だと言っていたわね？」

「マルゴ、シェリ、どうしたの？　なんだか怖いわ――」

「なんでもないのよ。なんでもないの――ほんとうに――しばらくひとりにさせてちょうだい――そして――可愛い人――今日のところは、お別れするしかなさそうだわ――出かけなければならないの――わかってくれるわね？」

「何かがあって、あなたがひとりになりたいのだということはわかったわ、シェリ。だから邪魔をしたりはしなくってよ。わたしのことは気にしないで。メイドのリュシルがまだいるはずだから――彼女と一緒に帰るわ――だからわたしは大丈夫」

シュザンヌは衝動的にマルグリートを抱き締めた。無邪気な彼女だからこそ、友の激しい苦悩を直感で察し、乙女ならではのかぎりない優しさで、穿鑿《せんさく》することなく身を引こうとしたのだった。

シュザンヌはマルグリートに繰り返しキスをしてから、哀しそうに芝生を引き返していった。マルグリートはその場に立ちすくんだまま、考えに考えた――いったいどうすればいいのだろう。

シュザンヌがテラスのステップを上がろうとしたところで、使用人がひとり、屋敷の向こうから女主人のほうに走ってきた。その手には封書が握られている。シュザンヌは本能的に引き返した。友のもとに、また何か悪い知らせが来たのではと思ったのだ。マルグリートは、とてもそんな知らせに耐えられる状態ではないのにと。

使用人は女主人のかたわらに恭《うやうや》しく立つと、封のされた手紙を差し出した。

「何かしら?」マルグリートは言った。

「たったいま、使いの者が届けにきたのです、奥様」

マルグリートは機械的に受け取り、震える指で手紙を返した。

「誰からなの?」マルグリートは言った。

「使いの者によりますと」使用人は言った。「この手紙をお渡ししさえすれば、奥様には誰からかわかるはずだと言われたそうです」

マルグリートは封書を乱暴に開くと、直感でその中身を察しながら、機械的に目を滑らせた。

アルマン・サン・ジュストがサー・アンドリュー・フォークスにあてた手紙だった。ショーヴランがスパイを使って漁師亭で奪い、マルグリートを操る鞭に使った手紙だ。ショーヴランは約束を守り――アルマンの命を危うくする手紙を送って寄越した――つまりは紅はこべがフランスに発ったということだ。

マルグリートの目の前が揺れた。魂が体から抜けていくかのようだった。よろめいて倒れかけたが、シュザンヌが腕を回してその腰を支えた。超人的な努力によって、マルグリートはなんとか自分を取り戻した――しなければならないことは、いくらでもあった。

「使いの者をここへ」マルグリートは落ち着いた口調で言った。「まだいるのでしょ?」

「はい、奥様」

使用人が消えると、マルグリートはシュザンヌのほうを向いた。

「あなたも急いで屋敷に入って、リュシルに支度をさせてちょうだい。残念だけれど、帰ってもらわなければならないわ。それから――そう、わたしのメイドの誰かに、旅用の服とマントの支度をするように言ってもらえるかしら」

シュザンヌはこたえなかった。マルグリートに優しくキスをしてから、ひと言もなく従った。友の顔に浮かんでいる、言いようもないほどの痛々しい苦しみに、ただただ圧倒されていた。

すぐに使用人が戻ってきた。その後ろには、手紙を持ってきた使者を従えている。

「この封書は誰に頼まれたの？」マルグリートが言った。

「紳士の方です、奥様」使者が言った。「チャリング・クロスの反対側にある〈バラとアザミ〉という宿で。その方は、お渡しすればわかるからと」

「バラとアザミですって？　そこで、その人は何を？」

「頼んだ馬車を待っていました」

「馬車？」

「はい、奥様。特別仕立ての馬車でして。お供の者によると、まっすぐにドーヴァーまで行くんだとか」

「わかりました。下がっていいわ」それからマルグリートは使用人のほうに向き直った。

「馬小屋に行って、急ぎ馬車の支度を。とくに足の速い馬を四頭、選ぶようにしてちょうだい」

使用人と使者はその言葉に従った。マルグリートはひとりきりで、芝の上にしばらく立ち尽くした。優美な姿が、彫像のようにこわばっている。両目を一点に据え、胸の上で手を固く組み合わせたまま、唇だけが、胸も張り裂けんばかりの風情で、痛ましく執拗につぶやき続けていた。

「どうしたら？　どうしたらいいの？　あの人はどこにいるの？——ああ、神様！　どうかわたしに光を」

だが、自責や絶望にひたっている時ではなかった。彼女は——故意にではなくとも——ひどくおぞましいことをしてしまった。マルグリートの目には、それこそ女として最悪の罪に思えた。ただただ恐ろしかった。夫の秘密にまったく気づかずにいたことも、もうひとつの許しがたい罪に思えた。気づくべきだった！　気づくべきだったのに！

そもそものはじめから、どうしてあれほどの情熱をもって愛してくれた人が、彼の見せかけていたような、愚かな間抜けだなどと信じることができたのだろう？　少なくとも、あれが仮面に過ぎないことには気づけたはず。それを明らかにし、ふたりきりのときに剝ぎ取ってしまうべきだったのに。

彼女のパーシーに対する愛は、弱くて小さなものだった。それが自尊心の重みでやすやすと砕けた結果、相手を完全に誤解したまま、彼女自身も夫を蔑《さげす》んでいるような仮面をつけることになってしまった。

だがいまは、過去を振り返っている余裕などない。彼女は目が曇っていたことにより罪を犯した。いまはそれを償わなければ。意味のない自責の念によってではなく、迅速で有益な行動によって。

パーシーはカレーに向かった。無慈悲な敵が後ろに迫っているなどとは夢にも思わずに。早朝にロンドン橋から出航したのだとすると、いい風に恵まれれば、二十四時間のうちにはフランスに着くはず。もちろん風の影響も見越して、そのルートを選んだのだろうけれど。

いっぽうショーヴランはドーヴァーに急行して船を調達し、やはりほぼ同じころにはフランスに到着するはずだ。パーシーはカレーに着くや、不当なおぞましい死から自分たちを救い出してくれるはずの、高潔で勇敢な紅はこべを待っている人々と落ち合おうとするだろう。そのすべての動きを、ショーヴランが見張っている。つまりパーシーは、自分の命ばかりか、シュザンヌの父であるトゥルネー伯爵をはじめ、自分を信じて待っている亡命者たちの命までも危険にさらすことになるのだ。そのなかには紅はこべが守ってくれると信じ、トゥルネー伯爵に会いにいったアルマンも含まれていた。

そのすべての人々と、夫の命が、マルグリートにかかっていた。この手で救うのだ。人間の勇気と創意によって、やってのけられるかぎりはなんとしても。

だとしても残念ながら、ひとりきりでやり遂げられるわけはなかった。カレーに渡ったところで、どこに行けば夫を見つけられるのかもわからないのだ。いっぽうショーヴランのほうは、ドーヴァーで手に入れた情報により、計画の全体像を把握している。マルグリートは何よりも、夫に警告を与えられることを願った。

マルグリートにもいまではよくわかっていた。パーシーであれば、自分を信じている人々を見捨てたり、危険に背を向けて、トゥルネー伯爵を残忍な冷血漢たちのもとに置き去りにしたりは絶対にしないと。だとしても危険を知れば、計画を変え、さらに注意深く、慎重になることができる。いまのままでは、何も知らない状態で狡猾《こうかつ》な罠に落ちてしまうかもしれないのだ。けれど——警告さえ与えられれば——まだ成功の可能性は残っている。

それでもパーシーが失敗し——運命が、そしてショーヴランが、自分の持てる力を駆使し、勇敢な策士を打ち負かしたときには——少なくとも、彼のそばにいたかった。慰め、愛し、慈しみ、死の苦しみさえも甘やかなものに変えてしまいたかった。もしも一緒に死ねるのであれば、固く抱き合い、互いの情熱が響き合うのを味わい、わだかまりを完全に溶かしてから逝きたかった。

マルグリートは大きな強い決意に全身を硬くした。その願いのすべてを、神が知恵と力を与えてくれるかぎりは、必ず叶えてみせると決めた。凍てついていた瞳も、もうすぐあの人に会えるのだと思うと内からの炎に煌《きら》めき、命を左右する危険の真っただなかで、パーシーとともにスリルを分かつ喜びを思い輝いた。できることなら彼を助け——もし失敗したときには——最期の時を彼のかたわらで過ごすのだと。

あどけなさの残る美しい顔が硬くこわばった。歯を噛み締め、形のいい口元も引き結ばれている。彼とともに、彼のために、生きるか死ぬかの覚悟だった。まっすぐな眉を寄せた顔には、鉄の意志と揺るがぬ決意が表れていた。すでに計画もできていた。まずはパーシーの親友、サー・アンドリュー・フォークスに会いにいこう。マルグリートは、アンドリューが謎のリーダーについて語るときに見せる、ひたむきな熱情をふと思い出し、ゾクリとした。

彼ならば必要な手助けをしてくれるはず。馬車の支度も整っている。着替えを済ませ、シュザンヌに別れの挨拶さえすれば、すぐに出立できる。

落ち着いた、ためらいのない足取りで、マルグリートは静かに屋敷へと戻った。

第20章　同　志

それから三十分のうちに、マルグリートはロンドンへと急ぐ馬車のなかで思いにふけっていた。

シュザンヌとは愛情のこもった別れの挨拶を交わしてから、彼女がメイドを連れて馬車に乗り、無事にロンドンへと向かうのを確認した。皇太子には急使を送って、のっぴきならない急用ができたため、せっかくのご来訪を延期させていただきたい旨を伝えさせた。それからもうひとりをフェイバーシャムにやり、前もって、替え用の元気な馬を手配させるようにした。

モスリンのドレスから黒っぽい旅行服とマントに着替え、旅費――お金は常に、パーシーから自由に使うようにと充分過ぎるほどの額を与えられていた――を準備すると、早速出発した。

むなしい希望にすがりついて、自分を欺くようなことはしなかった。兄アルマンの命は、紅はこべが近々《きんきん》に逮捕されるかどうかにかかっている。ショーヴランがアルマンの軽率な手紙を送って寄越したからには、死を与えようと誓っている敵の正体が、パーシー・ブレイクニーであると確信しているのは間違いないだろう。

そう、優しい幻想の入り込む余地などはない！　パーシーが、彼女がその燃えたぎる勇気を崇拝し、情熱のかぎりをもって愛している夫が、彼女のあやまちによって、致命的な危機に迫られていた。マルグリートはパーシーを敵に売った――故意にではないが――裏切ったのは確かだ。つまりショーヴランの罠が成功することになれば、パーシーは危険に気づくことさえないまま、彼女のせいで命を落とすのだ。あの人が死ぬ！　マルグリートは、自分の血に代えてもパーシーを救いたかった。そのためであれば、命でさえ喜んで投げ出す覚悟だった。

馬車を〈クラウン〉という宿につけさせた。馬に食事と休息を取らせるよう御者に命じると、マルグリートはセダンチェアを頼み、サー・アンドリュー・フォークスの住んでいるペルメル街に向かった。

大胆不敵な大義のもとに団結しているパーシーの仲間のなかでも、マルグリートが誰よりも頼りにしたく思ったのがアンドリューだった。アンドリューとはこれまでも親しくしてきたが、彼がシュザンヌと恋仲になったことでますます近しいものを感じていたのだ。もしもアンドリューが、パーシーとともに無謀な仕事に出ていて留守の場合には、ヘイスティングズかアントニーを頼ることになるだろう。なにしろ誰かしら、一派の若者の助けがなければ、夫を救おうにも、マルグリートには手立てがないのだから。

だがアンドリューは在宅で、使用人がすぐに中へ通してくれた。マルグリートは階段を上がり、若い独身者用の快適な住居のうちの、小ぶりではあるが贅沢《ぜいたく》なしつらえのされた食堂に通された。間もなくアンドリューが姿を見せた。

アンドリューは貴婦人の客が誰であるかを知ってかなり驚いたらしく、当時の厳格なマナーに従ってマルグリートに丁重なお辞儀をしながらも、どこか不安そうな――疑ってさえいるような表情を浮かべていた。

マルグリートは緊張の色を露ほども見せなかった。落ち着き払った態度でアンドリューの優美なお辞儀にこたえると、冷静な口調で切り出した。

「サー・アンドリュー、貴重な時間をおしゃべりで無駄にしたくはないの。どうか、これからするお話を、当然のこととして聞いてくださいませ。お話自体は重要ではないのよ。重要なのは、あなた方のリーダーが、同志が、紅はこべが――わたしの夫――パーシー・ブレイクニーが――絶体絶命の危機に置かれているということなのです」

自分の導き出した結論に関してはもとから絶対の自信があったものの、今度こそ、その確証が取れた。なにしろアンドリューは完全に不意をつかれ、真っ青になり、相手の言葉をうまくかわそうと試みることさえできなかったのだ。

「わたしがどうしてそれを知ったのかは問題ではないのよ、サー・アンドリュー」マルグリートは静かに続けた。「けれどありがたいことにわたしはそれを知り、いまならまだ、あの人を救うことができるかもしれない。残念ですが、わたしには、それをひとりきりでやり遂げることができません。だからこそこうして、助けを求めにきたのです」

「レディ・ブレイクニー」アンドリューはなんとか自分を取り戻そうとしながら言った。

「ぼくは――」

「まずは話を聞いていただけるかしら?」マルグリートは遮った。「ことの次第はこうなのよ。ドーヴァーであなたから書類を奪ったフランスの使節ショーヴランは、それを読んで、ある計画があること、つまり、あなた方なり、そのリーダーなりが、トゥルネー伯爵を含めた数名を救おうとしていることを知ったのです。紅はこべ――わたしの夫のパーシー――は今日、その計画を実行するために出発しました。ショーヴランは、紅はこべの正体がパーシー・ブレイクニーであることをつかんでいます。彼を追ってカレーに向かい、そこでパーシーを捕らえようとしているのです。革命政府の手に落ちたが最後、パーシーにどんな運命が待ち受けているかについては説明するまでもありませんわね。イギリスの介入も――たとえジョージ三世陛下ご自身が動かれたとしても――夫を救うことはできないでしょう。ロベスピエール率いる冷血漢たちは、その介入が間に合わないように手配するはずですから。しかもそれだけではないのよ。深い信頼を得ているはずの英雄が、彼を信じて希望を胸に待っているトゥルネー伯爵たちの居場所を、自分では知らないうちに明かしてしまうことになるのです」

マルグリートは感情をまじえることなく、固く揺るがぬ決意をもって穏やかに話した。彼女の目的は、アンドリューの信頼と助けを得ることにあった。それがなければ、何ひとつできはしないのだから。

「うまく理解できないのですが」アンドリューはどうするのが一番いいのかを考えあぐねながら、なんとか時間を稼ごうとそう繰り返した。

「まあ！　よくわかっていらっしゃるはずよ、サー・アンドリュー。わたしの言葉が真実であることもね。どうか、まっすぐに物事を見てくださいませ。パーシーは船でカレーに向かいました。おそらくは、どこかの寂しい海岸を目指しているのでしょうが、そのあとをショーヴランが追っているのです。あの男は、いま馬車でドーヴァーに向かっていますから、おそらく今夜のうちには海峡を渡るでしょう。そのあとはどうなると思いますの？」

アンドリューは黙りこくっていた。

「夫は自分の目的地に到着し、尾行されているとも知らず、トゥルネー伯爵たちに会おうとするはず――そのなかには、兄のアルマン・サン・ジュストもいるのですが――夫は救うべき人たちをひとりずつ、世界一鋭い目が自分の一挙手一投足を見張っているなどとは夢にも思わないまま、探しにいくことになるでしょう。そうして彼は、自分でも気づかぬうちに、自分を一点の曇りもなく信じている人々を裏切ることになってしまう。そのあとは、もはや敵が夫からは引き出せるものがなくなり、彼が勇敢にも救いにいった人々とともにイギリスへと帰国する準備ができたところを狙って、敵の張った罠が、あの人の前に落とされるでしょう。そうなれば夫は、高貴な命をギロチンの上で失うことになるのです」

アンドリューは黙り込んだままだった。

「わたしを信じていらっしゃらないのね」マルグリートの声が感情的になった。「ああ、なんてことかしら！　こんなにも真剣であることが、どうしておわかりにならないの？　ねえ」マルグリートがふいに小さな両手で相手の肩をつかみながら、アンドリューに彼女の目を見ることを強いた。「どうか言ってくださいませ。わたしがこの世で最も忌まわしきもの——自分の夫を裏切るような女に見えますか？」

「まさか、レディ・ブレイクニー」アンドリューがようやく口を開いた。「あなたにそんな忌まわしい心があるなど、考えることも許されません。しかし——」

「しかしなんだというの？——どうかおっしゃって——早く！——いまは一秒一秒が貴重なのです！」

「では教えていただきたい」アンドリューは相手の青い瞳をのぞき込みながら、はっきりとたずねた。「誰の助けがあって、ショーヴラン氏はあなたのおっしゃった知識を得ることができたのでしょう？」

「わたしです」マルグリートは静かに言った。「それについてはわたしに責任があります——あなたには一点の曇りもなく信じてもらう必要があるので、わたしも嘘はつきませんわ。

けれどわたしは――紅はこべの正体を知らなかった――どうして知ることができたでしょう?――それだけでなく、わたしの成功の如何《いかん》には兄の命が賭けられていたのです」

「紅はこべを探すことにですか?」

マルグリートはうなずいた。

「いかにこの手が縛られていたかは、お話ししたところでしかたがありません。アルマンはわたしにとっては兄以上の存在なのです。それに――それに――どうして想像ができたでしょう?――けれど、わたしたちは時間を無駄にしていますわ、サー・アンドリュー――いまは一秒でも貴重なのです――神にかけて誓いますわ!――わたしの夫が!――あなたの友が!――同志が!――危険にさらされているのです――どうか、彼を救うのに手を貸してくださいませ」

アンドリューは非常に困った立場に立たされていた。同志でもあるリーダーに対しては、従順と守秘の誓いを立てている。いっぽうでは美しい女性が、真剣そのものの態度で、自分を信じてくれと訴えている。そしてリーダーに危険が迫っていることにも疑う余地はない――。

「レディ・ブレイクニー」アンドリューはようやく口を開いた。「ぼくはほんとうに追い詰められてしまいました。いったいどちらの義務を果たすのが正しいのだろう。ぼくに何をさせたいのか教えていただけますか。紅はこべに危険が迫っているのであれば、我々十九人の同志には命を投げ出す覚悟ができているのですから」

「いまのところ、命をどうこうする必要はないのよ」マルグリートは乾いた声で言った。「わたしの知恵と、四頭の駿馬《しゅんめ》がいれば、充分目的にかなうはず。ですが、どうしても夫の居場所を知る必要があるのです。ねえ」マルグリートは目に涙を浮かべながら言った。「わたし、あなたの前には恥も見せますわ。わたしのあやまちのせいでご迷惑をおかけしているのですもの。自分の弱さもさらけ出してみせましょう――わたしたち夫婦は、じつは疎遠な関係なのです。夫はわたしを信じておらず、わたしには何も見えていなかった。あなただって、夫がわたしの目の上に巻いた目隠しが、とても厚いものだったことは認めざるを得ないはず。その向こうを見ることができなかったとしても、不思議ではないでしょう？　けれど昨夜、わたしが愚かにも夫をいまの危険に追い込んでしまったあとで、ふいに、その目隠しが外れたのです。たとえあなたに助けていただけないとしても、わたしは決して夫を救う努力をやめはしません。持てるすべての力を駆使するつもりではいますが、それでも力が及ばないかもしれない。もしもわたしの到着が遅れれば、あなたは一生を後悔のうちに過ごすことになり――そして――わたしは――胸がつぶれてしまうでしょう」

「ですが、レディ・ブレイクニー」アンドリューは絶世の美女の、真摯《しんし》ないじらしさに胸を打たれていた。「それが男の仕事であることはわかっているのですか？――おそらく、おひとりでカレーに渡るのは難しいはず。大変な危険に身をさらすことになるのですよ。それに、ご主人を見つけられる見込みは――どれだけぼくが丁寧《ていねい》に説明をしたところで――非常に薄いかと」

「ああ、いっそ危険なほうがいいくらいだわ！」マルグリートはそっとつぶやいた。「わたしは危険を求めているのです！――償わなければならないことが、それはたくさんあるのですもの。けれど、見落としていらっしゃるんじゃないかしら？　ショーヴランの意識はあなた方の組織に集中しているので、わたしには気づきさえしないと思うのよ。さあ急いで、サー・アンドリュー！――馬車の準備はできているし、もう一刻も無駄にはできません――あの人を見つけなければ！　なんとしても！」マルグリートは、荒々しいまでの力をこめて言った。「追われていることを警告するのです――わかりませんこと？――わたしはなんとしても、あの人のもとへ行かなければ――もし――たとえ――手遅れになったとしても――そのときには――少なくとも――あの人のそばにいたい」

「では、マダム、ご命令を。ぼくたち同志は、ご主人のためであれば喜んで命を差し出しましょう。ですがご自身で行かれるというのは――」

「いいえ、わかりませんこと？　あなたをひとりで行かせるようなことをしたら、わたしは頭がどうかなってしまうわ」マルグリートは手を差し出した。「わたしを信じてくださる？」

「どうかご命令を」アンドリューは簡潔にこたえた。

「では、聞いてちょうだい。わたしは馬車でドーヴァーに向かいます。あなたは馬で、できるだけ早く追いかけてください。夜に漁師亭で落ち合いましょう。ショーヴランは顔を知られているから、あの宿を避けるはずよ。だからあそこが一番安全だと思うの。カレーまでご一緒いただけるのであれば、ありがたくお受けします――あなたも先ほど言われたように、どれほど丁寧に説明をされたところで、夫の居所をひとりで見つけるのは難しいでしょうから。ドーヴァーで船をチャーターし、夜のうちに向こうに渡りましょう。もしよろしければ、人目につかないよう、わたしの従者に変装をしていただいてはどうかしら」

「何もかも仰せのままに、マダム」アンドリューは真剣な口調で言った。「カレーに着く前に、デイドリーム号を見つけられるよう祈りましょう。ショーヴランに追われている以上、フランスの地に入ってしまえば、紅はこべの行動にはことごとく危険が伴うことになる」

「神様が助けてくださるわ、サー・アンドリュー。ですが、いまはお別れよ。夜にドーヴァーで！　今夜はどちらが早く海峡を渡るか、ショーヴランとわたしの勝負になる――それは――紅はこべの命がかかった戦いなのです」

アンドリューはマルグリートの手にキスをすると、セダンチェアまで見送った。それから十五分もすると、マルグリートは宿に戻っていた。そこでは準備の整った馬車と馬が、すでに彼女を待っていた。そのまま馬車はロンドンの通りを駆け抜け、ドーヴァー街道を猛烈な勢いで突っ走りはじめた。

絶望している余裕はない。とりかかった以上、悩んでいる場合ではないのだ。アンドリューを味方に引き込んだいま、希望がまた、胸に蘇《よみがえ》っていた。

神は慈悲深い。夫を愛し、崇拝し、彼のためであれば喜んで死のうという女に、その勇敢な夫を自らの手で死に追いやるという、おぞましい罪を犯させることを許したりはしないはずだ。

マルグリートの思いはパーシーに戻った。その正体を知らなかったときから、彼女が無意識に愛を捧げていた神秘的な英雄。遠くなつかしい日々、彼女は笑いながらパーシーのことを、わたしだけの謎めいた王様と呼んだものだった。ふと、彼女は気がついた。自分が崇拝していた謎の英雄と、自分を熱烈に愛している男は、まったくの同一人物だったのだ。彼女の胸に、ちらちらと幸せな情景が忍び込みはじめたのも不思議ではないだろう。マルグリートはぼんやりと思った。パーシーと向き合ったとき、わたしはいったいどんな言葉をかけるのかしら？

ここ数時間は多くの不安と興奮に苦しんだのだ。マルグリートはささやかな明るい希望で、心を癒す贅沢を自分に許した。回り続ける車輪の音が、その変わらぬ単調な響きで、次第に神経をやわらげていった。流しても流しきれない涙と疲労で痛む目には、まぶたがいつともなく閉ざされ、彼女はやがて、安らかとはいえない眠りに落ちていった。

第21章　不安と焦燥

ようやく漁師亭に到着したときには、夜もだいぶ深まっていた。それでも八時間とはかからなかった。馬車用の駅を見つけては何度も頻繁に馬を替えたためだが、さらにマルグリートが気前よく金を払ったので、常に最良の駿馬《しゅんめ》を得ることができたのだった。

御者も疲れを知らなかった。特別報酬をたっぷりと約束されたことも効いたらしく、文字通り、車輪に火がつきそうな速さで馬車を飛ばし続けた。

マルグリートの深夜の到着は、漁師亭にもひと騒ぎを起こした。サリーはベッドから跳ね起きたし、ジェリーバンドも特別な客をもてなそうと心を砕いた。

ふたりには良き宿に必要な作法が身に付いていたので、マルグリートがそのような時刻に、ひとりきりで到着したことにも、まったく驚いた様子を見せなかった。おかげでふたりの疑念は余計に募ったはずではあるが、マルグリートの頭は、大切な――命がけでもある――旅のことに集中していたので、そのような些細《ささい》なことを気に留めたりはしなかった。

しばらく前には、ふたりの英国紳士に対する卑劣な襲撃の現場となった食堂も、いまはしんとしていた。ジェリーバンドが慌ててランプを灯し、大きな暖炉に明るくはぜる火を蘇《よみがえ》らせ、そのそばに安楽椅子を寄せると、マルグリートはありがたくそこに身を沈めた。

「今夜はお泊まりになるのですか？」サリーが簡単な夜食を出そうと、雪のように白いクロスをてきぱきとテーブルにかけながらたずねた。

「いいえ、泊まるわけではないのよ」マルグリートが言った。「ただこの部屋を、一、二時間ひとりで使わせていただきたいの」

「奥様のご自由になさってくださいませ」ジェリーバンドは胸にわきはじめた、実直な人物にとっては当然の、途方もない驚きを〝高貴な方〟の前で見せてはならないと、赤ら顔をひどくこわばらせながら言った。

「潮が向き次第、調達できた最初の船で海を渡るつもりなの」マルグリートが言った。「けれど御者と供の者は今夜だけでなく、おそらく数日は泊まることになると思うのよ。気持ちよく過ごせるようにお願いしますわね」

「はい、奥様。おまかせくださいまし。サリーにお夜食を準備させましょうか？」

「ええ、お願い。何か温める必要のないものを。それから、間もなくサー・アンドリューがいらっしゃるはずだから、ここにお通ししてちょうだい」

「はい、奥様」

正直なジェリーバンドの顔には、隠しきれない苦悶の色が表れていた。サー・パーシーを大いに尊敬していたので、その妻が、若きサー・アンドリューと駆け落ちするところなど見たくはなかったのだ。もちろん口出しすべきことではないし、陰口を叩くつもりもない。だからジェリーバンドは頭のなかで、しょせんは奥様も〝外国の人〟に過ぎないのだから、不道徳なことをしても不思議ではないのだと考えて、心を落ち着かせたのだった。

「どうぞ休んでちょうだい、ジェリーバンド」マルグリートが優しく言った。「あなたもね、サリー。サー・アンドリューは遅くなるかもしれないから」

ジェリーバンドとしても、サリーをさっさと引き上げさせたかった。事の成り行きに嫌悪を覚えはじめていたのだ。だとしてもレディ・ブレイクニーは気前よく支払ってくれるはずだし、そもそも、彼がとやかくいう筋合いのことではなかった。

サリーは、冷肉、ワイン、フルーツという簡単な夜食を出すと、恭《うやうや》しくお辞儀をしてから部屋に下がった。これからいい人と逃げようというときに、奥様はどうしてあんなにも張り詰めた顔をしているのかしらと思いながら。

マルグリートにとっては、じりじりと待つしかない時間がはじまった。アンドリューは、従者に似つかわしい服を探す必要もあることから、到着するまでに、少なくともあと二時間はかかるだろう。もちろん素晴らしい騎手ではあるし、このような危急な事態ともなれば、ロンドン―ドーヴァー間の百キロ強の距離もあっという間に駆け抜けてくれるはず。それこそ蹄《ひづめ》に火がつくような勢いで馬を駆り立てていることだろう。だとしても、常に最良の馬に乗り替えられるとはかぎらない。いずれにせよ、ロンドンを出発したのは、マルグリートより一時間は遅いはずだった。

道中、ショーヴランの動向は確認できなかった。御者にもたずねてみたのだが、そのように小柄で痩せたフランス人は見ていないという。

つまり、ショーヴランのほうが彼女の前を走っていると考えて、まず間違いはなかった。馬を替えるのに立ち寄った宿では、思い切ってたずねてみることができなかった。ショーヴランが道中にスパイを置いている可能性を恐れたのだ。万が一、聞き回っているところを見つかったら、先回りをして、彼女が近づいていることをショーヴランに警告するかもしれない。

ショーヴランはいま、どこの宿にいるのだろう。それともすでに船を見つける幸運に恵まれて、フランスに向かったのだろうか。そんな思いが、鉄の万力のように彼女の胸を締めつけた。もしも、すでに手遅れだとしたら！

ひとりきりの寂しさに押しつぶされそうだった。部屋はひどく静かだ。振り子時計の音だけが――ひどくゆっくりと、一定のリズムを刻みながら――胸苦しいほどの静寂を破っている。

待つだけの辛い夜を耐えるには、気力を振り絞ったうえで、やり遂げるのだという強い気持ちと勇気のすべてが必要だった。

宿で起きているのは彼女だけのはずだ。サリーが寝にいくのも聞こえていた。ジェリーバンドは、マルグリートの御者と使用人のところから戻ると、一週間ほど前に彼女がショーヴランと過ごした表のポーチに待機していた。そこでアンドリューを待つつもりなのだろうが、すぐに甘い眠りに負け、やがて――時計が時を刻むゆったりした音に加え――単調で穏やかな寝息が聞こえてきた。

そうしてしばらくがたち、マルグリートはあんなにも幸せにはじまった暖かな十月の美しい一日が、いつの間にか辛く寒い夜に変わっていたことに気がついた。ひどい寒気を覚えたので、暖炉ではぜている明るい炎がありがたかった。しかも夜が更けるにつれ天気は悪くなるいっぽうで、アドミラルティ埠頭に砕ける波の音が、宿からはだいぶ離れているにもかかわらず、くぐもった雷鳴のように聞こえてきた。

激しくなった風が、古風な宿の鉛枠の窓と大きな扉をガタガタ揺らし、表の木々を震わせながら、太い煙突に吹き下りてはものすごい音を立てている。この風が旅にどう働くのか、マルグリートにはそれが気になった。嵐など恐れてはいなかった。一時間出発を遅らせるよりは、どんなに危険であろうと、できるだけ早く出発したかった。

ふいに外が騒がしくなり、マルグリートは物思いから我に返った。全速力で、猛烈に敷石を蹴っている蹄の音。アンドリューが到着したのだ。それからジェリーバンドが、眠たげながらほがらかな声で挨拶するのが聞こえてきた。

そこでようやくマルグリートは、自分の気まずい立場に思い当たった。こんな時間に、顔をよく知られた場所にひとりきりで、こちらも宿のなじみの、しかも変装姿で到着した若い紳士と落ち合うなんて！　口さがない噂好きの連中にとっては、もってこいのネタになるだろう。

だがそれも、マルグリートにはむしろ滑稽《こっけい》に感じられた。抱えている問題の深刻さとの対比が、どこか面白くさえあった。誠実なジェリーバンドにどう思われているかも当然ながら想像がついて、そのあどけない口元には、この数時間ではじめて小さな笑みが浮かんだ。おかげでアンドリューが部屋に入ってきたときには、ほがらかな笑い声で迎えることができた。従者の恰好をしたアンドリューは、ちょっと見には誰だかわからないほどだった。

「まあまあ、わたしの従者さん」マルグリートは言った。「そのお姿、完璧ですわ！」

ジェリーバンドが妙に困惑した顔で、アンドリューの後ろから入ってきた。なにしろ若き紳士の変装により、嫌な疑いが裏づけられてしまったのだ。ジェリーバンドは陽気な顔を硬くこわばらせたままワインのコルクを抜くと、椅子を準備し、用事を承ろうと待ち受けた。

「ありがとう」マルグリートは、宿のあるじがいま考えているだろうことを想像しながら、相変わらず微笑《ほほえ》んでいた。「もうお願いすることはないわ。これはお骨折りへのお礼よ」

マルグリートが数枚の金貨を差し出すと、ジェリーバンドはありがたそうに恭しく受け取った。

「お待ちを、マダム」ジェリーバンドが下がろうとしたところで、アンドリューが言った。

「どうやらもう少し、ジェリーバンドのもてなしが必要になりそうです。残念ながら、今夜は海を渡れそうになくて」

「今夜は渡れないですって？」マルグリートは驚いた声で繰り返した。「けれど渡らなければ、サー・アンドリュー、なんとしても！　渡れないなどという選択肢はありません。いくらかかっても構わないわ。今夜中に船を見つけるのです」

アンドリューは残念そうに首を振った。

「お金の問題ではないのですよ。フランスからの嵐が吹き荒れているうえに、船にとっては完全な逆風で。風が変わるまでは、どうにもしようがない」

マルグリートは真っ青になった。こんなことは想定外だった。自然までが、恐ろしく残酷ないたずらで自分をなぶっているように思えた。パーシーに危険が迫っているというのに、フランスの海岸から吹き寄せる風のせいで、あの人のそばに行くことができないなんて。

「でも、行かなければ！――行かなければ！」マルグリートは奇妙な力に取り憑かれ、執拗に繰り返した。「ねえ、どうしても行かなければ！――何か手はないの？」

「すでに海岸を回って」アンドリューは言った。「何人かの船長と話はしてきたのですが。船乗りたちは口をそろえて、こんな夜に船を出す人間などひとりもいないと。ひとりもですよ」アンドリューは意味深な目でマルグリートを見つめた。「今夜、ドーヴァーから出航できる人間は、ひとりもいないのです」

マルグリートもすぐに、その言葉の意味を理解した。つまりは彼女だけでなく、ショーヴランも海には出られないということだ。マルグリートは、ジェリーバンドに愛想よくうなずいて見せた。

「そう。では、わたしの負けね」マルグリートは言った。「お部屋をお願いできるかしら？」

「ええ、はい、奥様。明るくて風通しのいい、素敵なお部屋がございます。すぐに見てまいりますんで――それから、サー・アンドリューにも別のお部屋を――どちらのお部屋もきちんと整っております」

「そいつはありがたいな、ジェリーバンド」アンドリューが明るい声で言いながら、あるじの背中を景気よく叩いた。「両方の部屋の鍵を開けておいてくれ。蠟燭《ろうそく》は戸棚の上に置いていってもらえるかい。きみは眠くてたまらないんだろうが、奥様はお休みの前にこのお夜食をとられるから。まあまあ、そんな顔をするな。何も心配することはない。奥様がこのような時刻にわざわざ訪れてくださるとは、この宿にとっても大変な名誉ではないか。奥様を人目からお守りして快適に過ごせるようにしてくれれば、サー・パーシー・ブレイクニーが、たっぷりそのお礼をしてくださるはずだ」

アンドリューは、誠実なジェリーバンドの脳裏に渦巻いている疑念や不安を察していたのだろう。だからこそ高潔な紳士である彼は、その疑いをいくらかでも軽くしてやろうと、あえて、この思い切ったほのめかしを口にしたのだが、それがいくらかは功を奏したのを見て安堵した。ジェリーバンドの赤ら顔が、パーシーの名前を耳にしたとたん、少しだけ明るくなったのだ。

「行ってまいります」ジェリーバンドはいそいそとこたえながら、いくらか態度をやわらげた。「お夜食の内容は充分でしょうか、奥様？」

「大丈夫よ、ありがとう。ところでわたし、ひどくおなかがすいているうえに、死ぬほど疲れているの。お部屋を見てきていただけるわね？」

「さあ」マルグリートは、ジェリーバンドが出ていくなり口を開いた。「何もかも聞かせてちょうだい」

「たいしてお話しできることはないのですよ、レディ・ブレイクニー」アンドリューが言った。「嵐のせいで、いま海に出航できる船はひとつもない。災厄に思われるかもしれませんが、じつはある種の僥倖《ぎょうこう》ともいえるのです。なにしろ我々が今夜のうちにフランスに渡れないということは、ショーヴランも同じ苦境に置かれているわけでね」

「嵐の前に出航したかもしれないわ」

「そう願いたいな」アンドリューが明るく言った。「であれば、針路から吹き流されること請け合いだ！　どうだろう。いまごろは海の藻屑になっているかもしれませんよ。なにしろものすごい嵐だ。たまたま海に出てしまった小さな船舶はひとたまりもない。とはいえ、あの狡猾《こうかつ》な悪魔が難破の憂《う》き目にあい、残忍な計画とともに死んでくれるのを期待するわけにはいきません。話を聞いた船乗りたちによれば、ここ数時間のうちにドーヴァーを出た船はひとつもないはず。また今日の午後に、馬車で到着したよそ者がいるとの確認も取れました。その男もぼくと同じように、フランスに渡る船を問い合わせていたそうです」

「では、ショーヴランはまだドーヴァーにいるのね？」

「確実に。なんならやつを待ち伏せして、剣を突き立ててやりましょうか？　問題を取り除くには、一番てっとり早い方法かと？」

「まあ！　サー・アンドリュー、どうか冗談はやめてちょうだい！　ああ、わたしだって、昨夜から何度、あの悪党の死を望んだかわからないわ。けれど、それは不可能なのよ！　この国の法が殺人を禁じているのですから！　自由と友愛の名のもとに合法的な大虐殺が許されているのは、わたしの美しい祖国、フランスにおいてだけなのだわ」

アンドリューはマルグリートに、テーブルについて食べ物をおなかに入れ、ワインを少し飲むように促した。潮が変わるまで、少なくとも十二時間は待たねばならない。いまのように極度に緊張した状態では、耐えがたいものになるはずだった。こういった些細なことに対しては少女のような従順さを見せて、マルグリートはおとなしく食事をし、ワインを飲んだ。

恋する者ならではの深い思いやりを持ち合わせていたアンドリューは、パーシーを話題にすることで、マルグリートの胸に幸福感さえ呼び覚ました。彼は、勇敢な紅はこべが、血を求める無慈悲な改革から国を追われた、フランスの哀れな亡命者を救うために仕組んだ大胆な計画のいくつかを詳しく話せて聞かせた。血を求めるギロチンの刃《やいば》は、男や女ばかりか、子どもの命までも奪おうとしているのだが、人々をその刃の下から救おうとするときにリーダーが見せる勇気、あふれる創意、豊富な機略についてアンドリューが熱っぽく語ってみせると、マルグリートは瞳を輝かせて聞き入った。

紅はこべが得意とする珍妙な変装の数々を知ると、マルグリートは嬉しそうな明るい笑顔さえ浮かべた。彼は変装によって、自分を見つけ出そうと血眼になっているパリのバリケードの厳重な警戒をかいくぐっているのだ。なかでも先日、トゥルネー伯爵夫人の一行を救い出すときに使った変装は傑作だった。なんと――おぞましい物売りの老婆になりすましてみせたのだ。汚らしい帽子からボサボサの白髪を垂らしたその姿には、神々でさえ笑わずにはいられなかっただろう。

アンドリューがその姿を細かく描写してみせたときには、マルグリートも心の底から大笑いした。そもそもパーシーの背丈はどうしても変装の邪魔になるのだが、それがフランスであればなおさらなのだ。

こうして一時間が過ぎた。まだまだ何時間も、手をこまねいたまま足止めを食うことになるのだ。マルグリートはじれたようなため息をついて、テーブルから立ち上がった。部屋で過ごす夜が恐ろしかった。横になったところで、不安な物思いにつきまとわれるばかりで、風のうなりが眠りを払ってしまうだろう。

パーシーはいまどこにいるのだろう。デイドリーム号は、しっかりと頑丈に造られた遠洋向きの船だ。あの船ならば嵐が来る前に、風を背負って出発したはずだとアンドリューも請け合ってくれた。でなければ海に出ることなく、グレーヴセンドでじっと待機しているだろうと。

ブリッグズは熟練の船長だし、パーシーの操縦の腕前も、本職の船乗りに劣らない。嵐による危険を心配する必要はないはずだった。

真夜中をだいぶ回ったころに、マルグリートはようやく部屋に引き上げた。案の定、眠りは巧みに彼女のまぶたを避け続けた。パーシーから彼女を遠ざけている嵐が猛威をふるい続けるなか、長いばかりのうとましい夜に、マルグリートの思いはかぎりなく不吉な色に染まった。遠くで砕ける波の音を聞いていると、胸が物憂《ものう》く締めつけられた。海がもたらす、陰《いん》鬱《うつ》な気分に影響されて。人が果てしのない海の広がりを楽しく眺めやることができるのは、心に幸せが満ちているときだけなのだ。寄せては返す、執拗で単調な波の動きは神経を刺激し、胸にある思いの明暗に合わせた伴奏となる。明るい思いであれば、波がその明るさを反復させてくれる。だが暗い思いには、砕ける波のひとつひとつがさらに哀しみをあおるかのように、希望などどこにもない、喜びなどしょせんつまらないものだと、その人の胸にささやきかけてくるのである。

第22章　カレー

どんなに耐えがたい夜や長い一日にも、必ず終わりはくる。

マルグリートは、それこそ発狂するのではと思うほどの心労になぶられながら十五時間を過ごしたのだった。眠れぬ夜を過ごしたあとは、早々に起き出した。一刻も早く出発したい焦りに気が高ぶり、またしても何か障害が起こるのではと怯えていた。宿ではまだ誰も起きてはいなかったが、出発の好機を逃してはと心配でならなかったのだ。

一階に下りると、アンドリューが食堂に座っていた。三十分ほど前にアドミラルティ埠頭まで行ってはみたものの、フランスの小型定期船にしろ、個人のチャーター船にしろ、まだドーヴァーから出航できる状態にはないとのことだった。潮が来てはいるものの、嵐はピークを迎えている。このまま風が弱まるか変わるかしなければ、次の潮が来て出発できるようになるまで、さらに十時間から十二時間待たされることになる。そして嵐はやまず、風も変わらないまま、潮のほうはどんどん変わりはじめていた。

この憂鬱《ゆううつ》な知らせを聞くと、マルグリートは絶望で気分が悪くなった。確固たる決意だけを頼りに、なんとか心が壊れないように耐えてはいたものの、それがさらにアンドリューの不安を募らせていた。

アンドリューは隠そうとしていたけれど、マルグリートにはわかっていた。彼もやはり、同志である友のもとに急ぎたいと焦っているのだ。何ひとつできない状態は、ふたりのどちらにとっても残酷なものだった。

その耐えがたい時をいったいどうやり過ごしたのか、のちのちマルグリートにはまったく思い出すことができなかった。ショーヴランのスパイがこのあたりにいる可能性もあるので、姿を見られるのは避けたかった。そこで自分用に居間を準備してもらうと、そこに何時間もアンドリューと引きこもり、サリーが間をおいて運んでくる食事を形だけでも取るようにした。何もできないまま、ひたすら考え、思いをめぐらせ、時折は、わずかな希望で胸を温めながら。

嵐の弱まるのがわずかに遅く、船を出すにはすでに潮が引き過ぎていた。風は北西向きの心地よいそよ風——フランスへと船を速やかに運んでくれる天の恵み——に変わっていた。

そんななかでふたりは待っていた。出航できるときが、ほんとうに来るのだろうかといぶかりながら。長く耐えがたい一日のなかに、束の間の嬉しいひと時が訪れた。またしても埠頭に行ってきたアンドリューが、快速の帆船をおさえることができたと知らせてくれたのだ。船長も、潮さえよくなればいつでも出発できるという。

その時からは無為な時間も少しは耐えやすくなり、待つことへの絶望も薄らいだ。そしてついに午後の五時、しっかりとヴェールで顔を隠したマルグリートは、従者に変装し、いくつかの荷物を手にしたアンドリューを従えて桟橋へと向かった。

乗船するなり、鼻をくすぐる爽《さわ》やかな潮風に生き返った心地がした。海原へと軽快に走り出した〈フォームクレスト号〉の帆も、充分な風を受けて大きくふくらんでいる。

嵐のあとの夕焼けは素晴らしく、マルグリートはドーヴァーの白い崖が次第に消えていくのを眺めながら穏やかな気持ちになり、またしても希望のようなものを感じはじめた。

アンドリューの心配りには欠けるところがなく、この大変な時に、彼がそばにいてくれることがほんとうにありがたかった。

するすると集まりはじめた夕霧の向こうに、少しずつフランスの灰色の海岸が姿を見せはじめた。わずかな明かりがちらちらと輝いており、あちこちの教会の尖塔が、霧を貫くようにして空へと伸びている。

それから三十分もすると、マルグリートはフランスの海岸に降り立っていた。何百という男が同胞に惨殺され、何千という罪のない女子どもが斬首台送りにされている祖国へと戻ってきたのだ。

海岸の町は花の都パリから三百キロも離れているが、それでも人々の様子には、やはり革命のたぎりが感じられた。流れ続ける高貴な血、寡婦たちのうめき、父を失った子どもたちの泣き声により、革命はおぞましい様相をきたしていた。

男たちは、誰もが赤い縁なし帽をかぶっており、汚れのほどはさまざまながら、必ずその左側にトリコロールの帽章をつけている。マルグリートは男たちの表情がフランス人らしい陽気なほがらかさを失い、狡猾《こうかつ》そうな不信もあらわなものに変わっていることに気づいて身震いが出た。

いまや、誰もが同胞をスパイしているのだ。いつ何時、冗談で口にした罪のないひと言によって、貴族的な傾向があり、人民に叛逆の意を持つとみなされてもおかしくはなかった。女たちでさえその褐色の瞳に、恐怖と憎しみを織り交ぜた奇妙な色を潜ませている。そのすべての視線が、アンドリューを従えて船から降り立ったマルグリートに集中し、彼女が通り過ぎたところからは、「クソ貴族め！」「イギリスの畜生が！」と、ささやく声が聞こえてきた。

だがそれ以上の騒ぎになることはなかった。当時でも、カレーにおいてはイギリスとの商業活動が引き続き行なわれていたから、イギリス商人の姿も珍しくはなかったのだ。イギリスの高い関税を嫌って、大量のワインとブランデーが密輸されていることは周知の事実だった。これにはフランスの有産階級《ブルジョア》も大喜びだった。彼らはイギリスの政府や国王を忌み嫌っていたから、関税をかすめ取ることにより溜飲を下げていたのだ。イギリスの密輸商人であれば、誰であれカレーやブルゴーニュにある場末の居酒屋では歓迎された。

というわけで、アンドリューの案内でカレーの入り組んだ通りを進むマルグリートに向かっては、多くの人が、イギリス風の恰好をしたよそ者を見て悪態をつきつつ振り返ることはしても、どうせ、本来なら関税のかかるさまざまな品物を買い込んで、あの霧だらけの国に持って帰るつもりなのだろうと思うだけで過ぎ去るのだった。

だがマルグリートのほうは、パーシーはあの大きな体で、どうやったら見咎められることもなくカレーを歩くことができるのかといぶかしく思った。高潔な使命を果たすためとはいえ、いったいどんな変装をすれば、周りの注意を引かずに済むというのだろう。

アンドリューはほとんど口をきくこともなく、到着した場所から町の反対側に向かい、グリ＝ネ岬のほうへとマルグリートを案内した。道は狭く、入り組んでおり、たいていは腐った魚と湿った地下室を思わせる悪臭が漂っていた。昨晩の嵐でひどい雨が降ったようだが、街灯などはなく、ところどころに家の明かりがあるだけなので、マルグリートは足首まで泥にはまってしまうことがたびたびあった。

だが、そんな些細《ささい》な不自由などどうでもよかった。「〈灰猫館《シャ・グリ》〉に行けば、彼に会えると思います」下船した際に、アンドリューからはそう言われていた。もうすぐパーシーに会えるのだと思うと、薔薇《ばら》の花びらの絨毯《じゅうたん》の上を歩いているような気にさえなった。

とうとう到着した。アンドリューは道をよく心得ているらしく、暗がりのなかでためらうことも、誰かに方角をたずねることもなかった。あまりにも暗くなっていたので、灰猫館という宿の外観はよくわからなかった。カレーのはずれにある、グリ＝ネ岬への道端に立つごく小さな宿だ。だが海岸まではいくらか離れているようで、海の音も遠くから聞こえるだけだった。

アンドリューがステッキの握りで戸を叩くと、中からはうめき声に続いて、悪態がブツブツ聞こえてきた。アンドリューが今度はもっと強い調子でノックした。また悪態が聞こえて、のろくさい引きずるような足音が近づいてきた。それから扉が開いたが、マルグリートは中を見た瞬間、これほどまでに傷みきった見苦しい部屋を目にするのははじめてだと思った。

そもそもがお粗末な壁紙は、筋状に破れて垂れ下がっている。どんなに大目に見たとしても、完全な姿を保っている家具はひとつもなかった。椅子のほとんどは背が壊れており、そうでないものは座面がなかった。テーブルは脚が一本欠けていて、その角は、焚き木の束により支えられている。

部屋の一隅には巨大な暖炉があり、火の上に吊るされたスープ鍋からは、そうまずくはなさそうな匂いが漂っていた。部屋の片側には、壁の高いところに屋根裏部屋のようなものがあった。その前にはくたびれた青と白のチェックのカーテンがかかり、ガタガタの階段で上がれるようになっている。

大きなむき出しの壁には、さまざまな脂《あぶら》ジミで色味のよくわからない壁紙の上に、チョークのデカデカした文字で、『自由――平等――友愛』と、一語一語間隔を空けて書かれていた。

朽ちた天井の垂木《たるき》からは、ひどい臭いのするオイルランプがぶら下がっており、このむさ苦しい部屋をぼんやりと照らしていた。何もかもがひどく見苦しく、ひたすら不潔で、不快の極みだったので、マルグリートは思い切って敷居をまたぐことさえできずにいた。

だがアンドリューのほうは、ためらうことなく宿に入った。

「イギリスから来た旅の者だ、シトワイヤン！」アンドリューはフランス語で臆することなく言った。

ノックにこたえて現れたのが、このむさ苦しい宿のあるじなのだろう。年のいった、がたいのいい田舎者で、汚れた青いシャツにくたびれた青いズボンを合わせ、重たい木靴からは藁《わら》が何本も突き出している。頭には例のトリコロールの帽章をつけた赤い帽子をかぶることで、にわか仕込みの政治的意見をはっきりと表明していた。手に持っている短い木のパイプからは、安煙草のひどい臭いをさせている。男は軽い疑いと、あらわな軽蔑をこめた視線をふたりに向けながら「イギリスの畜生が！」とぼやいた。続いて唾を吐くことにより旺盛な独立心を示してては見せたものの、脇へよけてふたりを中に入れたところを見ると、そのイギリスの畜生が、常にふくらんだ財布を持っていることには確信があるらしい。

「まあ！」マルグリートは中に入りながら、繊細《せんさい》な鼻にハンカチを押し当てた。「なんてひどいところ！　ほんとうにここで間違いはありませんの？」

「ええ、間違いありませんとも」アンドリューはそうこたえながら、レースで縁取られた見事なハンカチでマルグリートのために椅子のほこりを払った。「ただしぼくも、ここまでひどい穴倉は、誓ってほかには見たことがないですね」

「ほんとうに！」マルグリートはいささかの好奇心と、大いなる恐怖を胸に、傷んだ壁、壊れた椅子、ぐらぐらのテーブルに目をやった。「とても不愉快なところですわね」

灰猫館のあるじ――名をブロガールという――は、それ以上、客に関心を示そうとはしなかった。客人はそのうちに夕食を注文するだろうから、それまでは相手がどんなに洒落《しゃれ》たなりをしていようと、へいこらするのは自由な市民にふさわしくないと思っているのだ。

ところで炉端では、ボロを着こんだ何者かが体を丸めていた。どうやら女のようだが、かつては白かったはずのキャップとペチコートらしきものを身に着けていなかったら、それを見極めるのさえ難しかっただろう。女は座ってブツブツ独りごちながら、時折スープ鍋をかき回していた。

「なあ、きみ！」アンドリューがとうとう口を開いた。「夕食を頼むよ――そこにいるシトワイエンヌが、おいしそうなスープを作っているようじゃないか。こちらの奥様は、もう何時間もお食事を口にされていないんだ」

宿のあるじブロガールは、その頼みを考慮するのに数分をかけた。なにしろ何かを頼まれたとしても、自由な市民である以上、そそくさと受け入れるわけにはいかないのだ。

「クソ貴族が！」ブロガールはそうつぶやいて、またしても床に唾を吐いた。

それからいかにもぐずぐずと部屋の隅に置かれた戸棚に近づくと、古いピューターの深皿をゆっくり持ち上げ、黙ったまま、良き伴侶に皿を渡した。すると女のほうも、やはり黙ったまま、鍋からスープをすくい、深皿を満たした。

マルグリートはひどくぞっとしながら、その一部始終を眺めていた。目的への気持ちが強くなかったら、この悪臭フンプンたる不潔な宿に耐えきれず、さっさと逃げ出していただろう。

「なるほど！　こちらのご夫妻は陽気な方々ではないようだ」アンドリューが、マルグリートの顔に恐怖の色を見て取りながら言った。「もっとたっぷりした、食欲をそそるものをお出しできればいいのですが――ただ、スープは意外と食べられますし、ワインもそこそこいけますよ。泥だまりのように不潔な場所ではありますが、ここの連中は、なかなかの暮らし向きをしているのでね」

「どうか、サー・アンドリュー」マルグリートが優しく言った。「わたしのことは心配なさらないで。なにしろ、とても食事のことを考えられるような気分ではないのですから」

ブロガールが仏頂面でのろのろと支度をはじめた。スプーンとグラスがふたつずつテーブルに出されると、アンドリューが念のため、ひとつひとつ丁寧《ていねい》にぬぐった。

ワインを一本と、パンも出された。マルグリートはテーブルに椅子を寄せると、なんとか食べているようなふりをした。アンドリューのほうはすっかり従者になりきって、マルグリートの後ろに立っている。

「どうか、マダム」アンドリューは、マルグリートがほとんど食べていないのを見て言った。「少しだけでも召し上がってください。このあとも体力が必要なことをお忘れなく」

スープは確かに悪くなかった。香りも味もなかなかだ。環境がここまでひどくなかったら、少しは味わうことさえできたかもしれない。マルグリートはパンを裂き、ワインを少し飲んだ。

「サー・アンドリュー」マルグリートは言った。「そんなふうに立ったままではいやですわ。あなたにも、わたしと同じくらい食事の必要があるはずよ。あなたがおかけになって、この夕食らしきものを共にしたところで、この宿のあるじは、頭のおかしいイギリス女が、従者と駆け落ちしようとしていると思うだけでしょうし」

実際ブロガールは、どうしても必要なものだけをテーブルに並べてしまうと、それっきり客には注意を払わなかった。奥方のほうは、しばらく前にのっそりと静かに部屋を出ていっていたが、ブロガールは部屋をうろつきながら、自由と平等のもとに生まれた市民であればこれが当然とでもいわんばかりに、時にはマルグリートの鼻先で臭いパイプをふかすのだった。

「この畜生め！」アンドリューはブロガールがテーブルにもたれ、いかにも不遜な態度でイギリスの屑どもを見下ろしながらパイプを吸いはじめると、英国紳士らしくカッとなった。

「だめよ」マルグリートが、生粋のイギリス人気質を見せて不穏に拳《こぶし》を固めているアンドリューに目をやりながら、慌ててたしなめた。「ここがフランスであることを忘れないで。いまのフランス人にとっては、これが普通なのよ」

「絞め殺してやりたいところだ！」アンドリューが荒々しくつぶやいた。

アンドリューはマルグリートの勧めに従い、隣の席についた。そのあとはどちらも、食べたり飲んだりするふりをしながら互いの目を欺くという高貴な努力を続けた。

「お願いですから」マルグリートは言った。「どうかあの男の機嫌を損ねないでちょうだい。さもないと、これからする質問にもこたえてもらえなくなってしまう」

「せいぜい努力しますよ。それにしてもまったく！　質問をする前に絞め殺してしまいそうだ。おい、きみ！」アンドリューはフランス語で愛想よく声をかけながら、ブロガールの肩を軽く叩いた。「このあたりで、ぼくたちのような連中はよく見かけるのかい？　つまり、イギリスからの旅行者ということだが」

ブロガールは慌てた様子もなく、肩越しに周囲を見回し、プカプカとパイプをふかしてから、ぼやくように言った。

「フン――たまにはな」

「ほう」アンドリューがさりげなく言った。「だとするとイギリス人旅行者は、どこに行けばうまいワインにありつけるかをよく知っているというわけだな！　そうだろ、きみ？――

ところで、奥様のおたずねなのだが、きみは、奥様の大切なご友人である英国紳士を見かけたりはしなかっただろうか。その方は仕事の関係でちょくちょくカレーに来られるんだ。背の高い方でね、最近パリに向けて発たれたんだが——奥様は、このカレーでその方とお会いになりたいと思っているのさ」

マルグリートはブロガールのほうを見ないようにした。さもないと、返事を求めて目に燃えている不安を悟られてしまうだろう。ところが自由のもとに生まれたフランス市民は、どんな質問であれ、決して慌ててこたえたりはしない。ブロガールはじっくりと時間をかけてから、ゆっくりと言った。

「ノッポのイギリス人だって？——今日だな——うん。そう、今日来たぞ」ブロガールが仏頂面でつぶやいた。それから、そばの椅子に置いてあったアンドリューの帽子をそっと手に取ると、自分の頭に載せ、汚れたシャツの前を引いて、その男が非常に立派ななりをしていたことをパントマイムで示そうとした。「クソ貴族だぜ！」ブロガールはつぶやいた。「そのノッポのイギリス野郎はな！」

マルグリートはかろうじて叫び声を抑えた。

「パーシーだわ」マルグリートがつぶやいた。「変装もしていないなんて！」

マルグリートは不安のあまり目に涙を浮かべながらも、『死においても勝る熾烈《しれつ》な情熱（アレキサンダー・ポープの詩より）』という言葉を思い出しながら微笑《ほほえ》みを浮かべた。あのパーシーであれば、常軌を逸した恐ろしい危地に乗り込むときでさえ、最新流行の上衣《コート》に、乱れひとつないレースの胸飾りという姿でも不思議ではないのだ。

「ああ、なんて無謀なの！」マルグリートはため息を漏らした。「急いで、サー・アンドリュー！　その人に、出ていったのはいつごろか聞いてみてちょうだい」

「なるほど」アンドリューは、さりげないふうを保ちながら言った。「その方は非常にお洒落でね。では、きみの見た背の高い英国紳士は、奥様のご友人で間違いなさそうだ。それで、その方は出かけたんだね？」

「出かけたさ――うん――だが帰ってくるぜ――ここにな――夕食を頼んでいったんだから――」

アンドリューは警告するようにサッと片手をマルグリートの腕に置いたが、それでも危ないところだった。なにしろ次の瞬間、マルグリートは激しい喜びに胸をつかれて我を忘れていただろうから。パーシーは無事なのだ。そしてここに戻ってくる。おそらくはもうしばらくしたら、あの人に会えるのだわ――ああ！　あまりにも強烈な喜びに、マルグリートの胸は張り裂けてしまいそうだった。

「ここに！」マルグリートはブロガールに声をかけた。彼女の目にはいまや、彼の姿が天界から来た祝福の使者のように見えた。「ここにですって！――いま、その英国紳士はここに戻ってくると言いましたの？」

天界から来た祝福の使者は床に唾を吐いて、迷惑にも灰猫館に立ち寄ることを選んだ、種種さまざまなすべての貴族に対する軽蔑を表した。

「フン!」ブロガールはぼやいた。「夕食を頼んだからには――戻ってくるんだろうさ――イギリス野郎が!」彼は最後にそう付け加えて、たかがイギリス人ひとりに関して、こうも面倒な話を続けなければならないことに抗議の気持ちを示した。

「でも、その方はいまどこにいるのかしら?――あなたはご存じなの?」マルグリートは優美な手を、不潔な青いシャツの袖にかけながら言った。

「荷馬車を探しにいったのさ」ブロガールは簡単にそう言うと、貴公子でさえ口づけることを名誉に思うだろう美しい手を、袖から邪険に払いのけた。

「いつごろ出かけたのかしら?」

だがブロガールは、質問されることにうんざりしていた。どうやら、すべての人間と平等な市民である以上、たとえ相手が金持ちのイギリス人だとしても、貴族の畜生から質問攻めにされるのはよろしくないと思っているらしい。彼が新たに身に付けた尊厳にとっては、できるだけ失礼な態度を取るほうが明らかにふさわしいのだ。礼儀にかなった質問におとなしくこたえるなどというのは、卑屈な精神の現れでしかなかった。

「知らねぇな」ブロガールはぶっきらぼうにこたえた。「もう充分にこたえたはずだ。いいかい、貴族さんよ!――そいつは今日来て、夕食を頼み、出ていった。たぶん戻ってくるだろうさ。以上だ！」

ブロガールは自由な市民としての権利を行使し、好きなだけ無礼な調子でこの捨て台詞を吐くと、のろのろと部屋を出ていき、乱暴に扉を閉めてしまった。

第23章　希　望

「いや、マダム！」アンドリューは、マルグリートが不機嫌なあるじを呼び戻そうとしているのを察して声をかけた。「あの男は放っておきましょう。これ以上は何も聞き出せないだろうし、かえって疑いをまねくだけかと。この呪われた国では、どこにスパイが潜んでいるかわかったものではないのですから」

「構うものですか」マルグリートはあっさりと言った。「夫が無事で、もうすぐ会えるのですもの！」

「しっ！」アンドリューはギョッとしながら諫めた。マルグリートは喜びのあまり、声を潜めることさえ忘れていたのだ。「最近のフランスでは、どの壁にも耳があるのです」

アンドリューはテーブルから立ち上がると、がらんとしたむさ苦しい部屋を回り、ブロガールの消えていった扉の向こうに聞き耳を立てた。だが聞こえてくるのは悪態をつぶやいている声と、引きずるような足音だけだった。それからアンドリューはガタガタする屋根裏部屋への階段を上り、ショーヴランのスパイが潜んでいないことを確認した。

「ふたりきりかしら、従者さん？」マルグリートは、隣の席に戻ってきたアンドリューに明るく声をかけた。「話しても大丈夫？」

「ただし警戒は怠らないでください！」アンドリューは懇願するように言った。

「あらあら、そんなに難しい顔をして！　わたしのほうは嬉しくて踊り出したいくらいなのに！　もう恐れることはないはずよ。わたしたちのボートは浜辺に寄せてあるし、フォームクレスト号だって岸から三キロと離れていない場所で待っている。あの人もじきに戻ってくるわ。この屋根の下に、おそらくは三十分とたたないうちに。そうよ！　邪魔が入るはずはないわ。ショーヴランの一行は、まだカレーには着いていないはずですもの」

「いいえ、マダム！　残念ながら、それはなんとも」

「どういうことなの？」

「ショーヴランも、ぼくたちと同じようにドーヴァーにいたのですよ」

「そしてやはり嵐に足止めをされ、出発することができなかった」

「そう。ただ――心配させてはと思い黙っていたんだが――じつは乗船する直前に、海岸でショーヴランの姿を見たのです。少なくとも、ぼくは確かにやつだと思った。聖職者に変装していたので、やつの守護者である悪魔でさえ目を欺かれたかもしれませんがね。ところがそこで、カレーまで大至急で行ける船を交渉しているのが聞こえまして。だとすると、ぼくたちから一時間とは遅れることなく海に出たはず」

マルグリートの顔から喜びの色がかき消えた。フランスの地にいるパーシーが、どれほどの危険な状態に置かれているかを、ふいに、はっきりと、恐ろしいまでに悟ったのだ。ショーヴランがこのカレーにいて、パーシーに迫っている。全権を与えられているあの狡猾《こうかつ》な外交官のひと言があれば、パーシーは追跡され、捕らえられて――。

マルグリートは全身の血が凍りついたように思えた。イギリスにおいて極限の苦しみを味わっていたときでさえ、夫に迫っている危険をここまではっきりと理解したことはなかった。ショーヴランは紅はこべをギロチン送りにすると誓っているのだ。いっぽう大胆不敵な策士のほうは、マルグリートの働きによって正体を暴かれてしまい、隠れ蓑を失ったまま、冷酷極まりない無慈悲な敵の手に落ちようとしていた。

ショーヴランは漁師亭でアントニーとアンドリューを襲い、今回の救出作戦に関する情報をすっかりつかんでいる。アルマンとトゥルネー伯爵を含めた王党派の亡命者たちが、紅はこべ――当初の予定では、彼ではなくふたりの仲間が派遣されるはずだったのだが――と落ち合うことになっているのは、今日、十月二日だった。一派の者たちが〈ブランシャール爺さんの小屋〉と呼んでいる、どこかの場所で。

アルマンは、共和国政府の残虐な方針とは反する関係を紅はこべと結び、必要な指示を受け、それをまだ国の人間には知られることなく、一週間ほど前にイギリスを発っていた。フランスでほかの亡命者たちと密会し、彼らとともに、安全な地へと逃れられることを信じて。

ここまではマルグリートもはじめから理解していたし、アンドリューからもその確証を得ていた。パーシーが、自分の計画と、ふたりの腹心に対する指示をショーヴランに知られたと悟ったときには、すでにアルマンと連絡を取ることも、亡命者たちに新たな指示を送ることもできない状況になっていたのだ。

つまり亡命者たちは、約束された時刻に、定められた場所へ出向くだろう。勇敢な救世主に、深刻な危機が迫っているなどとは夢にも思わずに。

いつものように救出作戦の一部始終を計画したパーシーは、若き同志の誰かを、捕まる確率のほうが高いような危険のなかに送り込むことを自分に許さなかった。そこでメモを走り書きし、グレンヴィル卿の舞踏会で仲間に伝えようとしたのだ——「明日はぼくが自分で行く——ひとりで」

ところがいまは、冷酷な敵に正体を知られている。パーシーはフランスの地を踏んだ瞬間から、その動きを逐一見張られることになるだろう。ショーヴランのスパイに尾行され、亡命者たちの待っている謎の小屋まであとをつけられたのちは、その場で敵の罠が一行を追い詰めることになるのだ。

猶予はわずかに一時間。マルグリートとアンドリューは、敵に先行した一時間を活かし、迫りつつある危険をパーシーに警告し、その先には死しかないであろう無謀な計画をあきらめるように説得しなければならなかった。

だがまだ、一時間ある。

「ショーヴランは、奪った書類からこの宿のことをつかんでいます」アンドリューが真剣な口調で言った。「上陸したら、ただちにやってくるはずです」

「まだ上陸はしていないはずよ」マルグリートが言った。「こちらのほうが一時間は早かったのだし、パーシーは間もなくここに戻ってくる。ショーヴランが逃げられたことに気づくころには、わたしたちはもう海峡の真ん中にいますわ」

マルグリートは熱っぽく高ぶった口調で、あきらめきれない明るい希望を、アンドリューの胸にも植えつけようとした。だがアンドリューは哀しそうにかぶりを振った。

「また黙り込んでしまうの、サー・アンドリュー?」マルグリートは軽く苛立ちながら言った。「どうしてそう難しい顔をして首を振るのかしら?」

「いいですか、マダム」アンドリューは言った。「あなたは薔薇《ばら》色の希望的な夢を思い描きながら、重要な要素をひとつ見落としています」

「どういうこと?――わたしが何かを見落とすなんて――それはなんだというの?」マルグリートは苛立ちを強めて言った。

「その要素というのは百八十センチを優に超える長身を誇り――」アンドリューが静かな声で言った。「パーシー・ブレイクニーという名前を持っているのです」

「よくわからないわ」マルグリートがつぶやいた。

「彼が、目的を果たさずにカレーを離れるとでも?」

「つまり――?」

「トゥルネー伯爵が待っているのです――」

「伯爵――?」マルグリートがつぶやいた。

「それにサン・ジュストと――ほかの方たちも――」

「アルマン!」マルグリートは胸が張り裂けそうになり、苦悶の涙にむせびながら言った。

「どうしましょう、忘れていたなんて」

「脱出を願う彼らは、いまこのときにも、全幅の信頼と揺るぎない確信を胸に、紅はこべが迎えにくるのを待っている。そして紅はこべは、彼らを安全な海峡の向こう側に連れていくと、名誉にかけて誓っているのです」

確かに彼女は忘れていた! 全霊で誰かを愛している女に特有の高尚な利己心から、この二十四時間は夫のことしか頭になかった。彼の高貴でかけがえのない命、そこに迫った危険――パーシー、愛する人、勇敢な英雄――彼のことだけがマルグリートの心を占めていたのだ。

「アルマン!」兄の思い出が蘇《よみがえ》るにつれ、目にはみるみる涙が盛り上がった。幼いころからずっとそばにいてくれた大切な兄。マルグリートが罪を犯し、勇敢な夫を致命的な危険へと追い込むことになったのも、もとはといえばアルマンのためだったのだ。

「自分を信じている人々を見捨てるようであれば」アンドリューが誇らしげに言った。「サー・パーシー・ブレイクニーは、二十人の英国紳士が信頼し尊敬するリーダーになどなりえなかった。彼が約束を破るなどと、考えること自体が愚かしいのです！」

しばらくの沈黙が降りた。マルグリートが両手で顔を覆うと、その震える指には涙がそっとつたった。アンドリューには言葉もなかった。美しい女性が大きな哀しみに打ち震えている姿は、見ているだけで辛かった。同時に心のなかでは、彼女の軽率な行動によって仲間たちが追い込まれることになった、恐ろしい難局について思いをはせていた。友でもあるリーダーについてならよく知っていた。その向こう見ずな大胆さも、狂気じみた勇敢さも、誓いを何より尊んでいることも。パーシーは、いったん約したことを違《たが》えるくらいであれば、どのような危険であれ飛び込むことを選ぶ男なのだ。たとえショーヴランが迫っているのを知り、状況が絶望的に見えても、自分を信じている人々を救うためであれば、最後の賭けに出るはずだった。

「そうね、サー・アンドリュー」マルグリートがようやく、気丈に涙を払いながら言った。「その通りだわ。このうえはもう、すべきことをあきらめるように説得して、自分を辱《はずかし》めるようなことはいたしません。おっしゃるように、どうせ無駄でしょうし。あの人は神から」マルグリートは熱っぽい口調できっぱりと言った。「追っ手の上をいくだけの力と才覚を与えられています。夫はその高貴な仕事をはじめるに当たって、おそらく、あなたの協力を拒みはしないと思うの。あなた方は、勇敢なうえに抜け目がないもの！　神様がふたりを守ってくださるわ！　とにかく一刻も無駄にはできません。わたしはいまでも、ショーヴランに追われているのを承知しているかどうかに、あの人の無事がかかっていると信じているのよ」

「確かに。彼の才覚には素晴らしいものがあるから、危険にさえ気づけばいっそうの警戒を取るようにするでしょう。あの創意工夫といったら、まさに奇跡そのものだからな」

「では、わたしがここであの人を待つあいだ、町を見てきてください！——運よくパーシーに行き合うことさえできれば、貴重な時間を無駄にせずに済みますわ。うまくあの人に会えましたら、くれぐれも用心するように伝えてください！——無慈悲な敵が、すぐそこまで迫っていると！」

「しかし、こんなひどい穴倉にひとりきりでお待たせするわけには」

「いいのよ、わたしのことは気になさらないで！——ただ、ほかの部屋で待つことができないか、あの無愛想なあるじに聞いてみてくださる？　誰かお客が来たときに、じろじろ見られることがないように。それから心づけを渡して、背の高いイギリス人が戻ったら、必ず知らせるように念を押しておいてくださいね」

計画も立ち、最悪の事態に対する覚悟もできたことで、マルグリートはすっかり落ち着きを取り戻し、いっそ快活にさえ見えた。もう弱さなど見せてはならない。パーシーは人々を救うために命さえ投げ出そうとしている。わたしも、彼にふさわしい女であることを証明してみせなければ。

アンドリューも、それ以上は何も言わずに従った。こうなるとマルグリートのほうが自分よりも強い心を持っていると、本能的に悟っていたのだ。喜んで彼女に従い、その命じるところをいれ、彼女の手となるつもりだった。

アンドリューはブロガール夫妻の下がった奥の部屋への扉に近づき、ノックをした。今回もまた、ブツブツ言う悪態の一斉射撃が返ってきた。

「おい！　ブロガール君！」アンドリューは断固とした口調で言った。「奥様が、しばらくこちらでお休みになりたいというんだ。部屋を用意してもらえるかい？　おひとりになりたいそうだから」

アンドリューはポケットから金を出すと、含みを持たせるように手のなかで鳴らした。すでに扉を開けていたブロガールは、敵意丸出しの仏頂面を変えずに相手の要求を聞いていたが、金を目にした瞬間、そのだらしのない態度が少しだけまともになった。そして口からパイプを外すと、のそのそと部屋に入ってきた。

ブロガールは肩越しに屋根裏部屋を指差して見せた。

「あそこを使うんだな！」ブロガールはうなりながら言った。「居心地はいいし、ほかには部屋がねぇ」

「もってこいだわ」マルグリートが英語で言った。上からであれば、見られることなく下を観察できることに一瞬で気づいたのだ。「お金を渡してちょうだい、サー・アンドリュー。ありがたく使わせてもらうわ。あそこからなら、気づかれずに下を見張っていられるもの」

マルグリートがうなずいて見せると、ブロガールは恩着せがましい態度で屋根裏に上がり、敷かれていた藁《わら》をふるった。

「どうか、マダム、性急なことだけは」アンドリューは、ガタつく階段に向かったマルグリートに声をかけた。「いたるところにスパイがいることをお忘れなく。いいですか、ふたりきりだとはっきり確信ができるまでは、決してご主人の前に姿を現してはいけませんよ」

アンドリューはそう口にしながらも、不必要な助言だと感じていた。マルグリートは、どんな男にも劣らぬほど落ち着いていたし、頭の働きのほうも確かだ。何か早まったことをするとは思えなかった。

「ええ」マルグリートはつとめて快活に言った。「固くお約束しますわ。人前で夫に話しかけて、彼の命と、その計画を危うくするようなことはいたしません。心配しなくても大丈夫。わたしは自分の機会を探り、あの人が最も必要とするやり方で役に立つつもりでいますから」

ブロガールが屋根裏から下りてくると、マルグリートは安全な隠れ家への階段に足をかけた。

「お手に口づけはしませんよ、マダム」アンドリューは、階段を上りはじめたマルグリートに声をかけた。「なにしろぼくは従者ですからね。どうか気持ちよく過ごされますよう。三十分以内に彼を見つけられなければ、ここで会えるものとして戻ってきますので」

「ええ、それがいいわ。三十分なら大丈夫。ショーヴランがその前に来ることはないはずよ。それまでには、わたしたちのどちらかが、パーシーに会えることを願いましょう。幸運を祈ります！　わたしのことはご心配なく」

マルグリートはガタガタする木の階段をそっと上がった。ブロガールは、それ以上、マルグリートには興味を払わなかった。そこで快適に過ごすか過ごさないかは、彼女次第というわけだ。アンドリューは、マルグリートがカーテンの向こうに消えるのを見守りながら、なるほど、まったく結構な隠れ場所だと思った。あそこなら、気づかれることなく見聞きすることができる。

アンドリューはブロガールにたっぷりと心づけをやった。これでこの不機嫌なじいさんも、マルグリートを裏切ることはないだろう。それから出かける準備をすると、戸口のところでもう一度振り返り、屋根裏を見上げた。ボロのようなカーテンの向こうから、愛らしい顔がこちらを見下ろしているのが見えた。心強いことに、その顔は落ち着いているばかりか微笑《ほほえ》みさえ浮かべていた。最後にひとつ、別れの会釈をして見せると、アンドリューは夜のなかへと出ていった。

第24章　死の罠

それからの十五分は、静かなまま、あっという間に過ぎ去った。下ではブロガールがいそいそとテーブルを片づけてから、また別の客のためにセットをしていた。

マルグリートはその支度を眺めることで、過ぎゆく時を少しは楽しむことができた。ああして夕食らしきものが準備されているのは、パーシーのためなのだ。ブロガールもノッポのイギリス人に対しては、ある程度の敬意を払っているようだった。なにしろ先ほどとは打って変わって、部屋が少しはまともに見えるようにと工夫をしていたのだから。

古い戸棚のどこかから、テーブルクロスらしきものまで取り出してきた。広げてみると穴だらけだったので、どうしたものかとしばらくは頭をひねっていたが、せいぜい粗が目立たないようにしながらテーブルに広げた。

次に、これまた古くてボロボロながら、一応の清潔さを保っているナプキンを取り出すと、それでグラス、スプーン、皿をぬぐい、テーブルに並べた。

ブロガールが悪態をつきながらも支度するのを眺めていると、マルグリートの顔は思わずほころんだ。どうやらイギリス人の立派な体軀か、あるいはその拳《こぶし》が、自由に生まれついたフランス市民を圧倒したらしい。でなければこの男が、貴族の畜生のためにこんな面倒な真似をするはずがないのだから。

支度が――お粗末ながらに――整うと、ブロガールはいかにも満足そうな顔でテーブルを眺めた。あとはシャツの端で椅子のひとつからほこりを払い、スープ鍋をぐるりとかき回し、新しい焚き木の束を火にくべると、背を丸めながら部屋を出ていった。

マルグリートは物思いのなかに取り残された。藁《わら》の上に旅行用のマントを広げ、その上に座るとだいぶ快適に過ごすことができた。少なくとも藁は新しかったし、下のひどい悪臭も、上まではあまり届かなかった。

束の間とはいえ、幸せさえ感じた。ボロボロのカーテンの向こうに見えるのは、ガタのきた椅子、破れたテーブルクロス、グラス、皿、スプーンだけだ。だとしても、その物言わぬガラクタたちが、ぼくたちはパーシーを待っているんだよと訴えかけているように思われた。もうあと、ほんの少ししたら、あの人がここに現れる。この空っぽなむさ苦しい場所で、わたしたちはふたりきりになれるはず。

そう思うと天にも昇る気持ちになって、マルグリートは目を閉じると、ほかのすべてを頭から締め出そうとした。もう数分もしたら、あの人とふたりきりになれる。階段を駆け下りて、この姿を現そう。彼の腕に抱き締めてもらいながら、心のうちをさらけ出すのよ。喜んで、あなたのために、あなたとともに死ぬつもりでいると。それ以上の喜びなど、この世には存在しないのだから。

そのあとはどうなるのだろう？　マルグリートには想像すらできなかった。もちろん、アンドリューの言葉が正しいのはわかっていた。パーシーはフランスに来た目的を果たすために、できるかぎりのことをするはずだ。彼女は——こうして来てはみたものの——ショーヴランの追っ手が迫っていると警告する以外には、何ひとつできはしない。警告だけしたら、あとは無謀極まりない危険な使命へと向かうパーシーを、黙って見送るしかないだろう。彼を止めるようなことはおろか、そんな気持ちを顔に出すことさえしてはいけない。彼が何を言うにせよ、彼女はその指示に従い、おそらくは自分を押し殺すようにしながら、死の道へと進んだパーシーを、筆舌に尽くしがたい苦悶のなかでひたすら待ち続けることになるのだろう。

それでさえ、自分の強い思いを彼に告げられずに終わるかもしれないという恐怖に比べればまだましだった。だがどうやら、その憂《う》き目だけは免れそうだ。このみすぼらしい部屋そのものがパーシーを待ちながら、もうすぐ来るよと告げているようだった。

異常に鋭くなっていたマルグリートの耳が、ふいに、遠くからの足音を聞きつけた。心臓が激しい喜びに高鳴った。とうとうパーシーが来たの？　違う！　歩幅が狭いし、足音にも力強さが足りない。それにはっきり二組の足音が聞き取れる。そうだわ！　やっぱり！　ふたりの男が近づいている。酒でも飲みにきたのか、それとも——。

それ以上の思いをめぐらせる余裕はなかった。有無を言わさぬようなノックの音がしたかと思うと、表から扉が乱暴に開き、がさつな声が命令口調で叫んだのだ。

「おい！　シトワイヤン・ブロガール！　いるのか！」

マルグリートにはやってきた男の姿こそ見えなかったが、カーテンの穴から、下の部屋の一部をのぞくことができた。

引きずるような足音がして、ブロガールが例の悪態とともに奥の部屋から現れた。だが客の姿を見るなり部屋の途中の、マルグリートの視界にも入る位置で足を止め、先客に応対したときに比べても、さらにあからさまな軽蔑を目に浮かべて「クソ坊主が！」とつぶやいた。

新客のひとりがブロガールにサッと近づくと、マルグリートは見開いた目をその男に据えたまま、それこそ心臓が止まりかけた。男は長衣《スータン》、つば広の帽子、バックルのついた靴という、いかにもフランスの聖職者らしいいでたちだったが、ブロガールに向き合うなり、ちらりと長衣の前を開けて、役人のつけるトリコロールのスカーフを見せたのだ。ブロガールの軽蔑的な態度が、一瞬にして、おどおどと卑屈なものに変わった。

この聖職者の姿を見て、マルグリートは全身の血が凍りついたかに思えた。つば広の帽子に隠れ、顔を確かめることはできなかった。けれど骨ばった薄い手、軽い猫背、あの歩き方！　ショーヴランだ！

あまりの恐ろしい状況に、マルグリートは殴られたような衝撃を受けた。圧倒的な失望感のなかで、これからどうなるのかと思うと、恐怖で頭がクラクラし、失神しないようにするには超人的な努力が必要だった。

「スープと、ワインを一本頼む」ショーヴランが偉そうに言った。「それが済んだら部屋を出ていくんだ――わかったな？　ひとりになりたい」

今度ばかりはブロガールも悪態をつくことなく、黙って命令に従った。ショーヴランが長身のイギリス人のために準備されていたテーブルにつくと、ブロガールはへこへこしながら、せわしなくスープをよそい、ワインを注いだ。ショーヴランと一緒に来た男は、戸口のそばに立ったまま控えており、マルグリートからは見えなかった。

ショーヴランから下がるようにぞんざいな合図を受けると、ブロガールは慌てて奥の部屋に引っ込んだ。それからショーヴランが、連れの男をそばに呼んだ。

マルグリートには、それがデガだとすぐにわかった。ショーヴランの秘書であり、腹心の部下でもある男で、マルグリートもパリにいたころに何度も見かけたことがあった。デガは部屋を横切ると、しばらくのあいだ、ブロガールの消えた部屋の扉に聞き耳を立てた。

「聞いていないか？」ショーヴランが愛想なく言った。

「大丈夫です、シトワイヤン」

その瞬間マルグリートは、ショーヴランがデガに、宿のなかをあらためるよう指示を出すのではないかと震え上がった。見つかったらどうなるのかは、恐ろしくて想像することもできなかった。だがありがたいことに、ショーヴランはスパイの心配をするよりも急いで話がしたいらしく、デガを自分のそばに呼び戻した。

「例のイギリスの帆船はどうした？」ショーヴランが言った。

「日没とともに行方がわからなくなりまして、シトワイヤン」デガが言った。「ですがその際、グリ＝ネ岬のほうに向かうのが確認されています」

「よし！――いいぞ！――」ショーヴランはつぶやいた。「それでジュトレー大尉は？――なんと言っているのかね？」

「すべて、あなたから先週届いた指示の通りに手配してあるそうです。それ以来、この場所につながる道という道には昼夜問わず巡回を行ない、海沿いの浜や崖は徹底的に調べたうえで、警備を敷いてあります」

「大尉は、例のブランシャール爺さんの小屋を知っているのか？」

「いいえ、シトワイヤン。そんな名前の小屋を知っている者はいませんでした。あのあたりには漁師小屋などいくらでもありまして――なかなか――」

「よかろう。それで今夜については？」ショーヴランがせいたように遮った。

「道路と浜辺の巡回はこれまで通りに行なわれます、シトワイヤン。ジュトレー大尉が、今後の指示を待っているところです」

「では、すぐに大尉のところへ行け。各処の巡回に増員するよう伝えろ。とくに海岸沿いだ

――わかったな?」

ショーヴランはそっけなく簡潔に話していた。マルグリートにはそのひと言ひと言が、大切な希望を潰す弔鐘の音《ね》に聞こえた。

「徒歩、騎馬、馬車を問わず、街道や浜辺を通る不審な者に対しては、厳重に警戒の目を光らせておくように。とくに背の高い男を見逃すな。どうせ変装をしているだろうから、これ以上の特徴を話す意味はない。だがあの長身だけは、背を丸めるくらいしかごまかしようがないからな。わかったか?」

「すべて了解です、シトワイヤン」デガが言った。

「怪しい男を見つけたら、そのままふたり組で見張りにつかせろ。いったん見つけたうえで男を見失うようなことがあれば、その怠慢は命でもって償ってもらう。また、そのふたり組のうちのひとりには、馬で急ぎ、わたしのところまで知らせに来させるように。わかったか?」

「承知しました、シトワイヤン」

「よし、では結構だ。いますぐジュトレーのところに行け。まずは巡回の補強をさせたうえで、ジュトレーから部下を六人分けてもらい、そいつらをここに連れてこい。十分もあれば戻れるだろう。行け――」

デガは敬礼をしてから出ていった。

マルグリートは恐怖で気分が悪くなった。ショーヴランによる部下への指示を聞いたことで、恐ろしいまでにはっきりと、紅はこべ逮捕計画の全容が見えたのだ。ショーヴランは、亡命者たちが不安を抱くことなく隠れ家で待ち続け、そこへパーシーが合流することを望んでいる。そのうえで大胆な策士を取り囲み、共和国政府にとっての叛逆者である王党派たちの救出幇助《ほうじょ》をしたというので、現行犯逮捕しようというのだ。そうなったら最後、逮捕の噂が外国に流れたところで、イギリス政府でさえ合法的に抗議することは不可能だった。フランス政府の敵と共謀した以上、フランスには、その男を死刑に処する権利があるのだから。

パーシーと亡命者たちには、もはや脱出経路が失われていた。すべての道が巡回によって見張られているのだ。張られた罠は見事だった。いまはまだ大きく広げられている罠の網は、少しずつ引き絞られていき、最後には、紅はこべがいかに超人的な策士であろうとも、その目から逃れられないようにからめとってしまうだろう。

デガは出かけようとしたが、そこでショーヴランに呼び止められた。マルグリートはぼんやりと思った。すでに大勢を動員していながら、ひとりきりの勇敢な男を罠にはめるために、いったいこれ以上、どんな悪魔的な手を打とうというのかしら。ショーヴランがデガのほうに顔を上げたとき、つばの広い聖職者用の帽子の下から、かろうじて顔が見えた。そのほっそりした青白い顔と薄黄色の小さな目には、すさまじいまでの憎しみと凶悪な敵意がありありと浮かんでいた。この男には慈悲の心などありはしない。そう思いながらマルグリートは、胸のなかに残っていた最後の希望が消えるのを感じた。

「忘れていたよ」ショーヴランが不気味な声でクックと笑った。残忍な喜びに、骨ばったかぎ爪のような手をもみ合わせながら。「その大柄なよそ者は抵抗を試みるかもしれん。なんにしろ銃は使うな。どうしようもないときの、最後の手段だと考えるように。わたしはその男を生きたまま捕らえたいのだ——可能なかぎりはな」

ショーヴランは笑った。ダンテが描写した、地獄の拷問を眺めながら笑う悪魔のように。

マルグリートは、人間の心が抱きうるすべての恐怖と苦悶を味わったつもりでいた。だがデガが出ていき、むさ苦しい部屋に悪魔めいた男とふたりきりで取り残されてみると、その恐怖たるや、これまでの比ではなかった。ショーヴランは勝利の予感に手をもみ合わせながら、しばらくはひとりで笑い続けていた。

計画は完璧だった。失敗するはずがない！　相手がどんなに大胆な策士であれ、そもそも抜け穴がないのだから。すべての道には警備が敷かれ、すべての角が見張られている。海沿いのどこかにひっそりと立つ小屋では、亡命者の一団が救いを待ちながら、自分たちの救世主を死へと導くことになるだろう。いや！　単なる死などでは済まないはず。なにしろ聖職者になりすましているこの悪魔は、勇敢な紅はこべを任務の途中で果てる兵士として、ひと思いに死なせてやるような情けなど持ち合わせてはいないのだから。

ショーヴランは何よりも、これまでにさんざん自分を愚弄《ぐろう》してきた狡猾《こうかつ》な敵を捕らえ、意のままにしてあざ笑いたいのだ。紅はこべの破滅を味わい、純粋な憎しみだけが思いつけるかぎりの精神的な拷問を与え、心をへし折ってやりたいのだ。勇敢な鷲が捕らえられ、高貴な翼を切り落とされたうえで、ネズミにかじり殺される運命に落ちようとしていた。にもかかわらずマルグリートは、パーシーを愛する妻は、自分の手で彼にこの運命をもたらしたあげくに、何ひとつできずにいるのだった。

マルグリートは思った。わたしには何もできない。いまの望みはパーシーのそばで死ぬことだけ。その束の間のひと時に、自分の愛を打ち明けよう——全身全霊で、心の底から、情熱的に——あなただけを愛していると。

テーブルのそばに座っていたショーヴランが帽子を脱いで、粗末な食事の上にかがみ込むと、マルグリートにもその細い横顔と尖った顎が見えた。ショーヴランは満足しきっており、落ち着き払った様子でこれからの展開を待ち受けていた。ブロガールのまずい料理でさえ楽しんでいるようだ。ひとりの人間が、誰かをここまで憎めるものかと、マルグリートには驚きでさえあった。

ショーヴランを見つめながらも、マルグリートの耳が、ふと、物音を捉えた。そのまま心臓が、ハッと石のようにこわばった。決して誰かを怯えさせるような音ではなかった。なにしろ陽気な歌声だったのだから。そのみずみずしく高らかな声が歌っているのは、イギリス国歌〈国王陛下万歳〉だった。

第25章　鷲と狐

マルグリートは息を呑んだ。その歌声を聞きながら、自分の時がピタリと止まったかに思えた。歌い手は、間違いなくパーシーだ。ショーヴランも歌声に気づいてサッと入口に目をやると、慌てて帽子を取り、頭に載せた。

歌声が近づいてくる。マルグリートはとっさに、階段を駆け下りて部屋を走り、どんな犠牲を払ってでもあの歌をやめさせたいという強烈な衝動に駆られた。陽気な歌い手にすがりついて——手遅れになる前に、どうか逃げてと伝えたい。だがその衝動を、ぎりぎりのところで押しとどめた。そんなことをしても、入口にたどり着く前にショーヴランに止められるだけだ。さらには、呼べば届くところに部下を待機させている可能性も捨てきれない。性急なことをすれば、命に代えても救いたい人に対して、死の引き金を引くことにもなりかねなかった。

「御代《みよ》の永《なが》からんことを、神よ国王を守りたまえ！」

歌声はますます力強くなった。次の瞬間、扉が勢いよく開いたかと思うと、しばらくはまったくの静寂に包まれた。

マルグリートの位置からは入口が見えないため、息を止め、状況を想像するしかなかった。パーシー・ブレイクニーは、もちろん入ってくるなり、テーブルに向かっている聖職者に気がついた。ほんの五秒ほどのためらいがあったのちに、部屋を横切る背の高い姿がマルグリートの目に飛び込んできた。パーシーは陽気に声を張り上げた。

「やあ、おい！　誰もいないのかい？　ブロガールの間抜けはどうしたんだ？」

パーシーはじつに華麗な上衣《コート》に、乗馬服を合わせていた。もうだいぶ前に、マルグリートがリッチモンドで見送ったときと変わらぬいでたちだ。その装いには、いつも通り一分の隙もなかった。首元と袖口にあしらわれた上質なメクリンレースは、真っ白で汚れひとつない。金髪は丁寧《ていねい》にとかしつけられ、独特の気取った仕草で片眼鏡を手にしている。これぞサー・パーシー・ブレイクニー準男爵といった姿ではあるが、それはこれから皇太子のガーデンパーティにでも出かけるかのようで、最悪の敵によって仕組まれた罠に向かい、自ら悠々と突っ込んでいく人のものにはとても見えなかった。

パーシーが部屋の中央で立ち止まった。マルグリートは恐怖で完全に固まっており、息をすることさえできなかった。

いまにもショーヴランが合図を出して、兵士が押し寄せるのではないかと不安でたまらなかった。そうなったら駆け下りて、彼が命を散らすところに心をこめて寄り添おう。パーシーがおっとりと、何も知らずに立っているのを見つめながら、マルグリートは危うく叫びかけた。

「逃げて、パーシー！――そこにいるのは恐ろしい敵よ！――手遅れになる前に逃げて！」

だがその余裕はなかった。パーシーが静かにテーブルに近づくと、聖職者の背中を陽気にポンと叩きながら、例の物憂《ものう》げな気取った口調で話しかけたのだ。

「これはこれは！――えー――ムッシュ・ショーヴラン――まさか、こんなところでお会いできるとは」

スープを口に運んでいたショーヴランは、そこで思い切りむせてしまった。顔を紫に染め、激しく咳を繰り返すことで、狡猾《こうかつ》な外交官は、これ以上ない驚愕の色をなんとか隠すことができたのだった。ショーヴランにしてみれば、まさか敵が、ここまで大胆な行動に出るとはまったく予測していなかった。あまりといえばあまりの厚かましさに、一瞬、完全に虚をつかれてしまったのだ。

ショーヴランも、兵士に宿を張らせるという予防措置までは講じていなかったようだ。パーシーであれば当然それは見抜いていただろうし、その才覚で、この予期せぬ対面を自分の有利に変えてしまう方法もすでに考えているはずだった。

マルグリートは屋根裏部屋に座ったまま、身動きもしなかった。アンドリューにも、ほかの人がいる前では夫に話しかけないと固く約束をしたのだ。無分別に姿をさらし、衝動的に動いて夫の計画を台無しにするようなことはしないだけの、充分な自制心も持ち合わせていた。じっと座ったまま、ふたりの対面を見ているだけというのは、忍耐力を試される大変な試練だった。マルグリートは、ショーヴランがすべての道を対象に巡回の指示を出したのを知っている。いまパーシーが灰猫館を出れば――どの方角に向かおうと――そう遠くまでいかないうちに、巡回しているジュトレー大尉の部下に見つかってしまうだろう。だがとどまれば、間もなくデガがショーヴランの言いつけに従い、六人の兵士を連れて戻るはずだった。

罠は迫りつつあるのに、マルグリートには見守り、考えることしかできなかった。奇妙までに対照的なふたりのうちで、わずかとはいえ、恐れを見せているのはショーヴランのほうだった。マルグリートも、その胸のうちを読めるくらいにはショーヴランを知っていた。自分の身を案じているのではない。だがこの寂しい宿に、大柄な筋骨たくましい男とふたりきりなのだ。しかも相手が、どこまでも大胆で向こう見ずなのはわかっている。ショーヴランは、胸にある目的を達するためであれば、危険な対決をも辞さないはず。だが彼は、この鉄面皮なイギリス人が自分を叩きのめし、逃走の機会を増やすことを恐れているのだ。部下たちだけでは、紅はこべを捕らえることはできないだろう。それには強烈な憎しみを糧にした、狡猾な手と、抜け目のない頭が必要なのだと。

だが目下のところ、難敵の攻撃を恐れる必要はなさそうだった。パーシーはいかにも愚かしげに笑いながら、感じのいい、人のよさそうな態度で、真剣にショーヴランの背中をさすっていた。

「いやぁ、失礼した――」パーシーはほがらかに言った。「ほんとうに失礼――すっかり驚かせてしまったようで――しかもスープを飲んでいるときに――まったく、スープってのは始末が悪い――あー――そうそう！――友だちがひとり命をとられましてね――そのぉ――むせてしまったんですよ――きみとそっくりに――スープのひと口で」

それからパーシーは、おずおずと、人のよさそうな笑みを浮かべてショーヴランを見下ろした。

「それにしても！」パーシーは、ショーヴランの様子がいくらか落ち着いたのを見ながら続けた。「まったくひどい穴倉だな――そうは思いませんか？　さてと、失礼しますよ」パーシーは申し訳なさそうに言いながら、テーブルのそばにあった椅子のひとつに腰を下ろすと、スープの深皿を自分のほうに引き寄せた。「ブロガールの間抜けは、居眠りでもしているらしい」

テーブルにはもう一枚皿が置かれていた。パーシーは落ち着いた様子で皿にスープをよそうと、手酌でワインを注いだ。

マルグリートは、ショーヴランはどうするつもりなのだろうといぶかった。変装は見事だったから、咳をしていたときには、相手の言葉を否定し、聖職者のふりをし続けることも考えたはずだ。だがショーヴランは、見え見えの嘘をつくような子どもっぽい真似をするには頭が良過ぎた。マルグリートが見ていると、ショーヴランは手を差し出し、愛想よく言った。

「お会いできて光栄です、サー・パーシー。どうか失礼をお許しください――えー――てっきりあなたは、海峡の向こうにおられるものとばかり。驚いたあまりに、危うく息が止まるところでしたよ」

「おや！」パーシーが、にっこりと愛想よく笑った。「ほんとうに止まっていたじゃありませんか――えーっと――ムッシュ――ショーベルタン」

「失礼――ショーヴランです」

「これはこれは――大変失礼を。そう――ショーヴランでしたね――えーっと――ぼくはどうも、外国の方の名前がうまく覚えられなくて――」

パーシーは穏やかにスープを口に運んでいた。感じのいい、上機嫌な態度を崩さずに、まるでカレーまでわざわざやってきたのは、この汚らしい宿で、天敵と夕食を楽しむためだとでも言わんばかりに。

マルグリートはふと、どうしてパーシーは、あの小柄なフランス人を叩きのめしてしまわないのかしらと思った。だが同じような考えはパーシーの胸にも浮かんでいるらしく、とろんとした目が、いまではすっかり落ち着きを取り戻して静かにスープをすすっているショーヴランのほっそりした体を見ながら、時折チラチラと怪しく光っていた。

だが多くの大胆な作戦を組み立て、実行してきた鋭い頭脳であれば、先を見通し、不必要な危険をまねいたりはしない。なにしろ、ここにもスパイたちが張っているかもしれないのだ。宿のあるじでさえ、ショーヴランに飼われている可能性がある。ショーヴランが大声で叫べば、二十人もの男がパーシーを取り押さえにきてもおかしくはないのだ。そうなれば亡命者を救うことはおろか、警告を与えることさえできなくなってしまう。パーシーがそんな危険を冒すはずはなかった。なにしろこの地に来たのは彼らを救うため、フランスから安全に連れ出すためなのだ。名誉にかけてそう誓ってもいた。彼はなんとしても、自分の言葉を守ろうとするはずだった。パーシーは食事をし、おしゃべりをしながらも、考え、策を練っていた。いっぽう屋根裏部屋では、不安に憑かれた哀れな女が、どうしたらいいのかと頭を振り絞りながら、階段を駆け下りたい衝動と戦い、万が一夫の計画の妨げになってはと、動けぬままで苦しんでいた。

「それにしても」パーシーがほがらかに言った。「その――えーっと――聖職におつきとはね」

「それは――えー――ふむ――」ショーヴランは言葉につかえた。敵が厚かましくも落ち着き払っているために、かえっていつもの平静さを失っているようだった。

「ですがねぇ！　どこにいたって、ぼくにはあなただとわかりますよ」パーシーはまたワインを注ぎながら、穏やかに言った。「そのかつらと帽子のおかげで、少しは違って見えますが」

「そうですかね？」

「ハハ！　確かにかつらと帽子で見た目は変わりますが――でもねぇ――おっと！　こんなことを言って気を悪くされたかな？――まったくつまらないことを――気にされていないといいのですが」

「いやなに、そんなことは――コホン！　ところで奥様はお元気ですかな？」ショーヴランが話題を変えようと慌てて言った。

パーシーはゆっくりと時間をかけてスープを平らげ、ワインを飲んだ。その短いあいだに、マルグリートには、パーシーが部屋のなかをぐるりと一瞥したように見えた。「しごく元気ですよ。ありがとう」パーシーはようやく、そっけない声でこたえた。しばらくの沈黙が広がったが、マルグリートには、敵対するふたりの男の、腹の探り合いが目に見えるかのようだった。パーシーの座っている位置はマルグリートのうずくまっている場所から十メートルと離れていなかったので、顔も大体は見ることができた。マルグリートはどうすればいいのか、どう考えるべきなのか困惑していた。駆け下りて夫に姿を見せたいという気持ちは、いまではかなり制御ができていた。こんなときには自分の役柄を演じきれる人なのだ。気をつけるように警告する女の言葉など、必要なはずはない。

マルグリートはいま、すべての感じやすい女心を癒してやまない、愛する男を見つめるという贅沢《ぜいたく》にひたっていた。ボロ布のようなカーテンの向こうに、夫の整った顔が見える。とろんとした青い瞳と、愚かしい笑みの奥に、いまでははっきりと、紅はこべとして同志たちの崇拝と信頼を集めている男の、強靭《きょうじん》な精神、胆力、才覚を見て取ることができた。パーシーのためであれば、「我々十九人の同志には、命を投げ出す覚悟ができている」と、アンドリューは言っていた。いまマルグリートは、パーシーの、生え際こそ低いけれど四角く秀でた額、強い光を宿した青い瞳、彫りの深い目を見つめながら、不屈の力を宿した男の姿だと思った。パーシーは完璧に喜劇役者を演じながら、その陰に、超人的な力と意志、驚くべき才覚を隠していたのだ。彼が仲間を魅了しているのも不思議ではない。なにしろ彼は、いまやマルグリートの心と想像力にも呪文をかけてしまったのだから。

ショーヴランはお得意の慇懃《いんぎん》な態度の下に苛立ちを隠しながら、ちらっと時計に目をやった。デガはもうすぐ戻るはず。あと二分か、三分か。そうなれば、この鉄面皮なイギリス人を、ジュトレー大尉の精鋭六人の手で確保することができるだろう。

「パリへ行かれるのですか、サー・パーシー?」ショーヴランはさりげなくたずねた。

「いやいや、まさか」パーシーは笑いながら言った。「せいぜいリールまでですよ――パリはどうも――いまは、ひどく居心地が悪いですからね――えー、ムッシュ・ショーベルタン――おっと失敬――ショーヴラン!」

「あなたのようなイギリスの方にとってはそうでしょうな、サー・パーシー」ショーヴランは皮肉っぽく言った。「あそこで巻き起こっている闘争には、なんの興味もないのでしょうから」

「そうそう！　ぼくにはなんの関係もないことだし、我が国の愚かな政府も、あなた方の味方についているようだから。なにしろあの老いぼれのピットには、アヒルを追い払うことさえできやしない。お急ぎのようですね」パーシーは、ショーヴランがまたもや時計を取り出したのを見て言った。「お約束でもあるのでしょう――どうぞお気遣いなく――こちらも勝手にやりますから」

パーシーは立ち上がると、椅子を炉端に寄せた。マルグリートは、またしても夫のそばに行きたい衝動に強く駆られた。もう時間がない。デガがいまにも味方を引き連れて戻ってくる。パーシーはそれを知らない――ああ！　なんて恐ろしい。おまけにわたしは、なんて無力なのかしら。

「ぼくのほうは急いでいないので」パーシーが感じよく言った。「それにしても、いやはや！　こんなひどい穴倉で、これ以上過ごすのはごめんだな！　ところが、おや！」パーシーは、ショーヴランがこれで三度目になるが、こっそり時計に目をやるのを見咎めた。「いくら時計に目をやったところで、時間は早く進みませんよ。お友だちでも待っているのかな？」

「ええ――友人をひとり！」

「まさかご婦人ではないでしょうね――神父様」パーシーは笑った。「そんなことは教会が許しませんよ――ねえ――まったく！　ところで、火のそばに来ませんか――寒くなってきましたから」

パーシーが長靴《ちょうか》のかかとで火を蹴ると、古びた暖炉のなかで薪が燃え上がった。その姿に急いでいる様子はなく、迫りつつある危険にもまったく気づいてはいないようだ。パーシーが椅子をもうひとつ暖炉のそばに引き寄せると、ショーヴランはもはや苛立ちを隠すことができない様子で、入口の見える角度を取りながら暖炉のそばに腰を下ろした。デガが出ていってから十五分近くがたっていた。いまやショーヴランは逃亡者を利用する計画を捨てて、デガが現れたらその場で紅はこべを捕らえるつもりでいるのだ。マルグリートにはそれがよくわかるだけに、胸がじりじりと締めつけられた。

「ところで、ムッシュ・ショーヴラン」パーシーが軽い口調で言った。「ご友人は、おそらくきれいな方なんでしょうね？　フランスの可愛い女性には、ときどき、とびきり素敵なのがいますから――どうなんです？　だが、聞くまでもないかな」パーシーはさりげなくテーブルのほうに戻った。「その手の趣味にかけては、教会の方々が周りにおくれを取ったことなどないはずだから――違いますか？」

だがショーヴランは聞いていなかった。もうすぐデガが現れるはずの扉に、全神経を集中させていた。マルグリートの意識もやはりそこにあった。というのも、夜の静けさのなかから、ふと、いくつもの靴が足並みをそろえて近づいている音が聞こえてきたのだ。

デガが兵士を連れてきたのだ。あと三分もすれば到着する！　三分ののちには、何か恐ろしいことが起こるだろう。勇敢な鷲が、イタチの罠に落ちてしまう！　マルグリートはいまこそ立ち上がって叫びたいと思ったけれど、自分を抑えた。そうして兵士の近づいてくる音を聞きながら、パーシーに目を据え、その一挙一動を見守り続けた。彼は夕食の残り物、皿、グラス、スプーン、塩と胡椒の入れ物で散らかったテーブルのそばに立っていた。ショーヴランには背を向けて、例の気取った愚かしい口調でベラベラしゃべり続けながら。と、ポケットから嗅ぎ煙草入れを取り出して、素早く、胡椒入れの中身をその中に空けた。

パーシーは間の抜けた声で笑いながら、ショーヴランのほうを振り返った。

「え？　何か言われましたか？」

ショーヴランは近づいてくる足音に集中するあまり、敵の狡猾な動きには気づかなかった。そして勝利を確信しながらも無関心を装い、もう一度、気を引き締め直した。「いや」ショーヴランはすぐにこたえた。「つまり――そちらこそ何かおっしゃっていたのでは、サー・パーシー――？」

「ああ、それなら」パーシーは、火のそばにいるショーヴランに近づいた。「ピカデリーにいるユダヤ人から、これまでで一番上等な嗅ぎ煙草を手に入れたという話をしていたんですよ。試してみませんか、神父様」

パーシーが例の無頓着な、いかにも人のよい態度で、天敵に向かい、嗅ぎ煙草入れを差し出した。

ショーヴランは、前にマルグリートにも言っていたように、これまでの人生でトリックのひとつやふたつは学んでいたが、これぱかりは想像もしていなかった。片耳を近づいてくる足音に、片目をデガと兵士が現れるはずの扉に集中させていた彼は、厚かましいイギリス人の快活な態度に惑わされて安心しきり、まさか罠を仕掛けられるとは夢にも思っていなかったのだ。

ショーヴランは嗅ぎ煙草をひとつまみし、吸った。

胡椒をあやまって思い切り吸い込んだことのある人でなければ、少量の胡椒がどれほどの壊滅的な作用を人体にもたらすか、想像することもできないだろう。

ショーヴランは頭が爆発するのではと思った。くしゃみが次々に出て、ほとんど息ができなかった。しばらくは目も耳も口もきかなくなった。そのあいだに、パーシーはそっと、露ほども急ぐことなく、帽子を手に取り、ポケットからいくらかの金を出してテーブルに置くと、大またで悠々と部屋を出ていったのだ！

第26章　ユダヤ人

マルグリートは頭のなかが混乱したまま、自分を取り戻すまでにしばらく時間がかかった。先ほどの短い顚末《てんまつ》には一分とかからなかったので、デガと兵士たちは、まだ宿から二百メートルほど離れた場所にいた。

事の次第が呑み込めてくると、喜びと驚きの混じり合った奇妙な感情がマルグリートの胸を満たした。すべてがじつに巧妙で独創的だった。ショーヴランは依然、動けずにいた。殴り倒されたほうがましだっただろう。なにしろ狡猾《こうかつ》な敵が自分の指の隙間からするりと静かに逃げ出そうというときに、見ることも、聞くことも、口をきくこともできなかったのだから。

パーシーは去った。このあとは間違いなく、ブランシャール爺さんの小屋に向かい、亡命者たちと合流しようとするはずだ。確かに、いまのショーヴランにはなすすべもない。いまここで、デガの連れてきた兵士が大胆な紅はこべを捕らえる可能性は消えた。だがすべての道と浜辺において巡回が行なわれている。あらゆる場所に見張りが置かれ、怪しい者に対して目を光らせている。いったいパーシーが、あの派手な恰好で、見つかることも尾行されるともなく、どこまで行けるというのだろう？　どうしてすぐに下りていかなかったのかと、マルグリートは後悔した。彼には警告と、それからおそらくは、わたしの愛の言葉が必要だったはずなのに。パーシーには、ショーヴランが彼を狙い、どのような指示を出したのか知りようもないのだ。こうしているあいだにも、ひょっとしたら――。

だがこういった恐ろしい思いが頭のなかでしっかりと形を成す前に、表の、入口に近い場所から武器のガチャガチャいう音が聞こえ、デガが「止まれ！」と叫んだ。

ショーヴランは少しずつ回復していた。ひどいくしゃみも収まりはじめ、なんとか立ち上がろうとしている。デガが外側からノックしたときには、どうにか扉までたどり着くことができた。

ショーヴランは勢いよく扉を開けると、デガには口を開く間さえ与えず、くしゃみの合間に、つかえながらも言葉を絞り出した。

「背の高い男を――急げ！――誰か目にしなかったか？」

「どこででしょう、シトワイヤン？」デガが驚きながら言った。

「ここでだ！　あの扉から出ていった！　五分とたっていない」

「何も見かけませんでした、シトワイヤン！　月がまだ出ていませんし――」

「おまえは五分遅かったんだ、同志よ」ショーヴランの声には怒りがたぎっていた。

「シトワイヤン――わたしは――」

「おまえは指示通りに動いただけだ」ショーヴランがいらいらしく言った。「それはわかっている。だが、貴重な時間をかけ過ぎたな。幸い、たいした損害は出ていない。でなければ、おまえは大変なことになっていただろう、シトワイヤン・デガ」

デガの顔がわずかに青ざめた。上司の全身からにじみ出ている、怒りと憎しみを感じながら。

「その背の高いよそ者は、シトワイヤン――」デガは言葉につかえた。

「ここ、この部屋に、五分前までいて、そのテーブルで食事をしていたのだ。なんという厚かましさだ！　もちろんわたしは、ひとりであの男と渡り合うわけにはいかなかった。ブロガールは図体がデカいだけの木偶《でく》の坊だし、あの呪われたイギリス人には、若い牡牛ばりの力がありそうだからな。そしてやつは、おまえの鼻先からまんまと逃げ出したというわけだ」

「見つからずに遠くまで行けるわけがありません、シトワイヤン」

「ん？」

「ジュトレー大尉は巡回用の人員として、さらに四十名を送っています。そのうち二十名は浜辺に向かいました。見張りは休みなく、二十四時間体制で行なわれています。見つからずには浜辺に行くことも、船にたどり着くこともできないはずです」

「結構だ――兵士たちは、何をすればいいのかきちんと理解できているのか？」

「命令は単純明快です、シトワイヤン。新たに出発した者には、わたしが自分で言って聞かせましたので。怪しい者、とくに背の高い男、あるいは身長をごまかすために身をかがめている者を見つけたら――できるだけ隠密裡に――尾行をすることになっております」

「言うまでもないが、決して拘束してはならんぞ」ショーヴランが熱っぽく言った。「あの図太い紅はこべのやつは、下手に捕らえれば、まんまと逃げ出してしまう。やつが例の小屋に着くのを待って、そこで取り囲み、捕らえるのだ」

「みな、それも理解しております、シトワイヤン。また、長身の怪しい者を見つけ次第、そのあとをつけるようにしますが、うちのひとりは報告のため、あなたのもとに引き返すことになっています」

「よし」ショーヴランが満足そうに手をもみ合わせた。

「ほかにもご報告が、シトワイヤン」

「なんだ?」

「長身のイギリス人が、四十五分ほど前に、ルーベンというユダヤ人と話をしていたという情報がありまして。ここからすぐのところに住んでいる者です」

「ほう――それで?」ショーヴランがじれったそうにたずねた。

「イギリス人は、荷馬車を借りたいと言っていたとか。十一時までに準備する約束ができていたそうです」

「もう過ぎているではないか。そのルーベンの家はどこなんだ?」

「ここから歩いて数分のところに」

「誰かをやって、そのよそ者が、ルーベンの馬車で出発したのかどうか確認させろ」

「了解、シトワイヤン」

デガは兵士のひとりに必要な指示を与えにいった。マルグリートは、ショーヴランとデガの会話をすっかり聞き取っていた。そのひと言ひと言が、絶望と不吉な予感で彼女の胸を打ちのめした。

夫を救うのだと、大きな希望と固い決意を胸にここまでやってきたのに、これまでのところは何ひとつできていない。胸のつぶれそうな苦しみを味わいながら、勇敢な紅はこべの周りに、恐ろしい罠の網が着々と張られていくのを見ていることしかできないなんて。

パーシーにはもはや、彼をつけ狙い、おとしめようとしているスパイの目を逃れては、数歩を進むことさえできないだろう。マルグリートは自分の無力さを痛感し、恐ろしいほどの失望感に呑み込まれた。わずかであれ夫の役に立てる可能性は、いまや皆無だ。残された希望は、夫と運命を共にすることだけ。たとえそれがどんな最期を迎えるとしても。

その瞬間には、もう一度愛する人に会える見込みさえ、ほとんどないように思われた。それでもマルグリートは、夫の敵から離れるまいと心を決めた。ショーヴランから目を離さないでいるかぎり、パーシーの運命はまだわからないというような、ぼんやりとした希望が胸を満たしていた。

デガは、渋い顔で部屋のなかを歩き回っているショーヴランを置いて表に出ると、ルーベンを探しに送った兵士の帰りを待った。こうして数分が過ぎた。ショーヴランは焦燥にむしばまれていた。誰ひとり信頼することができないのだろう。紅はこべに大胆な罠を仕掛けられたことにより、彼自らが見張り、指示し、監督をしないかぎり、鉄面皮なイギリス人を取り逃がすのではないかという、成功への疑いが突如として目覚めたのだった。

五分もすると、デガが年配のユダヤ人を連れて戻ってきた。薄汚れたみすぼらしいギャバジン（長くゆったりした上着）は、肩のあたりが擦り切れ、脂《あぶら》じみている。ポーランド系ユダヤ人らしい髪型で、クルクルとねじった髪を顔の両側に垂らしているが、その赤毛にはかなり白いものが交じっていた。頬や顎など、顔全体がうっすらと汚れで覆われており、不潔なことといったら胸が悪くなるほどだ。体に染みついたような猫背は、自由と平等を信条とする世界の夜明けを前に、過去何世紀にもわたって卑下した態度を装ってきたその種族に共通のものだった。ユダヤ人はデガの後ろで足を引きずっていたが、その独特な歩き方も、今日《こんにち》にいたるまで、ヨーロッパ大陸のユダヤ商人の特徴として残っている。

ショーヴランはおおかたのフランス人同様、ユダヤ人に対しては侮蔑的な偏見を持っていたから、適切な距離を保つように身振りで示した。三人の男は吊り下げられたオイルランプの真下に立っており、マルグリートにもその姿がはっきりと見えた。

「この男なのか？」ショーヴランが言った。

「いいえ、シトワイヤン」デガが言った。「ルーベンは見つかりませんでした。おそらくそのよそ者は、やつの荷馬車で出発したのでしょう。ですがこの男が、何かを知っているようでして。心づけをもらえるのであれば話してもいいと」

「ほう！」ショーヴランは嫌悪の色を浮かべ、厭うべき人間の見本のような男から顔を背けた。

男はいかにもユダヤ人らしい忍耐強そうなへりくだった態度で、節ばった杖にもたれながらかたわらに立っていた。脂じみたつば広の帽子が、薄汚れた顔に大きな影を落としている。彼はそうして、高貴な閣下からの御下問を待っているのだった。

「ここにいる部下によると」ショーヴランが横柄な口調で言った。「わたしの友人について何かを知っているそうではないか。友人は長身のイギリス人で、わたしとしてはなんとかして会いたいのだが――こらっ、そばへ寄るな！」ショーヴランは、ユダヤ人がいそいそと前に踏み出したのを見ると、慌てて付け加えた。

「へえ、閣下」ユダヤ人の口調には、東方の出の人に特徴的ななまりがあった。「あっしとルーベン・ゴールドスタンは、今日の夕べ、すぐそこの道っぱたで、ノッポのイギリス人に会いやしたんで」

「その男と話はしたのか？」

「向こうから話しかけてきましてね、閣下。今夜、サン・マルタン街道を走って、目的地まで行ける荷馬車を借りられないかと言うんでさ」

「それでおまえはなんと？」

「あっしはなんも」ユダヤ人は気分を害したような口調になった。「ルーベン・ゴールドスタンめ。あのいまいましい裏切者、堕天使ベリアルの息子めが――」

「簡潔に頼む」ショーヴランがぞんざいに言った。「続けてくれ」

「あいつがあっしの台詞を横取りしたんで、閣下。金持ちのイギリス人にどこかまで行く馬なり荷馬車なり、入り用なものを用立てるつもりが、ルーベンのやつが、すでにやつの痩せ馬とおんぼろの荷馬車を申し出てましてて」

「それで、イギリス人はどうしたんだ？」

「ルーベン・ゴールドスタンに耳を貸したんでございますよ、閣下。ポケットからひとつかみの金貨を取り出すと、それをあの蠅の王《ベルゼブブ》の子孫に見せて、十一時までに荷馬車を用意してくれれば、これをみんなやろうと言ったんでさ」

「それで、当然、その荷馬車は準備されたわけだな？」

「はん！　お粗末なこってすな。なにしろ閣下、ルーベンの駄馬ときたら、まともに歩くこともできないんでさ。最初はピクリともしなかったがね。たっぷり蹴りを食らわせてから、ようやく歩きはじめた次第で」ユダヤ人がクックと意地悪く笑った。

「それで、荷馬車は出発したのか？」

「ええ、五分ばかり前に。あの方の愚かなのにはあきれますな。イギリス人ときたら！――ルーベンの駄馬がまともに走れねぇことくらい気づいたっていいはずなんだが」

「だが、ほかにはどうしようもなかったのでは？」

「なかったですと、閣下？」ユダヤ人が耳障りな声で言った。「あっしは十回も繰り返したんですがね。ルーベンの痩せ馬なんかよりも、あっしの荷馬車のほうが速くて快適だと。ところが聞く耳を持ちゃしない。ルーベンのやつはとんだ嘘つきで、つくづく口がうまいもんだから。それで、あのだんなもだまされちまった。もし急いでいるんなら、せっかくの金は、あっしの荷馬車に使うべきだったんだがね」

「では、おまえも荷馬車を持っているのか？」ショーヴランが横柄にたずねた。

「へえ！　持っておりますとも、閣下。もし閣下がお使いになりたいのであれば――」

「それで、わたしの友人が、ルーベン・ゴールドスタンの荷馬車でどこに向かったのかは知っているのかね？」

ユダヤ人は薄汚れた顎を撫でながら考え込んだ。マルグリートの心臓は激しい鼓動に張り裂けそうだった。ショーヴランの横柄な質問もすっかり聞き取れていた。マルグリートは不安そうにユダヤ人を見つめたが、帽子のつばの陰になって、その表情は読み取れなかった。どういうわけか、ユダヤ人の薄汚れたひょろ長い手に、パーシーの運命が握られているような気がしたのだ。

長い間があった。ショーヴランは苛立ちに顔をしかめながら、前かがみになったユダヤ人をにらみつけていた。ようやくユダヤ人は、たっぷりした胸ポケットにゆっくりと手を入れて銀貨を何枚か取り出すと、それを考え込むように見つめてから静かな声で言った。

「これは、ノッポのだんなからいただいたもんです。ルーベンと一緒に出かけるときに、自分についてはー切口外しないでもらいたいと」

ショーヴランは苛立った様子で肩をすくめた。

「いくらあるんだ?」ショーヴランは言った。

「二十フランでさ、閣下」ユダヤ人は言った。「それにあっしは、生まれてこの方、正直な男で通しているんで」

ショーヴランは何も言わずにポケットから金貨を数枚取り出すと、手のひらに載せ、差し出しながらチャリチャリと鳴らした。

「この手のひらには金貨が何枚あるだろうな?」ショーヴランは穏やかに言った。

その感じのいい、物柔らかな態度を見れば、相手を怖がらせるのではなく、丸め込もうとしているのがわかった。ギロチンをちらつかせて脅すような無理強いをすれば、老いぼれは頭が混乱して取り乱すかもしれない。死の恐怖よりも欲の深さを利用したほうが、この老人には有効と判断したのだ。

ユダヤ人は、相手の手の上の金貨にサッと鋭い視線を投げた。

「少なくとも五枚はあるかと、閣下」ユダヤ人がへつらうように言った。

「おまえの正直な舌をゆるめるのには充分かね？」

「閣下は何をお知りになりたいので？」

「おまえの荷馬車で、ルーベン・ゴールドスタンの馬車で出発した、背の高い友人のいる場所へ行けるかどうかだ」

「どこへでも、好きなところへお連れしやしょう」

「ブランシャール爺さんの小屋、と呼ばれている場所へはどうだ？」

「では、ご存じだったので？」ユダヤ人は驚いたように言った。

「小屋の場所を知っているのか？　どの道で向かうんだ？」

「サン・マルタン街道でさ、閣下。最後は小道に入って、崖のほうに向かうんで」

「その道を知っているのか？」ショーヴランが荒っぽく繰り返した。

「石ころや草の葉まで熟知していますとも、閣下」ユダヤ人が静かにこたえた。

ショーヴランはそれ以上何も言わずに、金貨を一枚ずつ投げた。ユダヤ人は四つん這いになり、夢中になって金貨を集めて回った。とくに戸棚の下に転がり込んだ一枚には、ひときわ苦労していた。ショーヴランはユダヤ人が床を這い、金貨を集めるのを待った。

ユダヤ人が立ち上がると、ショーヴランは言った。

「荷馬車はどれくらいで準備できる？」

「もうできてまさ、閣下」

「どこに?」

「そこのドアから十メートルと離れていないところに。ご覧になりますか?」

「その必要はない。どこまで案内してもらえるんだ?」

「ブランシャール爺さんの小屋まで。つーことは、ルーベンの駄馬がご友人を連れていった場所より、もっと先ということですな。なにしろ十キロと行かないうちに、あのずる賢いルーベンが、駄馬やノッポのだんなと一緒に、道の真ん中で立ち往生してるところをご覧になれるでしょうから」

「ここから最寄りの村までの距離は?」

「イギリスのだんなが取った道を行った場合、ミクロンが一番近い村で、十キロとはありません」

「つまり、さらに遠くに行きたい場合は、そこで乗り物を替えられるわけだ」

「へえ——そこまでたどり着ければの話ですが」

「おまえは行けるのか?」

「試してみますか?」ユダヤ人があっさりと言った。

「そのつもりだ」ショーヴランはあくまでも静かな声で言った。「だが忘れるなよ。もしもわたしをだましたら、兵士のなかでも腕っぷしの強い者を選んで、そのみじめったらしい体が息をすることを思い出せなくなるまで、たっぷりぶちのめしてやるからな。だがもしも、道の途中かブランシャール爺さんの小屋でイギリスの友人を見つけることができたら、もう十枚金貨をくれてやろう。それでどうだ？」

ユダヤ人は考え込むように顎を撫でた。手のなかの金を見つめてから話し相手の厳めしい顔に目を移し、それからショーヴランの後ろに黙って控えているデガのほうに目をやった。そしてしばらくの間のあとに、ゆっくりと言った。

「お受けしましょう」

「では、表で待て」ショーヴランが言った。「取引を忘れるなよ。さもないと、こちらは必ず言った通りにするからな」

最後に卑屈極まりないお辞儀をしてから、ユダヤ人の老いぼれは足を引き引き部屋を出ていった。ショーヴランはやり取りに満足したようで、例の、悪意が満たされたときに出る、手をもみ合わせる仕草をした。

「上着と長靴《ちょうか》を」ショーヴランは、ようやくデガにそう声をかけた。

デガは扉に近づくと、そこで何かしら必要な指示を出したらしく、兵士がひとり、ショーヴランの上着と長靴と帽子を手に入ってきた。

ショーヴランが聖職者の服を脱ぐと、下にはぴったりしたズボンと布のベストをつけており、そこからそのまま着替えを続けた。

「ところでおまえは、シトワイヤン」ショーヴランがデガに声をかけた。「ジュトレー大尉のところにできるだけ早く戻って、もう十二人、兵士を都合してもらってくれ。その連中を引き連れて、サン・マルタン街道に向かえ。すぐに、わたしの乗っているユダヤ人の荷馬車に追いつけるはずだ。そのあとは、わたしの読みに間違いがなければ、例の小屋を舞台にした大仕事が待っている。獲物を追い詰めるのだ。これは賭けてもいいが、あの鉄面皮な紅はこべは、大胆なのか――それとも愚かなのか――もともとの計画をなんとしてもやり遂げようとするだろう。やつはいま、トゥルネーとサン・ジュストを含めた叛逆者どもに会おうと小屋に向かっている。あきらめる可能性も、頭をよぎりはしたのだがな。とにかく連中は見つかったが最後、死に物狂いで向かってくるはずだ。こちらも何人かは負傷するだろう。イギリスの王党派の連中は剣の腕が立つし、悪魔的な頭脳を持つ紅はこべのやつは、かなりの力がありそうだからな。だがこちらには、少なくとも五倍の人員がいる。おまえは兵士を連れて、サン・マルタン街道を走る荷馬車のすぐ後ろを、ミクロンまでついてこい。我々の前を行くイギリス人は、わざわざ後ろを振り返ってみることもないだろう」

的確な指示を次々と出しながら、ショーヴランは着替えを終えていた。聖職者の服は脇に置かれ、体にぴたりと合った、いつもの黒っぽい恰好に戻っている。最後に、帽子を手に取った。

「面白い囚人を、おまえの手に預けることになるだろうよ」ショーヴランはクックと笑いながら、いつにない親しげな仕草でデガの腕を取ると、扉のほうに近づいた。「すぐに殺すのではもったいないではないか、なあ、デガよ。例の小屋は――わたしの見立て通りなら――浜辺にポツリと立っているはず。せっかくなら我々の兵士たちには、傷ついた狐を相手にした荒っぽいスポーツを楽しませてやろうじゃないか。人選をしっかり頼むぞ、デガ――その手のお遊びが好きな連中は知っているだろ、え？　紅はこべには少しばかり――そう、なんだ？――怖い思いをさせ、震え上がらせてやろうじゃないか――そのあとで――」ショーヴランはそこで印象的なジェスチャーをして見せた。その邪悪な低い笑い声に、マルグリートは恐怖で気分が悪くなった。

「人選をしっかり頼むぞ、シトワイヤン・デガ」ショーヴランはそう繰り返してから、腹心を連れて、ようやく宿を出ていった。

第27章　追　跡

マルグリートは一瞬たりとも迷わなかった。灰猫館の外では、最後の物音も夜のなかに消えていた。その前にはデガが兵士に指示を出し、十二人の増員を求めて駐屯所に向かう音も聞き取っていた。狡猾《こうかつ》なイギリス人ひとりを捕らえるのに、六人の兵士でもまだ足りないらしい。彼の武勇や力よりも、むしろ創意にあふれる頭脳のほうが危険とみなされたのだ。

それから数分もすると、駄馬に向かって怒鳴るユダヤ人のしゃがれ声が聞こえてきて、そのあとにおんぼろ馬車がゴトゴトとデコボコ道を走り出す音が続いた。

宿のなかは静まり返っていた。ブロガール夫妻はショーヴランを恐れているのか、気配さえ消していた。忘れ去られ、気づかれずにいればそれが一番と思っているようで、例の銃撃のような悪態さえも聞こえてはこなかった。

マルグリートはさらに少しだけ待ってから、朽ちかけた階段を忍び足で下りると、黒っぽいマントを体に巻きつけて、宿をこっそり抜け出した。

非常に暗い夜だったから、黒っぽい姿は闇に隠れたし、耳をそばだてていれば前を行く荷馬車の音もはっきりと聞こえた。あとは道に沿ってのびる溝の陰に潜んで進み、追いついてくるだろうデガの一行や、巡回中の兵士には見つからないことを祈るしかなかった。

こうしてマルグリートは、辛い旅の最後の行程をはじめた。夜のなかをひとりきりで歩きながら。ミクロンまでは十キロ程度。そこからさらに、どこにあるにせよ、運命を決める場所になるだろう小屋までの道も険しいものになるはずだが、そんなこともまったく気にはならなかった。

ユダヤ人の荷馬車はさほど速く進めないようで、マルグリートは心労と緊張で疲れ切っていたにもかかわらず、やすやすとついていけることに気がついた。起伏が多いこともあって、ろくに餌ももらえていないのだろう哀れな馬は、たびたび長い休息を取らないと前に進めないようだった。道は、海沿いからは少し離れた場所を通っており、両側にはわずかに葉をつけた低木や発育不良の木々が生えていた。どれも南向きによじれ、ところどころにうっすらと靄《もや》がかかっている。薄闇のなかにあると、風に絶え間なく吹き寄せられている木々の枝は、幽霊のゴワゴワした髪のように見えた。

ありがたいことに、月には雲間から顔をのぞかせる気がないようだった。道の端に沿って、低木のそばを離れないようにしているかぎり、マルグリートが見つかる心配はまずなさそうだ。どこまでも静かだった。かすかな海の音だけが、かなり離れた場所から、小さな長いうめき声のように響いている。

あたりにはツンとする潮の香りが満ちていた。悪臭のたちこめるむさ苦しい宿で身動きのできない状態を強いられたあとだったので、ほんとうならマルグリートには秋の宵《よい》の甘やかな香りや、かなたから響いてくる物憂《ものう》げな波の音を楽しむことができたかもしれない。遠くで間を置きながら鳴いている哀しげな甲高いカモメの声、通りの先から聞こえてくる車輪のきしみのほかには音のないような、この寂しい場所に広がる穏やかな静けさを、心から味わうことも。確かに彼女なら、人気《ひとけ》のない海岸沿いに広がるひんやりした大気や、平和な自然の広大さを愛しただろう。だがいまはあまりにも無慈悲な予感と、かけがえのない大切な人を焦がれる痛いほどの思いで胸がつぶれそうになっており、それを享受することができなかった。

草の茂る土手には足が滑った。道の中央に近いところを歩くのは危険だったが、ぬかるんだ土手を早足で進むのはやはりきつかった。同時に、荷馬車には近づき過ぎてもいけない。なにしろあたりが静かだったので、車輪の音を頼りにすれば、確実についていくことができたのだ。

ほんとうに寂しい場所だった。カレーの町に点々と灯るぼんやりした明かりもすっかり遠くなり、街道沿いには人の住んでいる気配もない。漁師や木こりの小屋でさえ、近くには見えなかった。右手のずっと先が崖になっており、ゴツゴツした浜辺へと落ちている。海は満ちつつあり、崖に砕ける波の音が、絶え間なく、遠くからのささやきのように聞こえてくる。そして前方では荷馬車が車輪の音を響かせながら、執念深い敵を勝利へと運んでいた。

マルグリートは思った。パーシーはいま、この寂しい浜辺のどこにいるのだろう。そう遠くにいるはずはない。なにしろ、ショーヴランに十五分とは先行していないのだから。パーシーはこの、涼やかな潮の香りの漂うフランスの一帯に、多くのスパイが潜んでいて大柄な男を探していること、パーシーを疑うことなく待っている友人のいる場所まで尾行したうえで、一行をまとめて罠にかけようというたくらみがあることに気づいているのだろうか。

ショーヴランは、ユダヤ人の馬車に激しく揺すぶられながらも、楽しい物思いで胸を温めていた。満足そうに手をもみ合わせているところを見ると、いかに神出鬼没、大胆不敵な紅はこべでも、自分の織り上げた網の目からは逃れられないはずと確信しているのだ。ユダヤ人の老いぼれは、ゆっくりとだが着々と暗い道に馬車を進めており、ショーヴランは時がたつほどに、謎めいた紅はこべの、胸躍る捕り物劇の大団円に向けて心がはやるのだった。大胆な策士の逮捕は、シトワイヤン・ショーヴランの栄光の花冠を彩《いろど》る、最高の花びらとなるだろう。フランス共和国の叛逆者に対する救出幇助《ほうじょ》の現場を押さえ、現行犯で逮捕すれば、自国イギリスに保護を求めることもできないはずだ。何はどうあれショーヴランは、どんな介入も手遅れになるように手配するつもりだった。

不幸な妻に知らず知らず夫を裏切らせたあげく、恐ろしい立場に追いやったことに対しても、良心の呵責などはかけらも感じていなかった。じつのところ、マルグリートのことなどもう頭にはなかったのだ。彼女は役に立つ道具に過ぎなかった。

ユダヤ人の痩せ馬は歩くのと変わらないような速さでゆっくりトコトコ走っては、たびたび長い休憩を取らないと進めなかった。

「ミクロンまではまだ遠いのか？」ショーヴランは時折そうたずねた。

「そう遠くはありませんで、閣下」ユダヤ人は、そのたびに静かにこたえた。

「我々の友人が立ち往生しているところには出くわさないようだが」ショーヴランが皮肉を言った。

「ご辛抱を、高貴な閣下」モーゼの子孫がこたえた。「連中は前を行っておりますよ。あの裏切者、アマレク人の息子の、荷馬車のわだちが見えますからな」

「道は確かなのか？」

「閣下のポケットに金貨が十枚入っているのと同じくらい確かでさ。それもじきに、あっしのものになりますでしょうが」

「わたしがノッポの友人と握手を交わしたら、金貨はすぐにおまえのものだ」

「しっ、いまのはなんだ？」ユダヤ人がふいに言った。

なるほど、静寂のなかに、ぬかるんだ道を駆ける蹄《ひづめ》の音が遠くから聞こえてきた。

「兵隊だ」ユダヤ人が、恐れおののいたようにささやいた。

「止まれ、わたしも音を確認したい」ショーヴランが言った。

マルグリートにも、早駆けする馬の近づいてくる音が聞こえた。デガの一行が後ろから追いついてくるだろうとは思っていたが、音は前方の、ミクロンのほうから近づいているようだった。マルグリートの姿は、暗闇が充分に隠してくれていた。そこで荷馬車が止まったことに気づくと、最大限の警戒をしながら、やわらかな道をそっと、音を立てずに少しだけ近づいた。

鼓動が速まり、手も脚も震えた。騎馬の兵士が持ってきた知らせには、すでに想像がついていた。「このあたりの道と浜辺で確認された怪しい者には、ことごとく尾行をつけ、なかでも背が高く、またそれをごまかすように背を丸めている者には注意せよ。またそのような者が見つかった場合には、ひとりが騎馬ですぐさま報告にくるように」それが前もってショーヴランの出した指示だったのだ。長身の怪しい男が見つかって、その重大な知らせが騎馬の使者によりもたらされたのだとすれば、追い込まれたウサギが、ついに輪縄にその首を絞められてしまうのだろうか?

マルグリートは荷馬車が止まったままでいるのに気づくと、闇に隠れながら、なんとか使者の言葉を聞き取ることができないものかとにじり寄った。

と、手短に相手を誰何《すいか》する声が聞こえてきた。

「自由、平等、友愛!」

それからショーヴランが簡潔にたずねた。

「知らせはなんだ?」

騎馬の男がふたり、荷馬車のそばで止まった。

マルグリートにも、夜空を背景にしたそのシルエットが見えた。彼らの声や馬の鼻息に加えて、背後の少し離れた場所から、一団の男たちが規則正しく近づいてくる足音が聞こえてきた。デガと兵士たちが追いついたのだ。

ショーヴランが騎馬の男たちに自分であることを確認させているらしく長い間があったが、それからすぐにキビキビしたやり取りが続いた。

「怪しい男を見つけたのか？」ショーヴランは熱っぽく言った。

「いいえ、シトワイヤン。長身の男は見つかっていません。我々は、崖の際《きわ》を通ってきたのです」

「それで？」

「ミクロンから向こうに一キロと行かないところで、粗末な木の建物を見つけまして。漁師が道具や網を保管しておく小屋のようなものです。はじめは人もいないようだし、とくに怪しいところもないように思われたのですが、側面の隙間から煙が出ているのが見えまして。馬を下り、こっそり忍び寄ってみたところ、無人ではあったものの、小屋の隅には炭火が残り、道具がいくつか置かれていました。仲間と相談した結果、みんなは馬とともに隠れ、わたしだけが残って見張りを続けることにしたのです」

「そうか！　それで何を見たのかね？」

「三十分ほどしたところで、声が聞こえてきたのです、シトワイヤン。それから男がふたり、崖の端のほうに近づいてきました。リール通りのほうから来たようで。ひとりは若く、ひとりはかなりの年配です。ふたりはなにやら話をしていましたが、声を潜めていたので聞き取ることはできませんでした」ひとりは若く、ひとりは年配。マルグリートの痛めつけられた心臓は、それを聞くなり止まりかけた。若いほうはアルマン？——兄さんなの？——年配のほうはトゥルネー伯爵だろう——ふたりの亡命者は、そんなこととは露知らず、大胆かつ高潔な救世主を罠にかけるためのおとりに使われているのだ。

「それから、ふたりは小屋に入りました」兵士が続けた。ヒリヒリするような緊張のなかで、マルグリートには、ショーヴランが勝ち誇ったようにクックと笑う声が聞こえたような気がした。「わたしは静かに近づいてみました。小屋はとにかく粗末な造りなので、会話を盗み聞きすることができました」

「そうか？——話してくれ！——何を聞いた？」

「年配の男が若いほうに、ここで間違いないのかと。『ええ、もちろん』と、若いほうがこたえました。『ここで間違いありません』と。それから炭火の明かりで、持っていた紙をもうひとりに見せたのです。『これが計画書です』と、若者が言いました。『ロンドンを出る前に受け取りまして。指示にはあくまでも従うようにと。もちろん新たな指示が来た場合には別ですが、そんなものは来ていませんから。ほら、これが我々の通ってきた道です——ここに分岐点があり――ここでサン・マルタン街道を渡り――そしてこれが、崖の端へ出るための小道になります』。そこでわたしが、小さな物音を立ててしまったようです。若いほうの男が扉に近づくと、不安そうにあたりをうかがいました。それからもう一度連れのほうに戻ったものの、今度は声を低めていたので、それ以上、聞き取ることはできませんでした」

「そうか――それで?」ショーヴランがじれったそうに言った。

「そのあたりを巡回していた六名で相談した結果、四名はその場に残って小屋の見張りを続け、わたしともうひとりが、すぐに騎馬で報告に向かうことになりました」

「背の高い男は見なかったのか?」

「見ておりません、シトワイヤン」

「もしもその男を見つけたら、きみたちの仲間はどうするのだ?」

「一瞬たりともやつから目を離さず、逃走の気配があったり、船が見えたりした場合には男を取り囲み、必要とあらば発砲します。銃声がすれば、ほかの場所を巡回している兵士も集まってくるはず。いずれにせよ、その男に逃げられることはないかと」

「よし! だがわたしとしては、その男に怪我をさせたくはないのだ――いまのところはな」ショーヴランが残忍につぶやいた。「とにかく、きみたちはよくやってくれた。あとは、わたしの到着が遅れないよう祈るしかない――」

「途中で、このあたりを数時間にわたって巡回している六人の兵士に会いました」

「それで？」

「やはり不審な男は目にしていないそうです」

「だとしてもやはり、荷馬車か何かで、我々の前のどこかを走っているはずなのだ――さあ、ぐずぐずはしておれん。その小屋まではどれくらいあるんだ？」

「八キロほどです、シトワイヤン」

「もう一度見つけられるか？――すぐに――迷うことなく」

「間違いなく、シトワイヤン」

「その崖の端に通ずる小道もか？――こんな闇のなかだが」

「そこまで暗い夜ではありませんから、シトワイヤン。確実に見つけられます」兵士はきっぱりと言った。

「では後ろにつけ。もうひとりには、おまえの馬を連れてカレーに引き返させろ。馬は必要ない。荷馬車の横について、そのユダ公に進む方角を指示するんだ。崖への小道から一キロの範囲内で荷馬車をとめさせるように。とにかく、一番の近道を進むように案内してくれ」

ショーヴランが話しているあいだに、デガの一行がどんどん近づいていた。その足音があと百メートルほどのところまで来ているのを感じて、マルグリートは、いまの場所に居続けては危ないと判断した。それに必要な話は充分に聞き取っていた。彼女は苦しみへの感覚を含め、人としての機能を何もかも失ったように感じた。心も神経も脳も、恐ろしい絶望へと至る終わりの見えない苦悩の時間が続くことにより、完全に麻痺《まひ》したようになっていた。もはや、かすかな希望さえ残されてはいなかった。ここから八キロほどの場所で、亡命者たちが勇敢な救世主を待っている。救世主のほうもこの寂しい道のどこかを進んでおり、やがては彼らと落ち合うだろう。そこで巧妙に仕掛けられた罠が作動するのだ。恐るべき憎しみと悪意に満ちた狡猾な男に率いられて、二十人あまりの兵士が、少数の亡命者と大胆な紅はこべを取り囲もうとしている。ひとり残らず捕まってしまうだろう。アルマンについてはショーヴランも約束を守って、マルグリートの腕に返してくれるはずだ。けれど夫は、パーシーは、無慈悲な敵の手に落ちてしまう。呼吸をするたびに、彼への愛と崇拝は高まるばかりだというのに。ショーヴランには勇敢な心に対する共感も、高潔な魂の強靭《きょうじん》さに対する賞賛の念もない。ただひたすら、自分に煮え湯を飲ませ続けてきた、狡猾な敵に対する憎しみがあるだけなのだ。

騎馬で来た兵士がユダヤ人に簡潔な指示を出すのが聞こえてきたので、マルグリートは慌てて道端に引き返すと、低木の後ろで体を小さくしながら、デガの一行が追いつくのを待った。

兵士たちが静かに荷馬車の後ろにつくと、一行はゆっくりと暗い道を進みはじめた。マルグリートは向こうが物音の聞こえないところまで離れるのを待って、突然濃くなったように思える闇のなかを、音もなく進みはじめた。

第28章　ブランシャール爺さんの小屋

夢のなかにでもいるかのように、マルグリートは荷馬車を追った。かけがえのない愛しい人の命が、刻一刻と、すぼまりゆく罠の網にからめとられつつあった。もう一度あの人に会いたい。自分がどれほど苦しんだか、どれほど間違っていたか、いかに彼を理解できていなかったか、きちんと伝えたい。胸にある願いはそれだけだった。パーシーを救おうなどという希望は完全に捨てていた。彼が四方から少しずつ追い詰められている現実を目の前にしながら、絶望の思いで、周りの闇を見つめた。あの人は、無慈悲な敵の張った罠に向けて、いったいどこから姿を現すのだろう。

遠くから響いてくる海のうなりには身震いが出た。時折聞こえる、フクロウやカモメの憂《うれ》いを帯びた声にも、言いようのない恐怖を覚えた。マルグリートは、人の姿をした貪欲な野獣を思った。彼らは憎悪という飢えを満たすために、腹をすかせたオオカミさながらの残虐さで、獲物を狙い、八つ裂きにしようとしている。闇などは怖くなかった。ただ自分の前にいる、粗末な木の馬車の荷台に座り、復讐で胸を温めている男だけが恐ろしかった。その復讐への妄念に触れたなら、地獄の悪魔も喜びにほくそ笑むことだろう。

足が痛かった。激しい疲労に膝が折れてしまいそうだった。もう何日も、極端な興奮状態のなかに置かれていた。三日もまともに寝ていないのだ。そのうえで足元の滑る道を二時間近くも歩かされていたけれど、一瞬たりとも決意が揺らぐようなことはなかった。なんとしても夫に会い、何もかも打ち明けるのだ。もしも無知故に犯した罪を許してもらえるのであれば、自分にはまだ、夫のかたわらで死ぬ喜びが残されているはずと信じていた。

マルグリートは半ば魂が抜けたようになり、本能だけで敵のあとを追っていた。小さな物音にも敏感になっていた耳が、やはり本能で、荷馬車と兵士たちの動きが止まったことを告げた。目的地に着いたのだ。前方の右手のどこかには、崖に立つ小屋へとつながる小道があるはずだった。

そこで危険も顧《かえり》みずに、小さな部隊に囲まれているショーヴランに近づいた。彼はすでに荷馬車から降り立ち、隊に指示を与えていたのだ。マルグリートはそれを聞き逃すまいとした。敵の計画を完全に把握しておけば、パーシーの役に立てるチャンスが、まだ少しなりとも残っているかもしれないのだ。

海岸までは八百メートルほどあるはずで、海の音はかなり遠く、かすかに聞こえるだけだった。ショーヴランとデガは隊を従え、道を急な角度で右に曲がった。それが崖へとつながる小道なのだろう。ユダヤ人は、道にとめた荷馬車のところに残っていた。

マルグリートは最大限の警戒をしながら、文字通り這うようにして右手の小道へと向かった。低木の茂みのなかを、できるかぎり音を立てずに進まねばならないので乾いた小枝に顔や手を切りつけられたが、気配を悟られることなく向こうの物音を聞き取ることだけに意識を集中させた。ありがたいことに――フランスのこの地方には多いのだが――小道の両端には伸びるにまかせた低い生垣のようなものがあって、その外側にはゴワゴワした草に覆われた乾いた溝が走っていた。ここにうまく隠れることで、マルグリートは部下に指示を与えているショーヴランに、三メートルのところまで近づくことができたのだ。

「さて」ショーヴランは声を落とし、有無を言わさぬ口調で言った。「ブランシャール爺さんの小屋はどこにあるんだ？」

「この小道を八百メートルほど進み」ここまで一行を率いてきた兵士がこたえた。「そこから崖を半分ほど下りたところです」

「よし。先導してくれ。我々が崖を下りる前に、まずはきみにひとりで小屋に忍び寄ってもらう。できるだけ音を立てないようにしながら、王党派の叛逆者どもがまだ中にいるか確認してくれたまえ。わかったか？」

「了解です、シトワイヤン」

「ではみんな、よく聞いてくれ」ショーヴランが、強く訴えかけるような口調で兵士たちに呼びかけた。「今後は言葉を交わすことさえできないと思う。だから、自分の命がかかっているつもりで、これから伝える一言一句をしっかり肝に銘じてくれ。実際、そうなるだろうからな」ショーヴランは冷ややかに付け加えた。

「聞いておりますとも、シトワイヤン」デガが言った。「それに我々共和国の兵士が、命令を忘れるようなことは決してありません」

「最初に小屋に忍び寄ることになっているきみは、なんとか中をうかがってくれ。平均より背の高い、あるいはそれをごまかすように背を丸めているイギリス人が逃亡者どものそばにいるようであれば、鋭くひとつ口笛を吹いて仲間に合図を送るんだ。そうしたらおまえたちは」ショーヴランは残りの兵士に向かっていった。「急ぎ小屋を取り囲み、突入するように。向こうが火器を手にする前に、手分けして全員を取り押さえるのだ。相手が抵抗するようであれば、脚か腕を撃て。だが、どんなことがあっても長身の男は決して殺すなよ。わかったか？」

「了解しました、シトワイヤン」

「おそらく長身の男には、並み以上の力があるはずだ。押さえ込むには、四人か五人は必要だと思ってかかれ」

ここでしばらくの間を置いてから、ショーヴランは続けた。

「こちらのほうが可能性は高いと思うが、王党派の叛逆者どももしかいない場合には、待機している仲間に動かないよう合図を送れ。残りの者は、小屋の周りの岩陰に潜むのだ。物音ひとつ立ててはならんぞ。イギリス人の到着を待ち、やつが中に入ったのを確認したうえで小屋に突撃をかけるように。それまでは家畜小屋の周りをうろつく夜のオオカミのように、決して物音を立ててはならないということを忘れるな。王党派の連中を警戒させたくはない――一発の銃声、あるいは連中の叫び声ひとつで、イギリス人を崖や小屋から遠ざけるには充分なはずだ。そして」ショーヴランは強調するように付け加えた。「その長身のイギリス人を捕らえることこそが、きみたちの今夜の使命なのだ」

「ご命令には絶対に従います、シトワイヤン」

「では、できるだけ音を立てないように出発だ。わたしもあとからついていく」

「あのユダヤ人はどうしましょうか、シトワイヤン？」デガが言った。兵士たちは次々と、音を持たない影のように、デコボコした細い小道を静かに進みはじめた。

「おっと、そうだ。あいつのことを忘れていた」ショーヴランはユダヤ人に顔を向けると、横柄な口調で言った。

「おい、おまえ――アロンだかモーゼだかアブラハムだか、名前なんぞどうでもいいがな」ショーヴランは、駄馬のそばに、兵士たちからはできるだけ距離を置くようにしながら、おとなしく立っていた老人に声をかけた。

「バンジャマン・ロザンボームでさ、閣下のお気にそみますように」ユダヤ人は慎ましくこたえた。

「その声はちっとも気にそまんが、これからおまえにある命令を与える。従うのが身のためだぞ」

「閣下のお気にそむのであれば――」

「いいから黙ってろ。おまえはここに残るんだ。わかったか？　我々が戻るまで、荷馬車のそばで待つのだ。わずかな物音さえ立ててはならんぞ。息遣いにさえ気をつけるように。そしてどんなことがあっても、命令がないかぎり、この場を離れてはならん。わかったか？」

「だども、閣下――」ユダヤ人は哀れっぽく抗議した。

「だどももへったくれもあるか」ショーヴランの口調に、臆病な老人は震え上がった。「わたしが戻ったときにおまえの姿がここになかったら、これだけははっきりと言っておくが、おまえがどこに隠れようとも必ず見つけ出し、遅かれ早かれ、手際よく、確実に、ひどい罰を受けさせてやるから覚悟するように。わかったのか？」

「だども、閣下――」

「わかったのかと聞いている」

兵士たちの姿はすでになく、暗く寂しい道端の闇に立っているのは三人だけだった。マルグリートは生垣の後ろに隠れながら、ショーヴランの指示を、自分に対する死の宣告のように聞いていた。

「わかりましたとも、閣下」ユダヤ人は、ショーヴランに近づきながら、また言い返そうとした。「あっしは、アブラハム、イサク、ヤコブにかけて、閣下のお言葉にはどこまでも従いますし、閣下のご尊顔の光がこの卑しいしもべを照らしてくださるまで、この場所を動きやいたしません。だども閣下、あっしはみじめな老いぼれです。若い兵隊さんのように神経が強くはございません。もしも夜盗どもがこの寂しい道沿いをうろついているようなことがあれば、恐ろしさのあまり叫び出してしまうかもしれません！　そうなったら、あっしの命はどうなるので？　自分にはどうしようもないことをしたがために、恐ろしい罰が、この老いた哀れな頭に降り注ぐことになるのでしょうか？」

ユダヤ人はほんとうに怯えているらしく、頭から爪先までブルブル震えている。このような寂しい場所に、ひとりで残れるような胆力がないのは明らかだった。彼は事実を言っているに過ぎない。うっかり恐怖の叫び声でも上げれば、狡猾《こうかつ》な紅はこべを警戒させてしまう可能性があった。

ショーヴランはしばらく考え込んだ。

「荷馬車をここに残しておいても大丈夫だと思うか？」ショーヴランがぞんざいにたずねた。

「わたしが思うに、シトワイヤン」デガが口を挟んだ。「荷馬車なら、この薄汚い臆病なユダヤ人など、そばにいないほうがいっそ安全なくらいでしょう。こいつは怯えたら最後、一目散に逃げ出すか、金切り声を上げるに決まっています」

「それなら、このクズはどうすればいいと？」

「カレーに帰しては？」

「いや、負傷者を乗せるのに荷馬車が必要になるかもしれん」ショーヴランは、難しい展開をほのめかすように言った。

またしばらくの間があった。デガは上司の判断を待ち、老いたユダヤ人は駄馬のそばで哀れっぽく涙ぐんでいた。

「ふむ、ものぐさでぼんくらな臆病者の老いぼれめが」ショーヴランがようやくそう言った。「後ろをついてくるがいい。おい、シトワイヤン・デガ、このスカーフで、そいつの口をしっかりと覆っておけ」

デガはショーヴランからスカーフを受け取ると、ユダヤ人の口を覆った。バンジャマン・ロザンボームは、おとなしくされるがままになっていた。闇に包まれたサン・マルタン街道にひとり残されるよりは、この不愉快な状態のほうがまだましだと思っているらしい。それから三人は一列になって進みはじめた。

「早くしろ!」ショーヴランがじれた声で言った。「すでに貴重な時間をだいぶ無駄にしているんだ」

ショーヴランとデガのしっかりした足音のあとに、老いたユダヤ人の引きずるような足音が続き、すぐに小道へと消えていった。

マルグリートは、ショーヴランの命令をひと言も漏らさず聞き取っていた。まずは状況の把握に全神経を集中させ、最後にもう一度、ヨーロッパ一と謳《うた》われた鋭い頭脳に訴えかけようとした。いまは、それだけが頼りだった。

状況はどう考えても絶望的だった。何も疑っていない数名の亡命者が、これまた待ち受ける罠を知らずにいる救世主をひそかに待っている。まったく恐ろしいかぎりだった。この真夜中の寂しい浜辺に張りめぐらされた網が、無力な男たちを見事に取り囲んでいる。なにしろ彼らは何も知らないまま、なすすべもなく罠にはまっているのだ。しかもそのうちのひとりはマルグリートの崇拝する夫であり、もうひとりは愛する兄だった。彼女はぼんやりと、ほかには誰が紅はこべを待っているのだろうと思った。崖の岩陰のひとつひとつに死が潜んでいることを、知ることさえないままで。

いま彼女にできるのは、ショーヴランたちを追うことだけだった。見失ってはいけない。このまま突き進み、小屋を見つけることができれば、亡命者と彼らの勇敢な救世主に、警告を与えることがまだできるかもしれないのだ。

思い切ってつんざくような叫び声を上げることも頭をよぎった。ショーヴランも恐れていたように、それで紅はこべとその仲間を警戒させることができるのではないか——叫び声が届きさえすれば、手遅れになる前に逃げ出す余裕を与えられるかもしれないという、一抹の希望があるにはあった。だが、破滅に向かっている男たちの耳に、その声が届くのかどうか。いまはまだ、時期尚早だろう。チャンスは一度しかない。さもないと、あのユダヤ人と同じようにしっかり猿ぐつわを嚙まされて、なすすべもなくショーヴランの囚人になるだけだ。

マルグリートは垣根の向こうを、幽霊のように音もなくスルスルと進んだ。靴はあえて脱ぎ、ストッキングは裂けていた。疲れも痛みも感じなかった。残酷な運命と狡猾な敵にどんな邪魔をされようと、必ず夫のもとに行くのだという揺るぎない意志の力が、肉体的な痛みを忘れさせ、本能の力を倍加させていた。

耳には、前方にいるパーシーの敵の、落ち着いた静かな足音だけが聞こえていた。目はまったくきかないが――心の目には――木の小屋を目指し、何も知らずに破滅へと突き進んでいく夫の姿が見えていた。

鋭い本能により、マルグリートは前へと突き進んでいた動きをピタリと止めると、生垣の陰のなかで、さらに体を小さくした。これまでは彼女の味方をし、雲の向こうに隠れ続けていた月が、ここで荘厳な初秋の空に姿を現し、荒涼たる神秘的な景色を、その輝かしい光でサッと照らし出したのだ。

すると、二百メートルとは離れていない前方に崖が見えた。その下には、自由で幸福なイギリスへと続く、滑らかで穏やかな海が広がっている。マルグリートの視線がふと、銀色に煌《きら》めく水面《みなも》の上をたゆたった。すると、長時間にわたる苦しみに硬くこわばっていた胸がやわらかくほどけてふくらみ、目には熱い涙が盛り上がった。五キロとは離れていない場所に、白い帆をふくらませた優美な船が浮いていたのだ。

はっきりとは見えないながらに、あれはデイドリーム号、イギリス人の船員が操るパーシーの船に違いないと思った。白い帆が月光を受け、喜びと希望を伝えるかのように煌めくのを眺めながらも、マルグリートはそれがむなしくなることを恐れた。船は自分の主人を、飛び立たんとする美しい白い鳥のように待っている。ところがその主人のほうは、船にたどり着くことも、滑らかな甲板に立つことも、イギリスの白い崖を見ながら自由と希望の地を再び踏むこともないのだろう。

船を目にしたことにより、疲れ果てた哀れな女の体には、追い詰められた者に特有の超人的な力がわいてきた。崖の端が見えていた。あそこを少し下りたところに、例の小屋があるはずだった。パーシーはやがて、そこで死と向き合うことになるだろう。いまは月も出て、道もはっきり見える。これなら離れたところからでも小屋は見えるはず。駆け寄って中にいる人たちを奮い立たせ、袋のネズミのようにあっさりと命を渡すことだけはないように、戦う準備をさせなければ。

マルグリートは生垣の外にある溝のなかで、茂った短い草に足を取られた。ここまでかなりの速度で走ったらしく、ショーヴランやデガを後ろに引き離していた。やがて崖の端に着いたときには、後ろのほうから、はっきりとふたりの足音が聞こえた。とはいえほんの数メートルしか離れていない。しかもいまは皓々《こうこう》と注ぐ月光が、銀色の海を背景にして、彼女のシルエットをくっきりと浮かび上がらせているはずだった。

だが次の瞬間、マルグリートは獣のように小さく体を丸めていた。そこからゴツゴツした崖を見下ろした。下りるのは難しくなさそうだ。それほど急ではないし、大きな岩で足場には事欠かない。目を凝らしているうちに、ふと、左手の崖を半ば下りたあたりに粗末な木の小屋が見えた。壁の隙間から、小さな赤い光が灯台のようにまたたいている。マルグリートの心臓が一瞬止まった。あまりにも強烈な喜びに、いっそ痛みを覚えるほどだった。

小屋までの距離はわからなかったが、ためらうことなく険しい崖を下りはじめた。岩から岩へと這い、背後にいる敵のことも、イギリス人を待って周りに潜んでいるはずの兵士のことも、まったく気には留めなかった。

後ろに迫っているはずの恐るべき敵のことなど頭から消え失せていた。痛む足で走り、よろめきながらも、ほとんど放心状態で突き進んだ——と、ふいに、裂け目か石に足を取られたのか、岩に足が滑ったのか、体が地面に叩きつけられた。それでもなんとか立ち上がると、間に合うように警告をと、また走りはじめた。亡命者たちには紅はこべが来る前に逃げるよう説得し、彼らからパーシーにも来てはいけないと——死の罠から——恐ろしい運命から逃れるように伝えてもらわなければ。だがそこに、別の足音が聞こえてきた。彼女よりも速く、すぐ後ろに迫っている。次の瞬間、スカートをつかまれて、マルグリートはまた膝をついていた。そのまま叫ぶことができないように、何かで口をふさがれてしまった。

マルグリートは失敗した悔しさに取り乱し、半狂乱の態《てい》で、なすすべもなく周りに目をやった。すると、すぐそばに誰かがかがみ込んでいた。集まりはじめていた靄《もや》のなかから一対の、邪悪な鋭い瞳がのぞいていた。マルグリートの逆上した頭には、その瞳の奥に、この世のものならぬ不気味な緑の光が灯っているように思われた。マルグリートは大きな岩の落とす影のなかに倒れていた。ショーヴランは相手が誰だかわからないまま、ほっそりした白い指で、影に隠されていた彼女の顔をなぞった。

「女か！」ショーヴランがささやいた。「これはまた、驚いたこともあったものだ」

「放っておくわけにはいかないが」ショーヴランは独りごちた。「まさか――」

ショーヴランは言葉を切ると、しばらくの恐ろしい静寂のあとに、低く伸びる不気味な声で静かに笑った。マルグリートはまた、細い指に顔をなぞられるのを感じて、恐怖に身震いした。

「これはこれは！」ショーヴランはいかにも気取った、慇懃《いんぎん》な口調で言った。「じつに喜ばしい驚きですな」マルグリートは抵抗もできないまま、自分の手が、ショーヴランの薄い、嘲《あざけ》るような唇のほうへと持ち上げられるのを感じた。

なんともグロテスクで、恐ろしいほど悲劇的な状況だった。疲れ果て、心破れた哀れな女が、失望の苦しみで半狂乱になりながら、膝をついた恰好で、最大の敵から陳腐な礼儀作法を示されるとは。

マルグリートは気を失いかけていた。口をしっかり覆われた状態では息をするのさえ難しく、動くことはおろか、かすかな声を発する力さえ残ってはいなかった。華奢《きゃしゃ》な体をここまで支えてきた興奮はまたたく間に消え失せてしまい、うつろな絶望感だけが頭と感覚を包み込んで完全に麻痺《まひ》させていた。

ショーヴランが何か指示を出したようだった。頭がぼんやりしていたマルグリートには聞き取れなかったものの、自分の体が持ち上げられるのは感じた。さらにしっかりと口を覆われてから、たくましい腕が、彼女を小屋から漏れる小さな赤い光のほうへと運んでいった。先ほどまではあの光が、彼女を導く、最後のかすかな希望だったはずなのに。

第29章　罠

どれくらいそうやって運ばれていたのだろう。マルグリートは時空の感覚を完全に失っていた。それから慈悲深い自然が、疲労によってしばらくのあいだ、彼女から意識を奪い去った。

意識を取り戻したときには、岩に背を預け、男物の上着を敷いた上に、比較的快適な状態で腰を下ろしていた。月はまた雲の後ろに隠れ、闇は前にも増して濃くなったように思えた。六十メートルほど下では海がうなっている。周りにいくら目を凝らしても、あの小さくまたたいていた赤い光は見えなかった。

ここが旅路の果てであることは、すぐそばから聞こえてくる、ひそひそした早口のやり取りからも見当がついた。

「中にいるのは男が四人です、シトワイヤン。火を囲みながら、何かを静かに待っているようで」

「時刻は?」

「もうすぐ二時です」

「潮は？」

「どんどん満ちています」

「帆船はどうだ？」

「明らかにイギリスのものと思われる船が、沖合を三キロほど行った場所で待っています。ですが、そこへ近づくためのボートは発見されていません」

「兵士たちは隠れたまま待機しているのだな？」

「はい、シトワイヤン」

「ヘマをすることはなかろうな？」

「長身のイギリス人が来るまでは、身動きひとつしないはずです。やつが現れたところで小屋を取り囲み、五人を確保することになっています」

「いいだろう。女はどうした？」

「まだ放心しているようで。彼女ならすぐそばにいますよ、シトワイヤン」

「例のユダヤ人は？」

「猿ぐつわを噛ませ、足も縛ってあります。動くことも叫ぶこともできないように」

「よし。では必要な場合に備えて銃を用意し、小屋のそばに戻れ。わたしはご婦人のお世話をするとしよう」

デガはおとなしく従ったようで、マルグリートの耳には、デガがゴツゴツした崖を遠ざかっていく音が聞こえてきた。それからひと組の、薄くて生暖かいかぎ爪のような手が自分の両手を取り、万力のような力で握り締めるのを感じた。

「その美しい口元からハンカチを外す前に」ショーヴランがマルグリートの耳元でささやいた。「少し警告をさせていただきましょう。このように麗《うるわ》しい方が、わざわざ海峡をわたり、追ってきてくださるとは望外ですな。しかしもちろん、そのありがたい思し召しが自分にあると思うほどうぬぼれてはおりませんよ。そこで当然、こう推測するわけです。あなたはこの非情な猿ぐつわを外されたとたんに、わたしが大変な苦労をして巣を突き止めた狡猾《こうかつ》な狐に、警告を与える一声を発するのではないかとね」

ショーヴランは言葉を切ると、万力のような手でさらに彼女の手首を締めつけながら、声を潜め、相変わらずの早口で続けた。

「わたしの判断に今回も狂いがなければ、あの小屋には、兄上のアルマン・サン・ジュストがいるはずです。ほかにも叛逆者のトゥルネーと、あなたの知らない男がふたり、謎の救世主を待っている。それこそが、公安委員会も長らく正体を突き止めかねていた男——大胆不敵な紅はこべというわけです。あなたがここで叫び声を上げ、小競り合いが起こり、銃が発砲されれば、紅はこべは、やつをここまで連れてきた長い脚を使って、あっという間に安全などこかへ姿をくらましてしまう可能性が高い。そうなると、せっかくこうして遠くまで出かけてきたわたしの目的も、果たせぬままに終わってしまう。いっぽう、兄上——アルマン

――の命はあなたにかかっている。あなたの選択次第で、彼は今夜のうちに、イギリスであれどこであれ、安全な場所へと旅立つことができるのです」

ハンカチでしっかりと口を覆われていたので、マルグリートには言葉を発することなど不可能だったが、ショーヴランは闇のなかで彼女の顔をのぞき込むようにした。彼女がこたえるように手を動かしたのを見て、ショーヴランは話を続けた。

「ごく簡単なことで、アルマンの安全を確保していただけるのですよ」

「それはなんなの？」というように、マルグリートは手を動かした。

「この場所にとどまり――わたしがいいというまで、ひと言も言葉を発してはなりません。おや！　結局は従っていただけるものと思いますがね」ショーヴランは、マルグリートが申し出を拒否するように全身を硬くしたのを見て、例の乾いた不気味な声でクックと笑った。「では申し上げましょう。もしもあなたが叫び声、いや！　それどころか少しでも声を上げたり、ここから動いたりしようものなら、わたしの部下――三十人もの男たちが――サン・ジュストとトゥルネーを含む四人の男を逮捕し、その場で撃ち殺します――わたしの命令により――あなたの目の前で」

マルグリートは執念深い敵の言葉に耳を傾けながら、恐怖をますます募らせていった。痛みで体こそ動かなかったけれど、またしても提示された『是《ぜ》か――否《ひ》か』の恐怖の意味を、完全に理解できるだけの精神力は保っていた。しかも、あの運命的な舞踏会の夜に持ち出されたものよりも、さらに何万倍もいやらしく、おぞましい内容だった。

今回は、黙ったままでいれば、自分の崇拝する夫が、何も知らないまま死地へと向かうのを許すことになる。いっぽう警告を与えようとすれば、そもそも無益に終わる可能性が大きいうえに、兄を含む、何も疑っていない四人の男の死に対して、自ら合図を出すことになるのだ。

顔は見えなくとも、ショーヴランの淡く鋭い瞳が、無力な自分に意地悪く注がれているのが感じられた。早口でささやかれたひと言ひと言が、胸に残っていたわずかな希望に対する弔鐘のように耳を打った。

「いやいや」ショーヴランが慇懃《いんぎん》な口調で付け加えた。「あなたにとっては、サン・ジュスト以外の命などどうでもいいはず。兄上を救いたければ、ここでじっと口をつぐんでいればいいのです。部下には、兄上には手を出さないよう厳命してあります。あの謎めいた紅はこべなど、あなたにとってなんだというのです？　言っておきますが、たとえあなたがどんな警告を与えようと、やつを救うことはできません。それではこれから、その不愉快なものを美しいお口から外して差し上げましょう。おわかりでしょうが、どちらを選ばれるかについては、あなたの完全な自由なのですよ」

頭が混乱し、こめかみがズキズキした。感覚が麻痺《まひ》し、体は痛みで動かなかった。闇が、棺《ひつぎ》を蓋う布のようにあたりを包み込んでいる。座っている場所からは海を見ることができなかったが、満ちていく海の、絶え間ない、哀しいうめきに似た音が聞こえてくる。その音は、死に絶えた希望、失われた愛、彼女が自らの手で裏切り、死に追いやろうとしている夫のことを語っているかのようだった。

ショーヴランがマルグリートの口からハンカチを外した。彼女は叫ばなかった。とりあえずは何をする気力もなく、ただ、なんとか背筋を伸ばし、頭を絞ることしかできなかった。

さあ！　どうするべきなのか、考えて、考えて、考えるのよ！　時は飛び去っていく。だが恐ろしい静寂のなかにいるマルグリートには、時の流れが速いのか遅いのか、まったく感じることができなかった。何も聞こえず、何も見えない。秋の甘やかさも、潮の香りもわからなかった。もはや波のささやきも、小石が時折崖を転がり落ちていく音も耳に届かなかった。何もかもが、ますますありえないことのように思われてきた。このわたしが、マルグリート・ブレイクニーが、ロンドン社交界の女王が、こんなにも寂しい真夜中の浜辺で、最悪の敵を隣に座っているだなんて。ああ！　とてもほんとうだとは思えない。ここから百歩とは離れていないどこかに、かつては軽蔑を覚えながらも、この奇妙な夢のような世界においては刻一刻と大切に思われてくる人がいて――その彼が、何も知らずに、いまこの瞬間にも破滅に向かって進んでいるかもしれないというときに、わたしには何ひとつできないだなんて。

どうして、この世のものとも思えぬ声で絶叫しないの？　その声はきっと寂しい浜辺の端から端までこだまして、進む道には死が潜んでいることを警告し、断念して引き返すように彼を説得してくれるはずよ。何度かは本能的な叫び声が喉元まで出かけた。が、そのたびに、あのおぞましい二者択一が脳裏をよぎった。兄を含めた四人の男が、彼女の選択によって撃ち殺されてしまう。つまりは彼女が彼らを殺すことになるのだ。

ああ！　隣にいる人の姿をした悪魔は、人間を――女心を――知り尽くしていた。ショーヴランは、熟練の音楽家が楽器を操るように、マルグリートの心を操っていた。思考の細かい機微まで、完全に読み切っていたのだ。

マルグリートには、そんな合図を出すことなどできなかった。なにしろ彼女は弱く、女でもあった。目の前でアルマンを死に追いやり、その血を浴びることになる合図など、どうして出せるはずがあるだろう。そんなことをしたらアルマンは、わたしへの呪詛を口にしながら死んでいくかもしれない。それに、シュザンヌの父親もいる！　兄と、年配の伯爵、そしてほかにもふたり！――ああ！　あまりにも、あまりにも恐ろし過ぎる。

待って！　待って！　待つのよ！　でもいつまで？　時は刻々と過ぎ去っていたが、それでもまだ夜明けは遠い。海は哀しげにうめき続け、秋の風は夜のなかでそっとため息をついている。寂しい浜辺は、まるで墓場のように静かだった。

そこへ突然、そう遠くはないどこかから聞こえてきたのだ。陽気に力強く〈国王陛下万歳〉を歌う声が！

第30章　帆船

痛めつけられてきたマルグリートの心臓がピタリと止まった。物音よりも気配で、潜んでいる男たちが戦闘準備に入ったのを感じた。兵士たちは剣を手にうずくまり、いまにも飛びかかろうと身構えているはずだ。

歌声は近づいていた。だがこの寂しい崖は広大で、しかも下からは大きな海鳴りが響いており、歌声までの距離はわからなかった。さらには恐ろしい危険のなか、明るい声で〈国王陛下万歳〉を歌っている男が、どの方角から近づいているのかも判断が難しかった。最初はかすかだった声が、どんどん大きくなっている。歌い手の力強い足に踏まれたのか、小石がゴツゴツした崖を転がり、海へと落ちていく音も時折聞こえた。

マルグリートはその歌声に、命が体から抜け落ちていくような気がした。声が――歌い手が――罠に近づいている――。

そばにいるデガの銃から、カチリという音がはっきりと聞こえた――。

いや！　いや！　いや！　いや！　ああ、神様！　どうかこれだけは！　いっそわたしは、アルマンの血を浴びましょう！　たとえ兄殺しの罪を着るとしても！　それで愛する人に嫌われ、厭われるとしても、ああ、神よ！　神様！　何に代えてもいいから、あの人を助けてください！

マルグリートはすさまじい絶叫とともに跳び上がると、もたれていた岩を急いで回りこんだ。小屋の裂け目から、小さな赤い光が見えた。彼女は走り、壁に倒れ込むと、半狂乱の態《てい》で小屋をガンガン叩きながら叫んだ。

「アルマン！　アルマン！　銃を取って！　あなたの救世主はそばにいるわ！　ここに来ているわ！　罠なのよ！　アルマン！　アルマン！　お願いだから撃ってちょうだい！」

マルグリートはつかみかかられ、地面に投げ飛ばされた。傷ついて倒れながらうめいたけれど、そんなことはどうでもよかった。涙の混じった声で、悲鳴に近い声を張り上げた。

「パーシー、あなた、お願いだから逃げてちょうだい！　アルマン！　アルマン！　どうして撃たないの？」

「誰か、この女がわめくのをやめさせろ」ショーヴランは、マルグリートを張り倒しかねない勢いで声を荒らげた。

頭から何かをかぶせられて、マルグリートは呼吸さえままならない状態で沈黙を強いられた。

大胆な歌い手のほうも歌うのをやめていた。マルグリートの必死の叫びに、差し迫った危険を察知したのだろう。兵士が一斉に立ち上がった。これ以上、静かに潜んでいる理由はなかった。胸を引き裂かれた哀れな女の叫びは、崖中に響き渡っていたのだ。

ショーヴランが、マルグリートにとっては不穏な悪態をついた。なにしろ彼女のせいで、大切に温めてきた計画が台無しになったのだ。彼は慌てて怒鳴り、指示を出した。

「小屋に突撃！　ひとりとして生きて逃すな！」

月が雲間からまた顔を出し、皓々《こうこう》たる銀色の月光で崖から闇を払っていた。数名の兵士がみすぼらしい木の小屋に突入し、ひとりはマルグリートの見張りに残った。

わずかに開いていた扉を、ひとりの兵士が押し開けた。中は闇に包まれていた。ぼんやりと灯る炭火だけが、隅で赤く光っている。兵士たちは次の命令が必要な機械のごとく、当然のように戸口のところでピタリと足を止めた。

闇に助けを借りた逃亡者四人の激しい抵抗を受けて、熾烈《しれつ》な戦いの音が小屋から聞こえてくるものと思い込んでいたショーヴランは、兵士たちが警備についた歩哨のように直立不動の姿勢で立ち止まったのを見ると、一瞬呆然となった。小屋からは物音ひとつ聞こえてこない。

いやな胸騒ぎを覚えながら、ショーヴランは小屋の扉に近づくと、中をのぞき、早口で言った。

「これはいったいどういうことだ？」

「どうやら、ここにはもう、誰もいないようであります、シトワイヤン」兵士のひとりが落ち着き払った様子でこたえた。

「四人を逃がしたのではなかろうな？」ショーヴランが威嚇《いかく》するように言った。「ひとりとして生きて逃すなと命じたはずだ！——全員で、すぐさまやつらのあとを追え！　急いで四方を探すんだ！」

兵士たちは機械のような従順さで、岩の崖を浜辺へと駆け下りた。右と左に分かれながら、できるかぎり足を速めている。

「おまえたちには、この失態を命で償ってもらうぞ、軍曹」ショーヴランは険悪な口調で、兵士たちを指揮していた軍曹に声をかけた。「おまえもな、シトワイヤン」ショーヴランはデガのほうを振り返りながらうなった。「命令を違《たが》えおって」

「あなたは待つように命じたはずです、シトワイヤン。長身のイギリス人がやってきて、小屋にいる四人の男と合流するまでは動くなと。誰も来ませんでした」軍曹がふてくされた顔で言った。

「だがたったいま、女が叫び声を上げたときに、突入して、ひとりも逃すなと命じたではないか」

「ですが、シトワイヤン、四人の男は、しばらく前に小屋を出ていたものと思われますが——」

「思われる？——おまえは——」ショーヴランは怒りのあまり窒息しそうだった。「四人を逃がしたというのか――？」

「ご命令では、待てとのことでしたので、シトワイヤン」軍曹が言い返した。「しかも、命令に従わなければ死を与えるとほのめかされた。だから我々は待ったのです」

「こちらが潜伏をはじめてそうはたたないうちに、男たちが小屋から這い出す音がしました。女が叫ぶよりだいぶ前です」軍曹がそう付け加えたが、ショーヴランは怒りのあまり口をきくことができなかった。

「あの音は！」デガがふいに言った。

何発かの銃声が遠くから聞こえてきた。ショーヴランは下の浜をのぞき込んだ。だがたまたま、気まぐれな月がまたしても雲の後ろに隠れてしまったので、何も見ることができなかった。

「誰か、小屋から明かりをもらってきてくれ」ショーヴランは言葉につかえながら、ようやくそう言った。

軍曹が淡々とその指示に従い、ベルトから吊り下げているランタンに、小屋の炭火から火を移した。小屋のなかは間違いなく空《から》だった。

「連中の向かった方角は？」ショーヴランが言った。

「それはなんとも」軍曹が言った。「やつらはまっすぐ崖を下りてから、岩陰に消えました」

「しっ！　あれはなんだ？」

三人の男は耳を澄ませた。どこかのかなり遠いところから、六本のオールによるキビキビした鋭い水しぶきの音がかすかに聞こえてきたが、それもすでに消えつつあった。ショーヴランはハンカチを取り出し、額の汗をぬぐった。

「帆船のボートだ！」あえぎながら、そう言うのが精一杯だった。

アルマン・サン・ジュストと三人の同行者は、崖に沿って進むことに成功したのだ。共和国政府軍の男たちが、訓練の行き届いた兵士らしく、死をほのめかして従順を強いたショーヴランの命令を恐れて盲従し――最大の獲物である、長身のイギリス人を待っているあいだに。

四人は、海岸沿いにところどころ突き出している入り江のどこかに到着したのだ。そこにはデイドリーム号のボートが隠されており、四人が来るのを待っていたに違いない。いまごろは、安全な帆船に乗り移っていることだろう。

この推測を裏づけるように、沖合から低い銃声が轟《とどろ》いた。

「帆船が」デガが静かに言った。「離れていきます、シトワイヤン」

見苦しい不易な怒りを面《おもて》に出さないようにするには、ショーヴランの全神経と精神力を必要とした。またしても、完膚なきまでにあのいまいましい紅はこべにしてやられたのだ。それにしても、潜伏していた三十人の兵士に気づかれることなく、どうやってあの小屋に近づくことができたのだろう。ショーヴランには想像もつかなかった。つまり、三十人の兵士が崖に到着するころには、すでに小屋にいたと考えていいだろう。だがカレーから、多くの巡回に見咎められることもなく、ルーベン・ゴールドスタンの荷馬車でどうやってここまで来られたのかはまるで説明がつかなかった。それこそ力ある運命の神が大胆不敵な紅はこべを守っているかのように思えて、明敏なショーヴランでさえ、そびえ立つ崖と、人里離れた寂しい浜を眺めながら、迷信的な恐怖に身震いが出かけた。

だが、これは間違いなく現実なのだ！　しかも一七九二年ともなれば、すでに妖精や小鬼の生きている時代ではない。なにしろショーヴランも三十人の兵士も、あのいまいましい〈国王陛下万歳〉を、その耳で聞いている。それも小屋を取り囲んでから、たっぷり二十分後に。そのころにはもう、四人の逃亡者は入り江に到着し、ボートに乗り込んでいたのだろう。一番近い入り江まででも、二キロ近くはあるのだが。

あの大胆な歌い手はどこに消えたのだろうか？　悪魔に翼でも借りないかぎり、わずか二分で岩だらけの崖を二キロも進むことはできないはずだ。だが歌声がしてから海に消えていくオールの音がするまでは、たったの二分。つまり紅はこべはここに残り、いまも崖のどこかに隠れているはずだ。巡回は続いている。まだ見つけられる。そうだとも。ショーヴランの胸に希望が蘇《よみがえ》ってきた。

逃亡者を探しにいった兵士が何人か戻ってきて、ゆっくりと崖を上りはじめた。ショーヴランの胸に希望が戻ったちょうどそのとき、兵士のひとりが彼のそばに立った。

「手遅れでした、シトワイヤン」兵士が言った。「浜に着いたのは、月が雲に隠れる直前でした。ボートは確かに、二キロ近く離れた一番手前の入り江の奥で待機していたようですが、出発してからはかなりたっており、我々が到着したときにはだいぶ沖まで進んでおりました。発砲はしてみたものの、当然、なんの役にも立たず。ボートがかなりの速度でまっすぐ帆船を目指すのが、月明かりではっきり確認できました」

「そう」ショーヴランは焦燥にじりじりしながら言った。「ボートはしばらく前に出発した。そしてその一番手前の入り江まで、二キロ近くはあると言ったな」

「はい、シトワイヤン！　ずっと駆け通しで行ってきましたが、そもそもボートは入り江の近くに潜んでいるだろうと予想はしていました。あのあたりは潮が最初に満ちるので。ボートが海に出たのは、女が叫び出す数分前だったはずです」

「明かりを持ってこい！」ショーヴランははやる思いで指示を出しながら、もう一度小屋に入った。

軍曹がランタンを持ってくると、ふたりでその狭い小屋を調べた。ショーヴランは、一瞥で中を見て取った。壁にある小さな開口部の下のあたりに大きな釜が据えられており、消えかけた炭火の燃えさしが残っている。スツールがふたつ、慌てて出発したかのように転がっていた。隅には漁師の道具類と網が置かれており、そのそばに、なにやら小さな白いものが見えた。

「それを拾ってくれ」ショーヴランが、白いものを指差しながら軍曹に声をかけた。

シワの寄った紙切れだった。脱出を急いだ逃亡者たちが忘れていったものに違いない。ショーヴランのあからさまな怒りと苛立ちにおののいていた軍曹は、紙切れを拾うと恭《うやうや》しく手渡した。

「読んでくれ、軍曹」ショーヴランがそっけなく言った。

「ほとんど読めません、シトワイヤン――ひどい殴り書きで――」

「読めと言ったのだ」ショーヴランの声は辛辣《しんらつ》だった。

軍曹はランタンの明かりを頼りに、書きなぐられた文字をなんとか解読しはじめた。

「『ぼくが行けば、あなた方の命と救出作戦が危うくなる。これを受け取ったら、二分だけ待ち、ひとりずつ小屋を這い出せ。小屋から左に出て、警戒しながら崖を下りること。そのまま左に進み続けると、海に大きく突き出した岩場があり――その後ろの入り江でボートが待っている。長い口笛をひとつ鋭く吹いて――ボートが現れたら乗り込め――あとは部下が帆船まであなた方を運び、安全なイギリスへと向かう――デイドリーム号に乗船したら、ボートをぼくのために戻してほしい。部下には、カレーのそばの灰猫館から、真向かいに行ったところの入り江で待っていると伝言を。場所は部下が承知。できるだけ早く行く――いつもの合図を送るまでは、岸から安全な距離を取って待つように伝えてほしい。ただちに行動し――指示には絶対服従のこと』」

「それからここに、例のしるしがあります、シトワイヤン」軍曹がショーヴランに紙切れを渡しながら言った。

だがショーヴランのほうは、一瞬たりともためらわなかった。その重要な走り書きのなかでも、『カレーのそばの灰猫館から、真向かいに行ったところの入り江で待っている』という一文が耳にこびりついていた。まだ勝利の可能性はあるかもしれない。「誰か、この海岸沿いをよく知っている者は?」ショーヴランは、次々と得るものもなく戻り、再び小屋の周りに集まっていた兵士たちに声をかけた。

「はい、シトワイヤン」兵士のひとりが声を上げた。「カレーの生まれなもんで、このあたりの崖についてなら石ころまでよく知っています」

「灰猫館から真向かいに行った場所に入り江があるのか?」

「ありますね、シトワイヤン。そこならよく知ってますよ」

「例のイギリス人はその入り江に向かっている。しかも向こうは、この崖の石ころまでを知ってはいない。遠回りする可能性もあるし、そうではなくても巡回を恐れているはずだ。つまり、まだ逮捕の可能性は残っているということだ。逃げ足の速いイギリス人より先に入り江までたどり着けたものには、ひとり千フランの褒美を出すぞ」

「崖を抜ける近道を知っているぞ」先ほどの兵士がそう言いながら興奮した叫び声を上げて駆け出すと、仲間たちもそのあとに続いた。

数分もすると、兵士の走り去る足音も遠くに消えた。ショーヴランはその音に、しばらく耳をそばだてていた。どうやら褒賞金により、兵士たちの熱意には火がついたようだ。憎悪と勝利への希望が、またしてもショーヴランの顔にうっすらと表れた。

そのそばには、デガが無表情なまま、指示を待ち、黙って立ち尽くしている。いっぽう、倒れているマルグリートのそばには、ふたりの兵士が膝をついていた。ショーヴランは、険悪な目をデガに向けた。巧妙に張りめぐらされた罠は失敗した。今後の見通しも楽観はできなかった。紅はこべに、まんまと逃げられてしまう可能性はまだかなり高そうだ。気質の強い人にありがちな理不尽な怒りに憑かれていたショーヴランは、その怒りを、誰かにぶつけたくてたまらなかった。

マルグリートの哀れな魂には、もはやわずかな抵抗をする力も残ってはいなかったが、それでもふたりの兵士は彼女をしっかり押さえつけていた。過度の負担を強いられてきた心が、とうとうこれ以上は耐えられないと主張し、彼女は失神したまま死んだように倒れていた。目の周りに浮いた大きな紫のくまが、幾晩も続いた長く眠れぬ夜を示していた。額には湿った髪がべったりと張りつき、唇は肉体の痛みを物語るように鋭くゆがんでいる。

ヨーロッパ一の才女、優美で華やかなレディ・ブレイクニー、その美貌と機知と豪奢《ごうしゃ》でロンドン社交界を幻惑している彼女が、いまは苦しみ抜いて疲れ果てた女心を絵にしたような姿で倒れている。それを見ればどんな人の心でもほだされたであろうが、意図をくじかれた敵の、復讐に満ちた頑なな心だけは別であった。

「半分死にかけている女など、どれだけ見張ったところでどうにもなるまい」ショーヴァランが吐き捨てるように言った。「それも五人の男を、生きたまますみすみ逃がしたあとではな」

ふたりの兵士はおとなしく立ち上がった。

「それよりもと来た小道を見つけて、待たせてあるボロ馬車のところまで案内してくれ」

そこで、ショーヴァランの頭に素晴らしいアイデアがひらめいた。

「そうだ！　ところで、あのユダヤ人はどうした？」

「すぐそこにおります、シトワイヤン」デガが言った。「ご命令通り、猿ぐつわを嚙ませ、足を縛ってあります」

ほど近い場所から、哀れっぽいうめき声が聞こえてきた。ショーヴァランはデガの後ろについて、小屋の反対側に回った。そこには気の毒なイスラエルの子孫が、足を固く縛られ、猿ぐつわを嚙まされたまま、なんともみじめな恰好でうずくまっていた。

銀色の月光に照らされた顔は、恐怖のあまり真っ青に見えた。見開いた両目はガラスのようにうつろで、おこりにでもかかっているかのように全身を激しく震わせ、血の気の失せた唇からは哀れっぽいうめき声を漏らしている。肩と腕に巻かれた縄は明らかに緩んでおり、体にまとわりついているだけだったが、そんなことには気づいてさえいないようだ。なにしろデガに据えられた場所から、動こうともしていなかったのだから。紐でつながれて、テーブルにチョークで書かれた白い線に目を据えたまま、恐怖で身動きひとつできずにいる鶏にそっくりだった。

「その臆病な畜生をこちらへ連れてこい」ショーヴランが言った。

ショーヴランは凶暴な気分になっているらしかった。自分の命令にひたすら従っただけの兵士に対しては怒りをぶつけるわけにいかなかったので、虐《しいた》げられた種族の子孫が恰好の餌食にされたのだ。過ぎゆく幾世紀を生き続け、今日《こんにち》でさえフランス人の心に残っているユダヤ人へのまったき軽蔑により、ショーヴランは哀れな老人がふたりの兵士に引きずられるようにして月光の下に連れ出されると、そばには近寄らせないようにしながら、辛辣な皮肉をにじませた口調で言った。

「おまえはユダヤ人なのだから、自分のした取引に関してはよく覚えているだろうな？」

「こたえろ！」ショーヴランは、ユダヤ人が恐怖に唇を震わせ、うまくしゃべれないのを見て怒鳴りつけた。

「へえ、閣下」哀れな老人は、つかえながら言った。

「では、我々がカレーで交わした取引についても覚えているな？　ルーベン・ゴールドスタンと、その痩せ馬と、わたしの友である長身のイギリス人に追いついてみせると約束したことを。どうだ？」

「だ――だ――だども――閣下――」

「だどもへったくれもない。覚えているかと聞いたのだ」

「へ――へ――へ――へえ、閣下！」

「取引の内容は？」

恐ろしい静寂が広がった。不幸な老いぼれは視線を動かし、大きな崖、頭上の月、表情のない兵士の顔、それからすぐそばで死んだように倒れている哀れな女にさえ目をやったが、結局何も言わなかった。

「こたえんか！」ショーヴランが意地悪く怒鳴った。

可哀そうに、彼もこたえようとはしているのだが、どうしても言葉が出てこないのだ。それでも明らかに、目の前にいる冷徹な男から何をされるかは予想がついているようだった。

「閣下――」老人は哀願するように言った。

「恐怖に舌がこわばっているようだから」ショーヴランが皮肉たっぷりに言った。「記憶を蘇らせてやろう。わたしたちのあいだでは了解ができていたはずだ。わたしが背の高い友人に、ここまでのどこかで追いつくことができた場合には、おまえに金貨を十枚やることになっていた」

ユダヤ人の震える唇から、低いうめき声が漏れた。

「だが」ショーヴランが、ゆっくりと強調するように付け加えた。「もしも約束を違えた場合には、おまえが二度と嘘をつかんように、たっぷりとお仕置きをしてやることになっていたはずだ」

「あっしは嘘なんぞ、閣下、アブラハムに誓って――」

「なんだったら、知っているかぎりの父祖に誓うがいい。気の毒に、その連中は信仰のせいでまだ地獄にいるはずだから、おまえをこの苦境から救ってはくれまいがな。さて、おまえのほうでは取引を守らなかったが、こちらには約束を果たす準備ができている。おい」ショーヴランはふたりの兵士を振り返りながら言った。「ベルトのバックルで、このいまいましいユダ公を叩きのめしてやれ」

兵士たちが重たい革のベルトを外すのを見て、ユダヤ人はものすごい悲鳴を上げた。それは地獄をはじめとするあらゆる場所から、ユダヤ人の父祖が、残虐なフランスの役人から子孫を守るために寄り来たとしても不思議ではないほどの声だった。

「ここはまかせたぞ、きみたち」ショーヴランが冷酷に笑いながら言った。「このホラ吹きをしっかり叩きのめし、これまでに味わったことのない痛みを教えてやるといい。だが、殺すなよ」

ショーヴランは冷ややかにそう付け加えた。

「了解です、シトワイヤン」兵士たちは、相変わらず表情ひとつ変えなかった。

ショーヴランは、兵士たちの働きを見届ける必要を感じなかった。信頼できることはわかっていたからだ。なにしろふたりともショーヴランの叱責を受けて、まだ神経がささくれだっている。言葉を飾らずに言えば、誰かを好きなだけ叩きのめせるせっかくの機会を、わざわざ無駄にするはずがなかったのだ。

「臆病な木偶《でく》の坊をたっぷりとこらしめたら」ショーヴランはデガに向かって言った。「この者たちに荷馬車まで案内させよう。どちらかに御者をしてもらい、カレーまで戻るぞ。ユダ公と女には、ふたりきりでなんとかしてもらうさ」ショーヴランはぞんざいに言った。「朝になったら誰かを迎えに寄越せばいい。この状態では遠くまで逃げられはしまいし、いまはこいつらに構っている余裕などないからな」

ショーヴランはまだ、完全にあきらめたわけではなかった。兵士たちは褒賞金欲しさに勢いづいている。大胆不敵な怪人、紅はこべは、たったひとりで三十人もの男に追われているのだ。もう一度は逃げられないと考えるほうが自然だろう。

とはいえ、確信は弱まるばかりだった。なにしろ一度はしてやられたのだ。兵士たちの石頭と、女の邪魔があったとはいえ、すべての切り札を握っていたはずの自分が、結局は負けに追い込まれてしまった。もしマルグリートに邪魔をされなければ、もし兵士たちにもう少し脳みそがあれば——その〝もし〟は非常に重く、ショーヴランはしばらくじっとたたずみながら、三十人強の連中を、頭のなかでかたっぱしから一気に呪い尽くした。自然、詩情、静寂、芳香、明るい月、穏やかな銀色の海が、美と安らぎを詩《うた》っているなか、ショーヴランは自然を呪い、人間を呪い、なかでも逃げ足の速い、はた迷惑な謎のイギリス人に対しては強烈な呪いを吐いた。

背後でユダヤ人が吠えた。罰に必死で耐えているその声が、復讐への暗い執念で押しつぶされたショーヴランの胸を香油のようにやわらげた。ショーヴランは微笑《ほほえ》んだ。人類に対して心穏やかでない人間が、自分のほかにもひとりはいるのだと思うと気分が慰められた。

振り返って、最後にもう一度だけ寂しい海岸に目をやった。そこには、公安委員会の主要幹部が演じたなかでも最大の失敗の舞台となった木の小屋が、再び月光に照らし出されていた。

硬く平らな岩の上にはマルグリート・ブレイクニーが意識を失ったまま横たわっており、そこから何歩か離れた場所では、共和国政府の屈強な兵士がふたりがかりで重たいベルトをふるい、哀れなユダヤ人の大きな背中を打っていた。バンジャマン・ロザンボームは、墓場の死人も目を覚まさんばかりの声で吠えていた。少なくともカモメたちはすっかり起こされたようで、万物の霊長の所業を興味津々といった目で見下ろしている。

「充分だ」ショーヴランは、ユダヤ人のうめき声がかすれてきたところで言った。どうやら失神しかけているようだ。「殺してはいかん」

兵士たちはおとなしくベルトを締め直したものの、ひとりが最後に意地悪くユダヤ人を蹴飛ばした。

「そいつは放っておけ」ショーヴランが言った。「荷馬車まで急いで案内してくれ。わたしはあとをついていく」

ショーヴランはマルグリートの倒れている場所に近づくと、彼女の顔を見下ろした。意識を取り戻したらしく、立ち上がろうとはかない努力を続けている。その大きな青い瞳が、怯えきったように月光の照らすあたりの景色を眺めてから、ユダヤ人を捉え、恐怖と哀れみの混じった色を浮かべた。意識を取り戻しかけていたとき、彼女の胸を最初に打ったのは、ユダヤ人の不幸な運命と、野獣のように吠える声だった。それからショーヴランが目に入った。こざっぱりとした黒っぽい服には、この数時間の顚末《てんまつ》のあとでさえ、ほとんどシワは見えなかった。その顔は皮肉っぽく微笑んでおり、彼女を見下ろしている色の薄い瞳には、強烈な悪意が浮かんでいる。

ショーヴランはふざけた様子で恭しく身をかがめると、氷のように冷たくなったマルグリートの手を持ち上げ、唇を当てた。瞬間、彼女の擦り切れた体に、筆舌には尽くしがたい嫌悪の震えが走った。

「まことに申し訳ないのですが、奥様」ショーヴランは、いかにも人当たりのよい口調で言った。「如何《いかん》ともしがたい事情のため、しばらくはここに残っていただくしかありません。だとしても、おひとりではないと思うと安心して出発できますよ。ここにおります我らの友バンジャマンは、目下のところこのようにくたびれてはおりますが、あなたの勇敢な守護者となることを必ずや証明してくれましょう。夜が明けましたら、迎えをやるようにしますので。それまでは、この男の献身を期待されますように。いささか、鈍いところはあるやもしれませんがね」

　マルグリートには顔を背ける力しか残っていなかった。あまりにも過酷な苦しみに、胸も押しつぶされていた。意識がはっきりしてくるとともに、ある恐ろしい考えが頭に蘇った
――パーシーはどうなったの？　アルマンは？

　まるで死の合図のように思えたあの陽気な〈国王陛下万歳〉のあとは、何がどうなったのやらまったくわからなかったのだ。

「わたしとしても」ショーヴランが最後に言った。「このようにお別れするのは非常に辛いのですよ。ごきげんよう《オールボワール》、奥様。またじきに、ロンドンでお会いできるといいのですが。皇太子殿下の園遊会ででも――だめですかな？――さて、では、オールボワール！――くれぐれも、サー・パーシー・ブレイクニーによろしくお伝えくださいますよう」

　それから最後に皮肉な笑みを浮かべてお辞儀をし、もう一度マルグリートの手にキスをすると、兵士のあとから、冷静沈着なデガを引き連れ、小道の向こうに消えていった。

第31章　脱　出

マルグリートは――半ば放心しながら――どんどん遠ざかっていく四人の男のしっかりした足音を聞いていた。

あたりは静まり返っていたから、大地に耳を近づけると、四人の足音がはっきりと聞こえた。足音はやがて通りに出た。それから古い荷馬車の車輪の転がる音と、痩せ馬のたどたどしい足音により、敵が少なくとも一キロは離れたことがわかった。どれくらいそうして横たわっていたのか、彼女には自分でもわからなかった。時の流れを失いながら、夢でも見ているかのように月の冴えわたる空を眺め、単調な波の音に耳を傾けた。

爽《さわ》やかな海の香りが、疲れた体には神の酒《ネクタル》となった。どこまでも続く人気《ひとけ》のない崖は、静寂に満ち、夢の世界を思わせる。それでもただ、何がどうなったのかを知りたいという思いが、絶え間なく、拷問のようにマルグリートの意識をさいなみ続けていた。

何もわからないままだなんて！

いまこの瞬間にも、パーシーは共和国政府の兵士に捕まっていて――彼女自身が味わったように――あの邪悪な敵の嘲《あざけ》りと愚弄《ぐろう》を受けているのだろうか？　あの小屋には、魂の抜け落ちたアルマンの死体が横たわっているのだろうか？　パーシーが逃げおおせたのだとすれば、人の姿をした猟犬たちをアルマンたちのもとに導いたのは、ほかでもない、自分の妻だと知ることになるのだろう。

疲労による肉体的な苦しみはあまりにも大きく、マルグリートはここにこのまま、永遠に疲れた体を安らわせてしまいたいと本気で思った。動揺と激情と陰謀の日々を味わったあと――澄み渡る空の下、海の音を聞いていると、香油のような秋の風のささやきが、最後の子守唄のように思われた。まったくの孤独で、どこまでも静かで、夢の世界にいるようだった。遠くから聞こえていたかすかな荷馬車の音さえ、もうだいぶ前にかき消えていた。

ふいに――何か――この寂しいフランスの崖がこれまでには聞いたことがないはずの、とてつもなく奇妙な響きが、厳かな浜辺の静けさを破った。

その不可思議な音に、優しいそよ風もささやくのをやめ、険しい崖を転がり落ちる小石の音さえ止まった！　あまりにもわけがわからなかったので、疲れ切り、神経が張り詰めていたマルグリートは、死に伴う慈悲深い無意識が、半分眠りかけた自分の意識に、捉えがたい、奇妙な錯覚を起こそうとしているのかもしれないと思った。

それは間違いようもなく、「ちくしょう！」という気持ちのいい英語の響きだったのだ。

巣のなかのカモメも目を覚まし、驚いたようにキョロキョロしている。どこかで一羽のフクロウが、ホーッと夜の声を上げた。そびえる崖が、はじめて聞く冒瀆の言葉を咎めるかのように厳めしく見下ろしている。

マルグリートは自分の耳が信じられなかった。両手で上半身を起こしながら、そのなんとも俗っぽい響きの正体を突き止めようと、五感を働かせ、目と耳を動かした。

ほんの数秒のあいだに、あたりはまた静まり返っていた。先ほどまでの静寂が、どこまでも広がる寂しい風景を包み込んでいる。

先ほどは放心状態のなかで、人を惑わす冷ややかな月光の見せる夢の世界にでもいたのだろうと思いかけたとき、またそれは聞こえてきた。今度は心臓が動きを止めた。マルグリートは大きく目を見開くと、自分の感覚を思い切って信じることができないまま、視線をめぐらせた。

「やれやれだ！　それにしても、こうまで叩きのめしてくれるとはなぁ！」

今度は間違いようがなかった。眠たげで物憂《ものう》げな気取った口調。こんな発音のできる唇を持つ人間は、生粋のイギリス人のなかにもひとりしかいない。

「ふう！」同じ人の唇が力をこめて言った。「まいったまいった、ネズミみたいに弱っちまって！」

マルグリートは立ち上がっていた。

これは夢なの？　この巨大な岩だらけの崖は、ひょっとして天国への入口？　そよ風の甘やかな吐息は、じつは天使の翼のはばたきが起こしたもので、大変な苦しみを味わったわたしに、この世のものならぬ喜びをもたらしているのかしら？　それとも——わたしは気が遠くなって——精神が錯乱しているの？

だが、もう一度聞こえた。それはやはり、正真正銘、俗っぽくもなつかしい英語の響きで、天国のささやきや天使の翼のはばたきとは縁もゆかりもないものだった。

マルグリートは、そびえるような崖、ポツンと立っている小屋、下にのびるゴツゴツした浜辺に必死で目をやった。上なのか下なのか、岩の後ろか、裂け目のなかか、とにかくどこかに、切望に燃えている彼女の視線を逃れて、声の主がいるはずなのだ。それはかつては彼女を苛立たせたものの、いまではただその主を見つけることさえできれば、彼女をヨーロッパ一幸せな女にしてくれる人の声でもあった。

「パーシー！　パーシー！」マルグリートは疑念と希望に引き裂かれ、ヒステリックに叫んだ。「わたしはここよ！　出てきてちょうだい！　どこなの？　パーシー、パーシー！——」

「そんなふうに呼んでくれるとは嬉しいねぇ！」例ののんびりと物憂げな声が言った。「ところが困ったことに、そっちへ行くことができないのさ。あのいまいましい蛙食いどもめ、焼き串に刺したガチョウみたいに縛り上げやがって、おまけにネズミみたいに弱っているから——動けないんだ」

それでもまだマルグリートにはよく理解できていなかった。少なくともさらに十秒は、そのゆったりと引きずるような愛しい声が、どこから聞こえてくるのかわからなかった。ああ！　けれどその声は、弱っていて苦しそうだった。周りには誰もいない――ただ岩のそばに――まさか！――あのユダヤ人！――これは夢？　それとも頭がどうかしたのかしら？

彼は淡い月光を背中に受け、体を少し丸めて、腕をしっかり縛られたまま、むなしく立ち上がろうとしていた。マルグリートは駆け寄ると、その顔を両手で包み込み――青い瞳をのぞき込んだ。人のよさそうな、どこか面白がってさえいるような瞳が――ユダヤ人の、不気味にゆがんだ仮面のなかで輝いている。

「パーシー！――パーシー！――あなた！」マルグリートはあえぎながら、あまりの喜びに気が遠くなりかけた。「神様！　ありがとうございます！」

「なあ、愛しいきみ！」パーシーが明るく言った。「神様にはあとで一緒に感謝しようじゃないか。その前に、まずはこのいまいましい縄をほどいて、ぼくを無様な状態から解放してもらえないかな」

マルグリートはナイフなど持っていなかったし、指は弱って力が入らなかった。それでも喜びの涙を縛られた痛々しい手に注ぎながら、歯を使って縄をほどいた。

「やれやれ！」マルグリートの必死の努力のあとに、ようやく縄が緩みはじめると、パーシーは声を上げた。「それにしても、外国人にぶちのめされて、やり返さずに我慢した英国紳士なんてこれまでに存在したのかね」

パーシーの肉体が究極まで痛めつけられ、疲弊《ひへい》していることはわかりきっていた。やっとのことで縄がほどけると、パーシーは岩に向かってドサリと倒れ込んだ。

マルグリートはどうしたらいいのかわからないまま周りに目をやった。

「ああ、この意地悪な海に真水の一滴でもあれば！」マルグリートは、またしても失神しかけているパーシーを見て言った。

「いいや」パーシーがにこやかな笑みを浮かべながらつぶやいた。「ぼくならば、上等なフランスのブランデーの一滴を選ぶね！　このくたびれた薄汚い服のポケットを探ってくれれば、フラスクが見つかるはずだから――下手に身動きすると、まずいことになりそうなんだ」

パーシーはブランデーを少し飲んでから、マルグリートにも飲むように強いた。

「ふぅ、楽になったぞ！　ああ、きみのほうはどうだい？」パーシーは、満足そうな吐息をつきながら言った。「やれやれ！　まさか、サー・パーシー・ブレイクニー準男爵ともあろう者が、こうも奇妙ななりのところを奥方に見つかってしまうとはなぁ。まったく！」パーシーは顎を撫でながら続けた。「しかも二十時間近くも髭を剃っていないときた。さぞかしひどい見てくれだろう。しかもこの巻き毛ときたら――」

パーシーは笑いながら醜い巻き毛のかつらを外し、何時間も縮こませてきた長い手脚を伸ばした。それから身を乗り出すと、妻の青い瞳を、まじまじと探るようにのぞき込んだ。

「パーシー」マルグリートは、きめ細やかな頬と首を真っ赤に染めながらささやいた。「もしもあなたがすべてを知ったら――」

「知っているとも——何もかも」パーシーは、このうえなく優しい声で言った。

「それでも、許してくださる？」

「許すことなんてあるものか。きみの勇敢さと献身は、そう！　ぼくにはもったいないほどだし、例の舞踏会での不幸な出来事を償うにもあまりあるさ」

「なら知っていたの？——」マルグリートはささやくような声で言った。「最初から——」

「そうとも！」パーシーは優しくこたえた。「知っていた——最初からね——。だが、ふうっ！　ぼくは、きみの高貴な心を知らなかったんだよ、マルゴ。きみを信じるべきだった。信頼するにふさわしい人なのだから。そうしていればきみは、何時間も夫を追いかけて、こうもひどい目にあうこともなかっただろうに。より多くの許しを必要としているのは、ぼくのほうなんだよ」

　ふたりは岩にもたれ、寄り添うように座っていた。パーシーは痛む頭を、妻の肩に預けていた。マルグリートはいまこそ、〝ヨーロッパ一幸福な女〟と呼ばれるにふさわしかった。

「まったく、これぞ〝盲人が足なえを導く〟だと思わないかい？」パーシーはおなじみの、人のよさそうな笑みを浮かべながら言った。「ざまあないな！　それにしても、ぼくの肩ときみの小さな足と、どちらがより傷ついているんだろう」

　パーシーは体をかがめると、マルグリートの足にキスをした。裂けたストッキングからは肌がのぞいており、彼女の忍耐と献身を、痛々しくも証明していたのだ。

「でも、アルマンは――」マルグリートはハッと恐怖と自責の念に駆られた。幸せでふくらんだ心に、愛する兄の姿が蘇《よみがえ》ったのだ。兄のためにこそ、彼女は大きな罪を犯したのだった。

「ああ！　アルマンのことなら心配いらない」パーシーは優しく言った。「ぼくはきみに、彼の無事を誓わなかったかい？　アルマンとトゥルネー伯爵はほかの連中と一緒に、いまごろはデイドリーム号に乗っているさ」

「けれど、どうやって？」マルグリートはあえいだ。「さっぱりわからないわ」

「ところが、じつに単純なんだよ」パーシーは軽くはにかんだ、いささか愚かしい感じのする、彼独特のおかしな声で笑った。「いいかい！　あのショーヴランの畜生が、蛭のようにくっついてくるつもりだと知ったとき、ぼくは思ったのさ。どうせ振り払うことができないのであれば、くっついてこさせるのが一番だとね。ぼくとしては、なんとかしてアルマンや、ほかの連中のもとに行く必要があった。だがすべての道には巡回が敷かれていて、誰もがきみの謙虚なしもべを探している。ぼくは灰猫館でショーヴランの手をすり抜けたときに、ぼくがどこへ行こうが、あいつはこの場所で待ち伏せをするだろうと踏んだ。そこでこちらとしては、あいつの動向に目を光らせておきたかった。全般的にいって、イギリス人の頭がフランス人に劣るとは思っていなかったものでね」

実際のところ、はるかに優れていることが証明された。どのようにして亡命者たちをショーヴランの鼻先から逃がしたのか、その大胆な策を聞いているうちに、マルグリートの胸は喜びと驚きにふくらんだ。

「薄汚いユダヤ人の老いぼれに変装すれば」パーシーは愉快そうに言った。「見破られないことはわかっていた。ルーベン・ゴールドスタンとは、カレーで、まだ夕方の早いうちに会っていた。数枚の金貨でもって、この衣装を手に入れ、ゴールドスタンには荷馬車と馬を借りたうえで、誰にも見つからないように隠れてもらったのさ」

「だとしても、もしもショーヴランに見破られていたら」マルグリートは興奮にあえいだ。「変装は見事だったけれど――あの男は異様に鋭いのよ」

「おやおや」パーシーは静かにこたえた。「その場合はゲームオーバーさ。だがリスクを冒すだけの価値はあった。最近では、かなり人間の性向というやつがわかってきてね」その若若しく陽気な声が、かすかに曇った。「それこそフランス人については、裏も表も知り尽くしている。連中はユダヤ人を忌み嫌っていて、二メートル以内には近寄らせない。そういうわけで、ふう！　せいぜい嫌ったらしい老いぼれになりすましてやろうと思いついたのさ」

「すごい！――それから？」マルグリートは熱っぽくたずねた。

「ハ！――それからは、ささやかな計画を遂行したってわけさ。最初は何もかも出たとこ勝負でいくつもりだった。そんなながショーヴランが兵士に指示を出しているのを聞いて、これは結局、運命の神はこちらの味方かもしれないと思った。つまり、どこまでも従順な兵士たちを当てにできそうだと踏んだのさ。あいつは、長身のイギリス人が来るまでは動くなと、死をちらつかせて兵士たちを脅していたんだ。デガのやつは、小屋からかなり近い場所にぼくをドサリと置いていった。兵士たちも、ショーヴランをここまで荷馬車で運んできたユダヤ人のことなど気にかけはしない。縛られていた両手も、なんとか自由にすることができた。あとは肌身離さず持っている鉛筆と紙を出し、必要な指示を急いで書きつけて、周りを確認した。小屋までは、それこそ兵士たちの鼻先をかすめるようにして這い進んだ。兵士たちはショーヴランの命令通り、身動きひとつせず潜んでいた。ぼくは小さなメモを、壁の隙間から小屋のなかに落とした。そのメモで、亡命者たちにそっと出ていくよう伝えたんだ。崖をつたい下り、最初の入り江が見えるまで左に進み続け、ある合図をすれば、岸からそう遠くないところで待っているデイドリーム号のボートがきみたちを迎えに来てくれるはずだと。彼らにとってもぼくにとっても幸運なことに、彼らはその指示通りに動いてくれた。彼らの姿を見ていた兵士たちも、負けず劣らずショーヴランの命令に忠実だった。ほんとうに身動きひとつしなかったんだ！　ぼくは三十分近く、亡命者の無事に確信が持てるまで待ってから、行動開始の合図を出したのさ。あれはたいした騒ぎを巻き起こしたがね」

では、それが全容だったのだ。なんてシンプルなのだろう！　マルグリートは、この思い切った作戦を展開させ、支えた、素晴らしい発想、そしてかぎりない勇気と大胆さに圧倒された。

「でも、あの獣物《けだもの》たちにひどく打たれてしまったわ！」マルグリートは、パーシーに対してなされた恐ろしい辱《はずかし》めをわずかに思い出しただけで恐怖にあえいだ。

「そう、あれはしかたがなかった」パーシーの声は優しかった。「可愛い妻の運命がはっきりしていなかったからな。ぼくとしては、彼女のそばにどうしても残らねばならなかった。やれやれ！」パーシーは陽気に言った。「心配はご無用さ！　ショーヴランにはしばらく待ってもらうことになるが、絶対に損などさせるものか！　いつかはイギリスに連れ戻して――そう、ああして打ち据えてもらった借りを、たっぷり利子付きで返してやるとも」

マルグリートは笑った。パーシーは、敵にふさわしい罰を与えられる時を願って腕を広げている。その陽気な声を聞き、青い瞳に躍る快活な煌《きら》めきを見つめながら彼のそばにいることを思うと、なんともいえない心地がした。

だがそこで、マルグリートはギクリとした。幸福に上気していた頬が一気に青ざめ、瞳からは喜びの光が消えた。上のほうから忍び寄っている足音が聞こえたのだ。崖の上からは石ころが落ち、下の浜へと転がった。

「あれは何？」マルグリートは警戒しながら、恐怖にささやいた。

「ああ、なんでもないさ」パーシーは、愉快そうに笑いながら小声で言った。「きみの、ちょっとした忘れ物だよ――我が友、フォークスだ――」

「サー・アンドリュー！」マルグリートは息を吞んだ。

確かにマルグリートは、連れであった献身的な友のことをすっかり忘れていた。アンドリューはこの不安と苦悩の長い時を通じて、彼女を信じ、そばにいてくれたというのに。マルグリートは遅ればせながら彼のことを思い出し、申し訳ない気持ちでいっぱいになった。

「おや！　彼のことを忘れていたようだね？」パーシーが明るく言った。「幸運なことに、ぼくは灰猫館からそう遠くない場所で彼に会うことができたんだ。愛すべきショーヴランと、愉快な晩餐を共にする前にね――くそっ、あの恥知らずの無頼漢には必ず借りを返してやるとも！――とにかくぼくはフォークスに、ショーヴランの部下たちも警戒するはずのない、大変な遠回りのルートを教えておいたんだ。ちょうど、こちらの準備が整ったころに到着するようにね。どうだい、奥さん？」

「それで、あの方は従ったの？」マルグリートはすっかり驚いていた。

「ひと言もなく。そしてほら、彼は来たのさ。不要なときには邪魔をせず、絶妙なタイミングで到着してくれた。そう！　彼ならば、あの可愛いシュザンヌ嬢と結婚しても、秩序を愛する立派な夫になるだろう」

アンドリュー・フォークスのほうは、足元に気をつけながら崖を下りてきた。何度か足を止めては、パーシーの隠れている場所を見つけようと、ささやき声に耳をそばだてている。

「ブレイクニー！」アンドリューはとうとう、警戒しながらも呼びかけた。「ブレイクニー！　いるのか？」

次の瞬間、アンドリューが、ふたりのもたれている岩の向こうから現れた。パーシーがユダヤ人の長いギャバジン姿なのを見ると、アンドリューはきょとんとした顔でピタリと足を止めた。

だがパーシーはすでに、苦労しながらも立ち上がっていた。

「ここだ、友よ」パーシーは滑稽《こっけい》な愚かしい声で笑った。「みんな無事だ！　ぼくはこんなおぞましい恰好だから、呪われた案山子《かかし》みたいに見えるだろうがね」

「おっと！」目の前にいるのがリーダーだとわかると、アンドリューはとてつもなく驚いた様子で声を上げた。「またよりにもよって――」

アンドリューは幸い、マルグリートがいるのに気づいて、口にしかけた乱暴な言葉を慎んだ。なにしろ洗練の極みを誇るサー・パーシー・ブレイクニーが、このような汚らしい奇妙ななりでいるところを目にしたのだから、驚くのも無理はない。

「そうとも！」パーシーは穏やかに言った。「よりにもよってさ――ところでコホン――友よ！――いまはきみに、どうしてフランスにいるのかをたずねている余裕はないんだ。ロンドンに残るよう命じたはずだがな。命令違反かい？　え？　とにかく、この肩の痛みが少し治まるまでは待つことにするが、そのあとは、せいぜいお仕置きを覚悟しておけよ」

「それがどうした！　構わないさ」アンドリューが陽気に笑った。「こうして生きているからこそ、お仕置きもできるわけだし――それにきみは、レディ・ブレイクニーにひとりで旅をさせればよかったというのかい？　それにしてもまったく、そのものすごい服は、いったいどこで手に入れたんだ？」

「ハ！　なかなか趣《おもむき》があるだろ？」パーシーが愉快そうに笑った。「だがそう！」ここでパーシーが、突然深刻な、威厳のある口調になった。「フォークス、きみがここに到着したからには、ぐずぐずしてはいられない。あの残忍なショーヴランが、ぼくたちを探しに誰かを送って寄越すかもしれないからな」

マルグリートはあまりにも幸せで、パーシーの声を聞き、次から次へと質問を重ねながら、いつまでもここにいられそうな気がした。だがショーヴランの名を耳にしたとたんギクリとして、自分が生死を賭しても守ろうとした大切な人の命が心配になった。

「けれど、どうやったら帰れるというの？」マルグリートはあえいだ。「ここからカレーまでの道は、兵士にすっかり見張られているのよ。それに――」

「カレーに戻るつもりはないんだよ」パーシーは言った。「だがグリ＝ネ岬の向こう側の、ここから二キロほどのところに、デイドリーム号のボートが待っているんだ」

「デイドリーム号のボートですって？」

「そうとも！」パーシーは陽気に笑った。「ぼくが仕掛けた、もうひとつのささやかなトリックさ。さっき言い忘れたんだが、小屋に例の伝言を滑り込ませたとき、もうひとつ、別のメモをアルマンに託したのさ。小屋に残していくようにとね。そのメモのおかげで、ショー